三十六歌仙の世界　続

―『俊成三十六人歌合』解読―

笹川博司　著

風間書房

(注1)↓

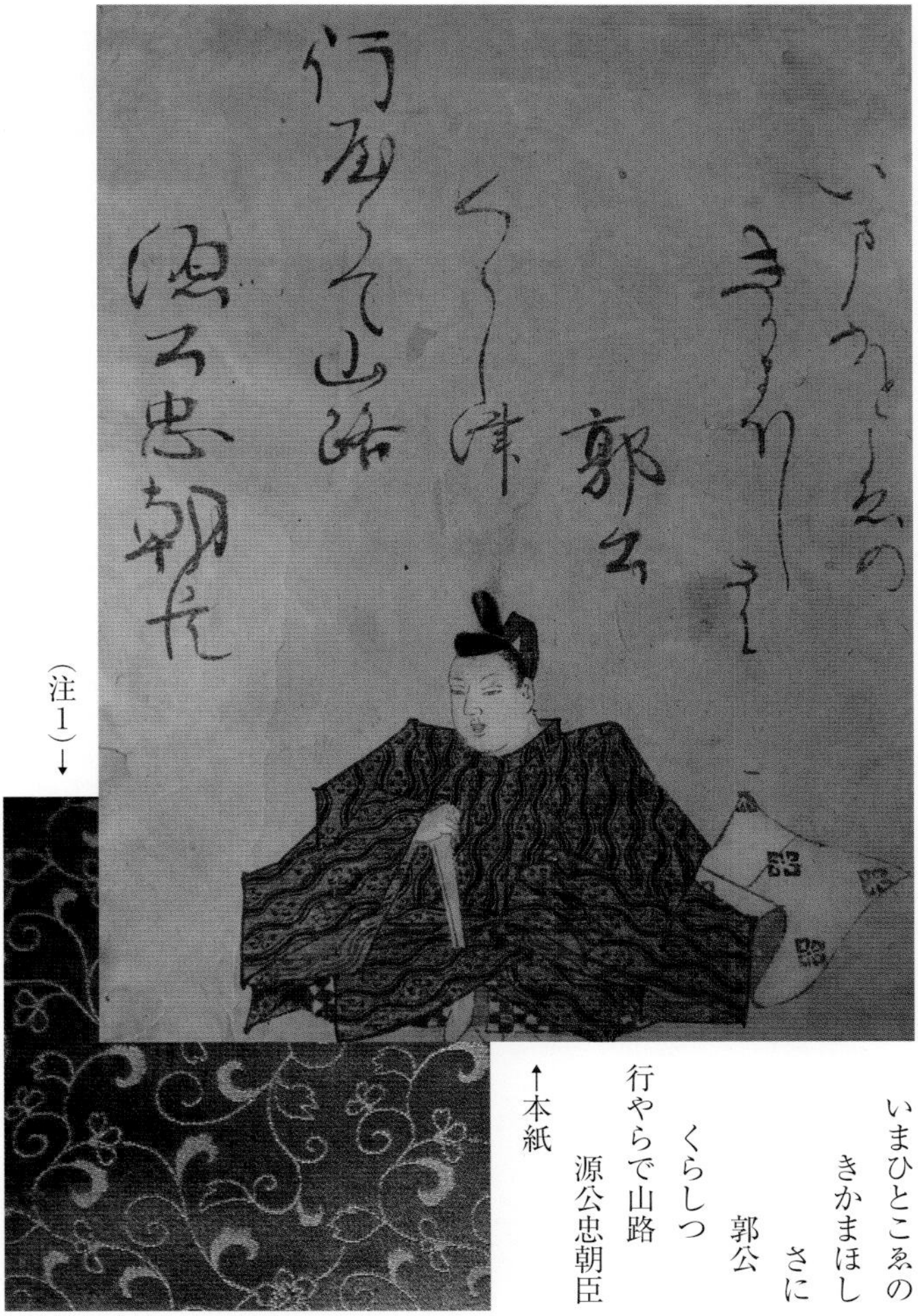

↑本紙

いまひとこゑの
きかまほし
さに
郭公
くらしつ
行やらで山路
源公忠朝臣

口絵解説

三十六歌仙の一人、公忠の歌仙絵（↓本書83頁）が描かれた料紙に、「行やらで山路／くらしつ／郭公／いまひとこゑの／きかまほしさに／源公忠朝臣」（↓本書88頁）と和歌を散らし書きする本紙《ほんし》（裏面）を、台紙《だいし》（注1、裏面）に貼り、上下に一文字《いちもんじ》（注2）を付けて、中廻《ちゅうまわ》し（注3）に天地（注4）を備えた、室町時代以降茶掛けに使用された三段表具で飾っている。桐箱に収めて蓋に墨で「松葉切　行やらて」と箱書し、さらに漆塗りの木箱に入れて「伝／亀山天皇宸翰／吉沢義則文学博士／印」と書かれた和紙を漆箱の扉に貼る（「あとがき」参照）。

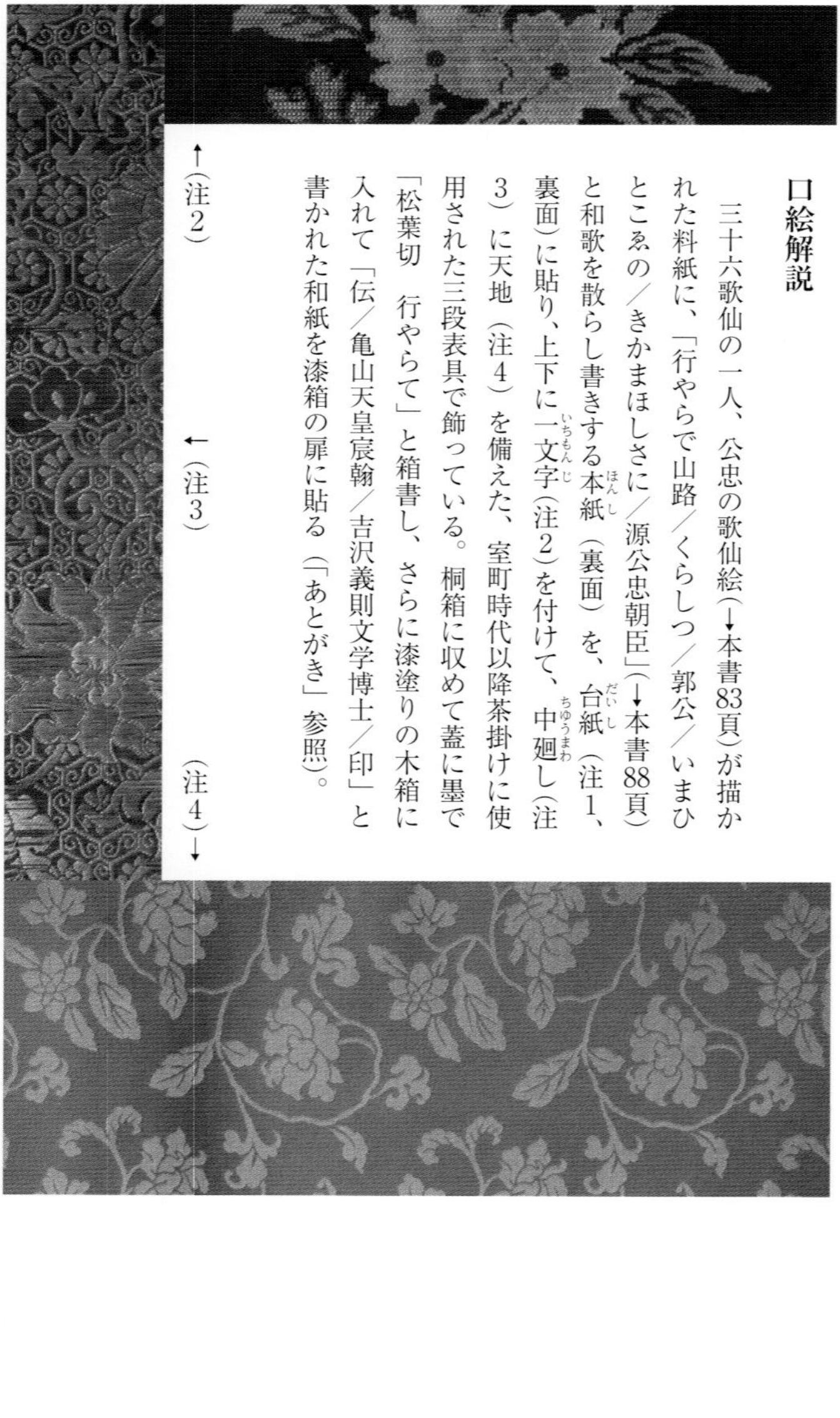

目次

凡　例

一、本書は、前著『三十六歌仙の世界―公任『三十六人撰』解読―』（風間書房・二〇二〇年）の続編である。併せて参照していただきたい。本書に前著を引用する場合、小著『公任撰』と略称し、頁を付した。

一、本書のねらいは、次の二つ。⑴架蔵する二点の資料、風俗絵巻図画刊行会『三十六歌仙』上下巻（吉川弘文館・大正六年）所載の佐竹本歌仙絵の木版画（以下「木版画」と略称）と『三十六歌仙短冊』の歌仙絵（以下「短冊」と略称）を紹介すること、⑵『俊成三十六人歌合』所収歌百八首を解読することである。

一、歌仙絵を紹介する頁には、見開きに「木版画」と「短冊」の歌仙絵を配し、▼を付して佐竹本の「画賛」「木版画」「短冊」の三項目について解説した。なお、「木版画」は装訂が折本であるため図版に折目の線が入っている。諒とされたい。

一、「画賛」は、佐竹本の画賛は活字で掲げ、その画賛の由来や関連する内容を解説した。歌仙の事蹟が東京大学史料編纂所『大日本史料』にまとめられている場合は、『史料』と略称し、その所在を示した。

一、「木版画」「短冊」は、装束を中心に解説し、次の資料に見える歌仙絵との比較した。
⑴大阪大谷大学図書館本絵巻（小著『公任撰』による。書誌と画像は小著参照）小著の所在頁を示す。

⑵北村季吟『歌仙拾穂抄』絵入上中下三冊（北村季吟古註釋集成別6、新典社・一九八〇年）丁付を示す。

⑶京都国立博物館特別展『流転一〇〇年佐竹本三十六歌仙絵と王朝の美』図録（二〇一九年十月）「京博図録」と略称し、作品番号を付す。

⑷藏中スミ『三十六歌仙（狩野永納画）』（桜楓社・一九八七年）『江戸初期の三十六歌仙―光琳・乾山・

永納』（翰林書房・一九九六年）所収「光琳画 乾山筆 三十六歌仙画帖」それぞれ「永納画帖」「光琳画帖」と略称し、両書の所在頁を付す。

なお、巻末に、参考のため、酒井抱一『光琳百図』所収「金地二枚折屏風三十六歌仙之図」を架蔵版本より掲載した。また、分からないことの多い装束や文様などの理解の一助とするため、「補注」として「装束語彙索引」を附録し、簡潔に解説した。

一、『俊成三十六人歌合』は、底本を宮内庁書陵部蔵「卌六人哥合」（一五〇・三一七）として本文を作成し、和歌の口語訳を示し、▼を付して、出典・異同・語釈・趣意などを簡潔に解説する。解説に引用する和歌は、特にことわらない限り『新編国歌大観』（角川書店）ならびに『新編私家集大成』（エムワイ企画）に拠る。ただし、『万葉集』は旧歌番号、原則として西本願寺本の訓で示す。

一、『俊成三十六人歌合』は、その名の通り、歌合の性格を有している点を考慮し、「人麿1」「貫之1」などのように番号を付して見開きの左右に配し、左右いずれかの解説の末尾に、仮の歌題を指摘した。なお、本書の巻末に「歌題一覧」を示した。

一、全般的な解説「公任『三十六人撰』から『俊成三十六人歌合』へ」を巻末に収録した。また、三十六人集についての研究が発展することを願って「三十六人集をよむための基本文献」をまとめた。

三十六歌仙の世界　続

—『俊成三十六人歌合』解読—

人麿　ひとまろ　生没年未詳。

『万葉集』を代表する歌人。持統朝を中心に活躍。雄渾荘重な歌風。『拾遺和歌集』に百四首入集。元永元年（一一一八）顕季による人麿影供。以後、歌聖として仰がれる。

▼画賛　佐竹本に「正三位柿下朝臣人麿／大春日同祖。天足彦国押人命《あめたらしひこくにおしひとのみこと》之後也。敏達《びたつ》天皇御宇。依有家門柿樹。為柿下朝臣氏。天智天武持統文武元明元正聖武等御時八十三年間人也。従石見国別妻上来。古万葉集云大宝元年紀伊国行幸時駕御車作歌／**ほの〴〵とあかしのうらのあさぎりにしまがくれゆく舟をしぞおもふ**（↓小著『公任撰』16頁）」とある。『古今和歌集』仮名序には「正三位」、『三十六人歌仙伝』「柿

下朝臣人丸」には「古万葉集云、大宝元年（七〇一）幸紀伊国時作歌、従車駕云々…天智天皇御宇以後、文武天皇御在位之間人也」（群書類従第五輯・三七二頁）とある。**▼木版画**　萎烏帽子《なええぼし》に萎装束《なえしょうぞく》で、右膝を立て、左手に紙、右手に筆をもつ。直衣《のうし》には浮線綾《ふせんりょう》の丸文、指貫《さしぬき》には八藤丸《やつふじのまる》文がある。『十訓抄』上・四ノ二に見える藤原兼房《かねふさ》（一〇〇一～六九）の夢に現れた「左の手に紙をもて、右の手に筆を染めて、ものを案ずる気色なり」にも対応する「兼房夢想系」とされる姿。右足の奥に、黒漆塗の硯箱が置かれているのは、伝藤原信実《のぶざね》筆東京国立博物館蔵の人麿像（京博図録16）と共通する。佐竹本の人麿は、京博図録37で確認できる。**▼短冊**　掲げる一首は、佐竹本に同じ。紙筆や硯箱は省略。直衣の表は白地浮線綾の丸文。裏地は縹《はなだ》。表地を折り返す首上《くびかみ》、両端袖《はたそで》、襴《らん》の四箇所に裏地の色が透けない所謂「四白《よつじろ》直衣」である。盤領《まるえり》と袖口などから紅の衵《あこめ》が覗く。右の袖口から右手がわずかに見える。指貫は紫地八藤丸文。土佐光起筆『三十六歌仙図色紙貼交屏風』（京博図録135）・北村季吟『歌仙拾穂抄』（上二ウ）・永納画帖（2頁）・光琳画帖（4頁）・鈴木其一筆『三十六歌仙図屏風』（京博図録137）の人麿も短冊に近い。

貫之　つらゆき（?〜946）

『古今和歌集』撰者の一人で、仮名序を執筆。『土佐日記』作者。晩年『新撰和歌』を編む。三代集すべて入集歌数一位。多くの屏風歌を詠進。美的機知的に現実を再構成する詠法。勅撰集に約四百五十首入集。

▼画賛　佐竹本に「大内記紀貫之／紀文幹子也。玄蕃頭従五位上木工権頭。童名内教坊阿古久曾云々。天慶之比人／**さくらちる木の下風はさむからでそらにしられぬ雪ぞふりける**（→小著『公任撰』17頁）」とある。『史料』一ノ八、七五七頁以下。『三十六人歌仙伝』に「延喜十三年任大内記…天慶三年三月任玄蕃頭《げんばのかみ》、同六年正月七日叙従五位上、同八年三月廿八日任木工権頭《もくのごんのかみ》、同九年（九四六）卒」（群書類従第五輯・三七三頁）とある。生年未詳。『尊卑分脈』四ノ二〇四頁によれば、紀貫之は望行男。「童名号内

5　貫　之

教坊阿古久曾」。『土佐日記』承平五年（九三五）正月廿一日条「ななそぢ・やそぢは、海にあるものなりけり」を、七十歳を前にしての感慨とみて、当時六十五歳と仮定すると、貞観十三年（八七一）生まれ。『古今和歌集』を撰進した延喜五年は「御書所預《ごしょどころのあづかり》」（仮名序）で三十五歳。▼**木版画**　垂纓《すいえい》の冠を被り、縫腋《ほうえき》の黒袍《くろほう》を着る束帯《そくたい》姿。下襲《したがさね》の裾《しり》は長く、二折にされている。白い表袴《うえのはかま》と襪《しとうず》がわずかに見え、笏《しゃく》を胸の前で持ち、顔には口髭と顎鬚があって、目線はやや上を向く。佐竹本の貫之像は、京博図録52で確認できる。▼**短冊**　掲げる一首は、佐竹本に同じ。笏を逆さに立て、その上に左手を被せ、さらにその上に顎を載せる。右手は左足の上に置く。口髭・顎鬚に加え、頬髯もある顔は、真っ直ぐに前を見据えている。下襲の裾は短く浮線綾《ふせんりょう》の丸文がある。表袴は霰《あられ》文で、足首から赤大口《あかのおおぐち》が覗き、襪を佩く。黒袍は花輪違《はなわちがい》文で、盤領《まるえり》や袖口から紅の衵《あこめ》が見えている。大阪大谷大学図書館本絵巻の貫之像（小著『公任撰』3頁）や鈴木其一筆『三十六歌仙図屏風』（京博図録137）もほぼ短冊と同じ姿だが、笏は上下逆さでなく、顔には頬髯がない。

柿本人麿1

たつた河　もみぢ葉ながる　神なびの　みむろの山に　しぐれふるらし

竜田川にもみぢ葉が流れている。神なびの御室の山に時雨が降っているらしい。

▼『拾遺和歌集』冬・二一九。「奈良のみかど竜田河に紅葉御覧じに行幸ありける時、御ともにつかうまつりて　柿本人麿」。▼『古今和歌集』秋下には「題しらず　よみ人しらず」として次の二首が配列され、それぞれに左注がある。「竜田河もみぢみだれて流るめりわたらば錦なかやたえなむ（二八三）／この歌は、ある人、ならのみかどの御歌なりとなむ申す／たつた河もみぢば流る神なびのみむろの山に時雨ふるらし（二八四）／又は、あすかがはもみぢばながる」▼『大和物語』第百五十一段では、二首の順序を逆にし、人麿が奈良の帝に二八四番歌を詠みかけ、奈良の帝が二八三番歌を詠み返すという贈答に仕立てる。三八三番歌の左注はこれに由来する。▼二八四番歌も、やがて人麿の詠歌と解され、『拾遺和歌集』冬・二一九に再録された。▼「神なびのみむろの山」は、神が降臨し、鎮座する山という意で、本来は普通名詞（↓家持3）。「竜田河」や「飛鳥河」の上流にあった。眼前の様子を根拠に、遠くて見えない彼方を思いやり「らし」と推定する。「時雨」は落葉を促すもの。▼1番の題は「山の時雨」。

紀貫之1

しら露も　しぐれもいたく　もるやまは　下葉のこらず　色付きにけり

白露も時雨もひどく漏れるという守山では、下葉が残らず色づいたことだ。

▼『古今和歌集』秋下・二六〇。「もる山のほとりにてよめる　つらゆき」。雅俗山荘本の結句「もみぢしにけり」。▼陽明文庫本『貫之集』八一三。詞書は「ちくぶしまにまうづるに、もる山といふ所にて」、結句は「紅葉しにけり」。▼「ちくぶしま」は、琵琶湖に浮かぶ島。平安時代に入ると比叡山との関係が生じ、天台僧の信仰が篤くなって、『日本紀略』によると昌泰三年（九〇〇）十月、宇多法皇も御幸した。「もる山」は、平安京から琵琶湖の竹生島へ参詣する道中にある地名だと知られる。少し時代が下って阿仏尼の『十六夜日記』を見ると、弘安二年（一二七九）十月の京から鎌倉への旅が、「今宵は鏡といふ所に着くべしと定めつれど、暮れはてて、え行き着かず。もる山といふ所に留まりぬ」と記され、「もる山」が「鏡」宿（竜王町鏡）より京に近いことが確認できる。「もる山」は、現在の滋賀県守山市にあった近江の歌枕。▼公任は、この歌を『和漢朗詠集』上「紅葉」三〇五には採ったが、他の秀歌撰には採らなかった。しかし、俊成が貫之の代表歌としたことで、「もる山」は新古今時代に「時雨」「紅葉」の名所として再生する。

人麿 8

柿本人麿2

あし引の　山どりの尾の　しだりをの　ながながし夜を　ひとりかもねむ

山鳥の尾のしだり尾のように、長い長い夜を独りで寝ることになるのだろうか。

▼公任『三十六人撰』人麿8を追認。『拾遺和歌集』恋三・七七八。「題しらず　人まろ」。▼『万葉集』巻十一・二八〇二に作者不明歌「念《おもへ》友《ども》　念《おもひ》毛《も》金津《かねつ》　足檜之《あしひきの》　山鳥《やまどりの》尾《を》之《の》　永《ながき》此夜《このよ》乎《を》」が見え、その左注に「或本歌云、足日《あしひ》木《き》乃《の》　山鳥之《やまどりの》尾《を》乃《の》　四《し》垂尾《だりを》乃《の》　長永《ながなが》夜《しよ》乎《を》　一《ひとり》鴨《かも》将宿《ねむ》」とある。「或本歌」が『古今和歌六帖』二・山どり・九二四に結句「わがひとりぬる」で採られた。人麿詠とされるのは、人麿礼讃の風潮と、本歌に対する評価が結びついた『拾遺和歌集』編纂時である。▼「しだり尾」は、長く垂れ下がっている尾。「ながながし」を導く序詞は、夜の「山鳥」の夢幻性や「しだり尾」のしなやかさによって、優美な詩的形象を生み出している。腰の句の「の」は比喩。結句「独りかも寝む」は、『万葉集』に本歌以外に八例ある、秋の夜長の独り寝の寂しさや侘しさを嘆く万葉時代の定型句。それが新古今時代に再評価され、『新古今和歌集』には「きりぎりすなくやしもよのさむしろに衣かたしきひとりかもねむ」(秋下・五一八、良経)を含む四例が見える。▼定家の嗜好にも合い『百人一首』に採られた。▼2番の題は「山」。

紀貫之2

むすぶ手の　しづくににごる　山の井の　あかでも人に　わかれぬるかな

掬《すく》う手から落ちる雫で濁る山の井の閼伽《あか》――飽かぬままあなたと別れてしまうことだ。

▼『古今和歌集』離別・四〇四。「しがの山ごえにて、いしゐのもとにて、ものいひける人のわかれけるをりによめる　つらゆき」。▼「志賀の山越え」は、平安京から近江の志賀寺（天智天皇創建と伝えられる崇福寺）へ通じる比叡山の麓を越える参詣の道。京都市左京区北白川と滋賀県大津市志賀里を結ぶ。「石井《いしゐ》」は、岩間から湧く水。「物言ひける」は、何気ない言葉を交わしたのではなく、男女が異性を意識したやりとりをしたことをいう。▼片桐洋一『古今和歌集全評釈』（講談社）は、西本願寺本『能宣集』一四一に「九月、志賀の山越え、男女ゆきかひて、男また帰りゆくところ」を詠んだ屛風歌が見えることなどを根拠に、本来、この歌は貫之が屛風に描かれた物語的な場面の画中の人物の立場から詠んだ歌ではなかったか、と推察する。▼貫之は、志賀寺参詣の途次であることを意識し、水を掬った手からこぼれ落ちる雫に濁る「山の井」（山中の、湧き水を湛えたところ）の「閼伽《あか》」（仏に供える水）と表現する。「飽かで」（満足しないで）を導く。▼俊成は、『古来風体抄』に「詞、事の続き、姿、心、限りもなき歌」と絶賛する。

柿本人麿3

をとめごが　袖ふる山の　みづがきの　久しき世より　おもひそめてき

少女が袖を振る、布留山の瑞垣のように、久しい昔からあなたを深く思い慕ってきたことだ。

▼『拾遺和歌集』雑恋・一二一〇。巻頭歌。「題しらず　柿本人麿」。▼『万葉集』に「柿本朝臣人麿歌三首」のうちの一首「未通女等之《をとめらが》　袖振山乃《そでふるやまの》　水垣之《みづかきの》　久時《ひさしきよ》従《より》　憶寸《おもひき》吾者《われは》」（巻四・五〇二）とその異伝（巻十一・二四一五）が見える。『古今和歌六帖』五「としへていふ」二五四九には作者「人まろ」結句「おもひそめてき」。▼「乙女子《をとめご》が袖振る」は、掛詞によって地名「布《ふ》留《る》」を導く相聞歌にふさわしい序詞。大和の布留（→遍昭1）の社の「瑞垣《みづかき》」（神霊の宿ると考えられた山・森などの周囲にめぐらした垣）は太古の昔からあり、「布留山の瑞垣の」も、比喩の格助詞「の」を介して「久しき世」を導く序詞。『和名抄』に「瑞籬〈俗云、美豆加岐《みづかき》、一云、以賀岐《いがき》〉」とあり、「ミヅカキ」と清音で訓んだらしい。柱に貫《ぬき》を通し、縦板を張り渡す。「斎垣《いがき》」の「い」は、「斎み浄めた神聖な」という意の接頭語で、みだりに越えてはならない境界を示すもの。「瑞垣」の「みづ」も、「清らか」の意。▼そんな境界を越えてきた作者の思いは、「思ひ初め」より「思ひ染め」がふさわしい。「あふことの　まれなるいろに　おもひそめ」（古今集・一〇〇一）など。

紀貫之3

よし野河　岩なみたかく　ゆく水の　はやくぞ人を　おもひそめてし

吉野川を岩波高く流れてゆく水のように、激しくあなたを恋するようになったことだ。

▼『古今和歌集』恋一・四七一。「題しらず　紀貫之」。▼「吉野川」は『万葉集』以来の大和国の歌枕。「吉野河いはきりとほし行く水の」（古今集・恋一・四九二）「吉野河水の心ははやくとも」（同・恋三・六五一）などと、古今集時代には激流として知られた。「岩波」は、岩に打ち寄せる波。「いはなみたかくとは、我思のたぎる心なり」（宗祇『両度聞書』）。「の」は比喩の格助詞。「はやく」は、「たきつせのはやき心を」（古今集・恋三・六六〇）とあるように「激しく」の意。「ぞ」がその激しさをさらに強調する。▼「はやく」を導く序詞である上の句は、「恋する人の鼓動が聞こえてきそうな」（田中登『紀貫之』コレクション日本歌人選）「心象風景」（竹岡正夫『古今和歌集全評釈』）であろう。「水流が「速く」の意と時間的に「早く」の意を掛ける」（岩波新大系）という理解では、貫之詠の良さが失われてしまう。「思ひそめてし」は、『万葉集』の「うぢ川の水《みな》あわ逆《さか》まき行《ゆく》水《みづの》…思始為《おもひそめてし》」（巻十一・二四三〇）と同様「思い始めたことだ」とも、また、「染料がしみこむように、深く思うようになった」とも解せる。▼3番の題は「思ひそめてき」。

躬恒　みつね　生没年未詳。

『古今和歌集』撰者の一人。感覚の鋭い清新な歌風で、機知的な趣向によって優美な心を表現した。貫之に劣らない評価を受ける。勅撰集に約百七十五首入集。

▼**画賛**　佐竹本に「淡路掾凡河内躬恒／宇多院第四皇子敦慶親王男。母伊勢守藤原継蔭女。号中務。延喜之比人／**いづくとも春のひかりはわかなくにまだみよしのゝ山は雪ふる**（→凡河内躬恒1）」とある。『史料』一ノ五、二八七頁以下。『後撰和歌集』雑一・一一〇七によれば、躬恒は延長三年（九二五）に淡路権掾の任期を終えて帰京。世話になった兼輔の粟田邸を挨拶に訪ねて歌を詠む（小著『公任撰』48頁）。以後の消息は不明。延喜年間（九〇一〜二三）に活躍。『勅撰作者部類』に「淡路権掾。凡河内諶利《のぶとし》男」。画賛

の父母についての記述は、中務（→本書174頁）と混同する。▼木版画　垂纓《すいえい》の冠を被り、縫腋《ほうえき》の黒袍《くろほう》を着て白い表袴《うえのはかま》を佩く束帯《そくたい》姿。黒袍の左袖に隠れた左手で笏《しやく》を下向きに持つ。左膝を床につき、右膝を立てる。右膝の上に置かれた右手は、右袖から指だけが覗く。右の足首から赤大口《あかのおおぐち》が見え、襪《しとうず》を佩く。下襲《したがさね》の裾《しり》は長く一折にされ、顔は右下を振り返り、身体は右に傾く。佐竹本の躬恒像は、田中親美復元『佐竹本三十六歌仙絵巻』（美術公論社・一九八四年）などによって推察できる。▼短冊　掲げる一首は、佐竹本に同じ。右手を右膝の上に置き、左膝を立てて座る。表袴の代わりに、浮線綾《ふせんりよう》の丸文のある縹《はなだ》色の指貫《さしぬき》を佩く衣冠《いかん》姿。雲立湧文《くもたてわく》の黒袍の袖口や盤領《まるえり》から紅の袙《あこめ》が覗く。左手に持った檜扇《ひおうぎ》の頭を左に傾け、視線も左下に落とす。大阪大谷大学図書館本絵巻も同じ姿（小著『公任撰』26頁）だが、黒袍と袙は無文。土佐光起筆『三十六歌仙図色紙貼交屏風』（京博図録135）や光琳画帖（5頁）の躬恒も同じポーズ。永納画帖（6頁）は檜扇を持たない。

伊勢　いせ　生没年未詳。

『古今和歌集』に二十二首、『後撰和歌集』に七十首、『拾遺和歌集』に二十五首。入集歌数は、ともに女流では一位。歌風は自照的で、洗練された上品さがある。

▼画賛　佐竹本に「伊勢／大和守藤原継蔭〈元伊勢守〉女。継蔭者参議従三位家宗二男也。為伊勢守之比、号伊勢云々。寛平御時為更衣。誕生王子。七条后温子女房。七条后者、照宣公三女、宇多天皇后／**みはのやまいかにまちみむとしふともたづぬる人もあらじとおもへば**（↓伊勢2）」とある。『史料』一ノ七、三〇九頁以下。『尊卑分脈』二ノ一八九頁によれば、父大和守藤原継蔭《つぐかげ》は、参議家宗二男。父が伊勢守に任ぜられた仁和元年（八八五）以降、大和守に任ぜられた寛平三年（八九一）以前の期間に、宇多天皇女御温子に出仕したために伊勢と号され

た。七条后温子は、昭宣公藤原基経三女。伊勢は、温子の弟仲平から懸想される。また、宇多天皇の寵を得て皇子が生まれるが、八歳で薨去。さらに宇多院皇子中務卿敦慶親王女中務（↓本書175頁）を生む。▼**木版画**　紅袴の上に、紅地横繁菱《よこしげびし》文の単衣《ひとえ》。縹《はなだ》の匂《におい》の五衣《いつつぎぬ》の上に、白地唐草臥蝶《からくさふせちょう》文の表着《うわぎ》を着る。海賦《かいぶ》文様の州浜《すはま》文の裳《も》を着け、窠霰《かにあられ》文の引腰《ひきごし》を後ろへ長く引く。引腰の裏地は浅葱《あさぎ》。紅に銀の縞のある小腰《こごし》を前で結ぶ。唐衣《からぎぬ》を省略。紅・青・白の対比が鮮やか。長い黒髪が乱れ、右袖は顔を隠すかのように高く持ち上げられ、顔は振り返って、やや上方を見やる。佐竹本の伊勢像は、新修日本絵巻物全集19『三十六歌仙絵』（角川書店・一九七九年）で確認できる。▼**短冊**　掲げる一首は、佐竹本に同じ。紅袴に、紺地檜垣《ひがき》文の単衣、山吹の薄様《うすよう》の五衣、黄朽葉《きくちば》地金流水《りゅうすい》文《もん》の表着。白地の裳は貝尽《かいづ》くし文か。引腰を引き、二藍《ふたあい》の小腰を前で結ぶ。左袖に長い黒髪がかかり、右袖は高く持ち上げられている。右頬を赤くすりなし、引目鉤鼻《ひきめかぎはな》で描かれた顔の表情に将来の不安が滲む。土佐光起筆『三十六歌仙図色紙貼交屏風』（京博図録135）や大阪大谷大学図書館本絵巻（小著『公任撰』27頁）は、短冊に近いが、絵巻は右手に檜扇《ひおうぎ》を持つ。

凡河内躬恒1

いづくとも　春のひかりは　わかなくに　まだみよしのの　山はゆきふる

何処とも春の光は分け隔てしないのに、まだ吉野の山は雪が降り積もっていることだ。

▼『後撰和歌集』春上・一九。「おなじ（延喜）御時、みづし所にさぶらひけるころ、しづめるよしをなげきて、御覧ぜさせよとおぼしくて、ある蔵人におくりて侍りける十二首がうち　みつね」。初句「いづことも」。▼「御厨子所《みづし》」は、天皇の御膳を調進し、節会などで酒肴を出す役所。官位が停滞して沈淪していることを嘆いて、帝に御覧いただきたいとの期待をこめ、帝に寵愛されている蔵人に贈った十二首のうちの一首。躬恒には「延喜御時、ときの蔵人のもとに、奏《そう》しもせよとおぼしくてつかはしける」（後撰集・雑二・一一九四）歌もある。▼「いづく」は『万葉集』に「瓜はめば　こどもおもほゆ　栗はめば　ましてしぬはゆ　伊豆久《いづく》より　きたりしものぞ　まなかひに　もとなかかりて　やすいしなさぬ」（巻五・八〇二、憶良）とあるように、「いづこ」の古形だが、平安以降も併用された。▼「春の光」は、君恩の喩え。「み吉野の山」は、春の遅い雪深い所として詠まれる大和国の歌枕。正保版歌仙家集本『躬恒集』は巻頭歌として詞書に「つかさめしの比」とある。春の除目を前に、身の不遇を愁訴する。▼1番の題は「嘆き」。

伊勢1

あひにあひて　物おもふ比の　わが袖に　やどる月さへ　ぬるるがほなる

何度逢っても物思いが深まるばかりの頃の、私の袖に宿る月までも濡れている様子であることだ。

▼『古今和歌集』恋五・七五六。「題しらず　伊勢」。恋の終わりの歌との理解。▼『後撰和歌集』雑四・一二七〇には「物思ひけるころ　伊勢」として涙の歌群に再入集する。『古今和歌六帖』一「ざふのつき」三三〇は「月」に注目して採る。▼「あひにあひて」の「あひ」を、「合ひ」とみて結句に係るとする説も多いが、「逢ひ」とみて第二句に続けて、何度逢っても（あなたの心は私から離れてゆき、あなたが恋しくて）物思ふ頃、と解する。「に」は強調の格助詞。「て」は逆接の接続助詞。『建礼門院右京大夫集』に「あひにあひてまだむつごともつきじよにうたてあけゆくあまのとぞうき」（二九九）など。本歌取りとしては、『和泉式部集』に「あひにあひて物おもふ春はかひもなし花もかすみもめにしたたねば」（五六六）、『壬二集』に「あひにあひて物おもふ比の夕暮に鳴くやさ月の山ほととぎす」（五八七）など。▼「月さへ濡るる顔なる」は、私の涙で濡れた顔を前提にして、その上、月までも、と月を擬人化する。「顔」は「がほ」とよむ。『狭衣物語』に「恋ひて泣く涙にくもる月影は宿る袖もや濡るる顔なる」（一九〇）など。

凡河内躬恒2

住よしの　松を秋かぜ　ふくからに　こゑうちそふる　おきつしら波

住吉の松を秋風が吹き抜けると忽ちに、松風の音と声を合わせるように届く沖の白浪の響きよ。

▼『拾遺和歌集』雑秋・一一一二。「右大将定国家の屏風に　みつね」。▼『古今和歌集』賀・三六〇。作者表記なし。「内侍のかみの、右大将ふぢはらの朝臣の四十賀しける時に、四季のゑかけるうしろの屏風に、かきたりけるうた」のうちの「秋」の屏風歌。▼「内侍のかみ」(尚侍)は右大臣藤原高藤女満子。兄の藤原定国は、昌泰四年(九〇一)正月に右大将となり、延喜六年(九〇六)七月三日に四十歳で薨去。醍醐天皇の母(胤子)方の叔父と叔母に当たる。▼定家本『古今和歌集』は初句「住の江の」。昭和切「すみよし」の「よし」をミセケチにして「のえ」、腰の句「ふくことに」の「こと」に「から」と傍記。俊成自筆本『古来風体抄』は「すみのえ」「こと」の本文。俊成は、吹き抜ける毎に、と理解していた可能性がある。▼「住吉」「住の江」は松の名所。松林を浜風が吹き抜け、松風の音とともに、沖から打ち寄せる白浪の音が聞こえてくる。音のない屏風絵から海浜に響く二種の音を聴き取る巧みな歌。清輔『袋草紙』には、源経信・俊頼父子がこの躬恒詠を高く評価していたことを示す逸話が見える。▼2番の題は「歌枕」。

伊勢2

三輪のやま　いかに待ちみむ　としふとも　たづぬる人も　あらじとおもへば

三輪山を眺めて待つこともあるまい。年が経っても訪ねて来る人もないでしょうから。

▼公任『三十六人撰』伊勢7を追認。『古今和歌集』恋五・七八〇。「仲平朝臣あひしりて侍りけるを、かれ方になりにければ、ちちがやまとのかみに侍りけるもとへまかるとて、よみてつかはしける　伊勢」。▼伊勢は、宇多天皇皇后の、藤原基経女温子《よしこ》のもとに出仕。温子の異母弟、若い藤原仲平に求婚され、結婚。しかし、年が経って仲平は「人のむこ」（西本願寺本『伊勢集』三）になってしまう。▼「三輪の山」は、「わがいほはみわの山もとこひしくはとぶらひきませすぎたてるかど」（古今集・雑下・九八二）と詠まれた大和国の歌枕。『古事記』には、夜毎通って来る美しい男の正体を知るため、男の衣に糸を通した針をつけ、翌朝その糸をたどってゆき、男が三輪山の神であることがわかったという三輪山伝説が見える。▼山全体が御神体の「三輪の山」は、「見む」の目的語ではなく、「待ち見む」の主語とみて「三輪山はどんな思いであなたのお出でを待ちかねて見ていることでしょう」とする解釈（清水好子『王朝女流歌人抄』17頁）も面白い。▼「いかに」は、通常は疑問の副詞だが、結論がわかっている場合は、反語を表す。訣別の歌。

凡河内躬恒3

いせの海に　しほやくあまの　ぬれ衣　なるとはすれど　あはぬ君かな

伊勢の海で塩を焼く海人の濡れ衣のように、馴染んでいるとは思うのに逢えないあなたであるよ。

▼『後撰和歌集』恋三・七四四。「おなじ所に宮づかへし侍りて、つねにみならしける女につかはしける　みつね」。腰の句「藤衣」▼「濡れ衣」は、御所本丙類『忠岑集』（五〇一・一二三）に「あふことなみに　ぬれごろも　ほさでやただに　やみぬべき　おもひのほかに　うつりはてなん」（八七）などとあるように、浪や涙などに濡れた衣。「藤衣」は、『万葉集』に「すまの海人の塩焼き衣《きぬ》の藤服《ふぢころも》　間遠にしあれば未だ着なれず」（巻三・四一三）などとあるように、藤などの蔓性の植物の皮の繊維で織った、織り目が粗くて肌触りが固い、粗末な衣。「間遠に」や「なる」を引き出す。▼上の句は「なる」を導く序詞。「なる」は、衣類などが身体になじむことと、親しくなることを掛ける。「とはすれど」は、とは思うけれど、の意。『古今和歌集』「なぬかの日の夜よめる　凡河内みつね／年ごとにあふとはすれどたなばたのぬるよのかずぞすくなかりける」（秋上・一七九）など。「あはぬ君かな」は、『左兵衛佐定文歌合』に「そのはらやふせやにおふるははきぎのありとてゆけどあはぬきみかな」（不会恋・二八）など。▼3の題は「不会恋」。

伊勢3

おもひ河　たえずながるる　水のあわの　うたかた人に　あはできえめや

思い川を絶えず流れている水泡のように、片時もあなたに逢わないで消えたりできましょうか。

▼『後撰和歌集』恋一・五一五。「まかる所しらせず侍りけるころ、又あひしりて侍りけるをとこのもとより、日ごろたづねわびて、うせにたるとなん思ひつる、といへりければ　伊勢」▼「まかる」は、勅撰集の詞書故の「行く」の丁寧語。「又」は「いへりければ」に係る（中山美石『後撰集新抄』）。行き先を知らせずいたら、恋人から「数日間探しあぐねて…姿を消したと思ったよ」と手紙が届いたのである。▼「思ひ河」は、絶えることのない物思いを川の流れに喩える表現。『古今和歌六帖』三に「ながれてもたえじとぞ思ふおもひ川いづれかふかき心なりける」（かは・一五八四）など。肥前国の歌枕（五代集歌枕・八雲御抄）とも。「流るる」に「泣かるる」を掛ける。▼「泡沫《うたかた》」は、「水の泡」に同じ。消えやすく儚いことの喩え。副詞（少しの間も、の意）として「あはで」に係る。『万葉集』巻十七・三九六八に「宇多賀多《うたがた》」。上代は濁音。『源氏物語』真木柱に「ながめする軒のしづくに袖ぬれてうたかた人をしのばざらめや」（四二二）など。「め」は推量の助動詞「む」の已然形。「や」は反語。「水」に「見ず」、「あはで」に「泡」が響く。

家持　やかもち　（718～785）

『万葉集』巻十七から廿にかけては、家持「歌日誌」というべき構成で、編者とされる。抒情歌に優れ、繊細で感傷的な歌風は、万葉末期を代表する。

▼画賛　佐竹本に「中納言従三位兼行春宮大夫大伴家持／大納言旅人男。鎮守府将軍／**さほしかのあさたつをのゝあきはぎにたまと見るまでおけるしらつゆ**（→小著『公任撰』56頁）」とある。『大伴系図』（続群書類従第七輯下・二七四頁）によれば、「大納言旅人」男、延暦四年（七八五）六十八歳没と見えるので、それに従うと養老二年（七一八）生まれ。『公卿補任』宝亀十一年（七八〇）条に参議になるまでの経歴が見える。天応元年

（七八一）六十四歳で「春宮大夫、従三位」。翌年、陸奥守、陸奥出羽按察使。延暦二年（七八三）「中納言」。同三年、征東将軍。同四年八月「中納言従三位兼行春宮大夫、陸奥按察使、鎮守府将軍」として多賀城で没した。時代は藤原氏専横へ。大伴氏は衰退傾向にあった。▼**木版画**　冠直衣《かんむりのうし》姿。竪菱《たてびし》文のある垂《すい》纓《えい》の冠を被り、表地を折り返す首上《くびかみ》、両端袖《はたそで》、襴《らん》の四箇所が裏地の色が透けない所謂「四白直衣《よつじろ》」を着る。裏地は松葉《まつば》色で、表白裏青の「松にふる雪」の襲（『薄様色目』文化九年（一八一二）刊）に相当し、「小松がはらにあわ雪ぞふる」（↓中納言家持1）による作画か。表地には臥蝶丸《ふせちようのまる》文がある。香色《こういろ》の指貫《さしぬき》の裾から、はみ出る下袴《したばかま》は紅地菱文《ひしもん》。佐竹本の家持像は、京博図録38で確認できる。▼**短冊**　掲げる一首は「**春の野にあさる雉子の妻ごひにをのがありかを人にしれつゝ**」（↓小著『公任撰』58頁）。星梅鉢《ほしうめばち》文の縫腋《ほうえき》の黒袍を着て、霰《あられ》文の表袴《うえのはかま》に、浮線綾《ふせんりよう》文のある下襲《しもがさね》の裾《しり》を引く束帯《そくたい》姿。垂纓の冠を被り、右手に笏《しやく》を持つ。袖口から紅の衵《あこめ》、足首から赤大口《あかのおおぐち》が覗き、襪《しとうず》を佩く。顔は左後方を振り返る。土佐光起筆『三十六歌仙図色紙貼交屏風』（京博図録135）や大阪大谷大学図書館本絵巻の家持（小著『公任撰』50頁）も、短冊と同じ姿。ただし、絵巻の家持は笏を持たない。

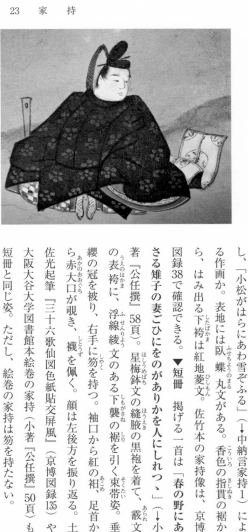

赤人　あかひと　生没年未詳。

『万葉集』巻十七に見える「山柿」の「山」は山上憶良の可能性もあるが、『古今和歌集』仮名序においては、人麿と併記され、高く評価されている。短歌・叙景歌に優れ、清澄・繊細な歌風。

▼画賛　佐竹本に「山辺赤人／五位也。神亀元年十月五日紀伊国行幸。在位時作歌／**わかのうらにしほみちくればかたを波あしべをさしてたづなきわたる**（→山辺赤人3）」とある。『三十六人歌仙伝』に「山辺宿祢赤人」「神亀元年甲子冬十月五日幸紀伊国時作歌」。生没年未詳。佐竹本は「五位也」とするが、官職も位階も不明。『万葉集』によって詠作時期が判明するのは、神亀元年（七二四）から天平八年（七三六）まで。聖武天皇の行幸に従った。正史には名が見えず、下級官人だったらしい。**▼木版画**　立烏帽子《たてえぼし》に、表地を折り返す首上《くびかみ》、両端袖《はたそで》、襴《らん》の四箇所の裏地の色が透け

ない所謂「四白直衣《よつじろのうし》」。裏地は松葉《まつば》色で、表白裏青の「松にふる雪」の襲（『薄様色目』文化九年（一八一二）刊）に相当し、「しめし野に…雪はふりつつ」（↓山辺赤人１）による作画か。表地には臥蝶丸《ふせちようのまる》文がある。指貫《さしぬき》も同じ松葉色。素足の先に桜花文のある黒漆塗の硯箱と赤い柄付きの墨が置かれ、墨を付けた筆を右手に、折紙を左手に持つ。今まさに詠歌を書き出そうとする瞬間か。視線は上空の彼方へやる。顔には深い皺が刻まれ、髪の毛や眉毛のほか、口髭・顎鬚・頬鬚にも白髪が混じる。佐竹本の赤人像は、京博図録53で確認できる。▼**短冊**　掲げる一首は、佐竹本に同じ。折烏帽子《おりえぼし》に、赤地金菊唐草《きくからくさ》文の狩衣《かりぎぬ》姿。袖端から左右縒《そうより》の袖括《そでくくり》の緒《お》の露先が垂れる。狩衣の裾は薄青《うすあお》の狩袴《かりばかま》の外に出し、晴の場面で用いる当帯《あておび》で腰を結ぶ。日焼けした顔に黒々とした口髭と顎鬚が印象的。土佐光起筆『三十六歌仙図色紙貼交屏風』（京博図録135）・永納画帖（13頁）・大阪大谷大学図書館本絵巻（小著『公任撰』51頁）の赤人も、短冊と同じ姿勢。永納画帖は右袖から檜扇を覗かせる。光琳画帖（24頁）や鈴木其一筆『三十六歌仙図屏風』（京博図録137）は、胸前で両腕を組む。

中納言家持1

まきもくの　檜ばらもいまだ　くもらねば　小松がはらに　あわ雪ぞふる

巻向の檜原もまだ曇らないのに、小松の生えたこの原には沫雪が降っていることだ。

▼『家持集』の「冬歌」。「まきもくのひばらのいまだくもらねばこまつがさきにあわゆきぞふる」（二四一）。原歌は『万葉集』の「巻向《まきもく》の檜《ひ》原《はら》も未　雲居者《いまだくもゐねば》　子松が末由《すゑに》沫雪　流《あわゆきぞふる》」（巻十・二三一四）。題詞は「冬雑歌」で、左注に「右柿本朝臣人麿之歌集出也」とある。▼「巻向」は、大和国の歌枕。奈良県桜井市三輪の東北一帯。檜が繁茂していたので「檜原」という。「子松」は「小松」に同じ。「末」は、葉や枝の先端。梢。「雪」の降る場所として、「すゑ」や「さき」から「はら」へと改訂されていったらしい。「流」は、主語が「雪」なので、「ふる」と訓み、音数の都合で係助詞「ぞ」を補った。▼「あわ雪」は、『万葉集』から『後拾遺和歌集』までは、「沫雪《あわ》」（泡のように溶けやすい柔らかな雪）という理解で多く冬の景物だったが、『源氏物語』若菜上の女三宮詠「はかなくてうはの空にぞ消えぬべき風にただよふ春のあは雪」（四六六）あたりから「淡雪《あは》」（春先に降る消えやすい雪）と理解され、春の景物となってゆく。▼『新古今和歌集』春上・二〇に「題しらず　中納言家持」、結句「あは雪ぞふる」として入集。▼1番の題は「ふる雪」。

山辺赤人1

あすからは　わかなつまむと　しめし野に　きのふもけふも　雪はふりつつ

明日からは若菜を摘もうと標を結った野に、昨日も今日も雪は降り続くことだ。

27　赤　人

▼公任『三十六人撰』赤人1を追認。原歌は『万葉集』の「従明日者《あすよりは》　春菜《わかな》採《つ》まむと標《し》めし野に　昨日も今日も雪はふりつつ」（巻八・一四二七）。「春の雑歌／山部宿祢赤人歌四首」の一首。家持1より早くから評価された歌で、多くの秀歌撰に入る。▼ただし、初句に本文異同がある。貫之撰『新撰和歌』二三は「春立てば」。一方、『赤人集』二、『古今和歌六帖』一「わかな」四三、『和漢朗詠集』上「若菜」三六は「春立たば」。「春の雑歌」に従えば、春になったので若菜を摘もうと思って、ということのはず。「春立たば」では冬歌となってしまう。いずれにせよ、第四句「昨日も今日も」に合わせて、やはり「明日」を用いる『万葉集』の「明日よりは」あるいは公任『三十六人撰』四四や本歌の「明日からは」が相応しい。▼「若菜」を早春に摘み、邪気を除くために食す。「標《し》め」は、標《しめ》を張って自分の占有であることを示し、他人の立ち入りをとめる、意の下二段動詞「標む」の連用形。「し」は過去。歌末の「つつ」は、反復・継続を示し、詠嘆がこもる。▼『新古今和歌集』春上・一一に「題しらず　山辺赤人」として入集。

中納言家持2

かささぎの　わたせるはしに　おく霜の　しろきをみれば　夜ぞふけにける

鵲の渡した橋に置く霜の白いさまを見ると、夜が更けたことがよくわかることだ。

▼『万葉集』には見えない。公任『三十六人撰』の家持詠三首はすべて『万葉集』所収歌だが、俊成の手元には、よみ人しらずで出典不明の古歌が付加されて成立した『家持集』があり、俊成はそこから採ったらしい。西本願寺本『家持集』冬歌・二六二にはこのままの本文で見え、冷泉家蔵資経本とその転写本である御所本（五一〇・一二）二七一には結句が「よはふけにけり」とある。▼「鵲《かささぎ》」は、『風俗通』に「織女、七夕ニ、河ヲ渡ルニ当タリ、鵲ヲシテ橋ト為サシム」とあるように、翼を並べて天の川を渡る牽牛と織女の二星の仲をとりもつカラス科の鳥。「鵲の渡せる橋」は、「鵲の橋」と略され、『八雲御抄』は「天河也」とする。天の川の白々と見えるさまを「鵲の渡せる橋に置く霜の白き」と喩え、そんな天の川を見ると、夜が更けたことを実感するなあ、と詠嘆する。張継「楓橋夜泊《ふうきょうやはく》」の「月落チ烏《からす》啼イテ霜天ニ満ツ」の詩境に近い。▼『新古今和歌集』冬・六二〇に「題しらず　中納言家持」として入集。定家が『百人一首』に採って人口に膾炙《かいしゃ》する。▼宮中の階《きざはし》とする真淵『うひまなび』の説は採らないが、2の題は「宮中」らしい。

山辺赤人2

ももしきの　大宮人は　いとまあれや　さくらかざして　けふもくらしつ

宮中に仕える人は、暇があるのか、桜を挿頭にさして今日も暮らしたことだ。

▼『万葉集』の「百礒城《ももしき》の大宮人《おほみやひと》は暇《いとま》有れや　梅を挿頭《かざ》して此間集有《ここにつどへり》」（巻十・一八八三）は、「春の雑歌」「野遊」と題する作者未詳歌。「ももしきの」は、「大宮」にかかる枕詞。「大宮人」は宮中に仕える人。「百礒城《ももしき》の大宮人《おほみやひと》は今日もかも暇《いとま》も無し」（巻六・一〇二六）と大宮人は忙しいとの前提で、大宮人たちの野遊を「暇《いとま》あれや」と庶民が訝《いぶか》しむ。「暇あればや」の意。▼西本願寺本『赤人集』に詞書「野にあそぶ」、下の句「むめをかざしみここにつどへる」（一七六）、『古今和歌六帖』にも下の句「むめをかざしてここにつどへり」（四・かざし・二三二七）とある。▼一方、『和漢朗詠集』は下の句を「さくらかざしてけふもくらしつ」（上「春興」二五、赤人）とする。公任は「春興」に「花ノ下ヲ帰ランコトヲ忘ルルハ、美景ニ因リテナリ」（一八）「歌酒ハ家家アリ、花ハ処処アリ」（二〇）などの白詩を並べ、和歌での「花」は、「梅」でなく、「桜」がふさわしいと考えたか。俊成は『和漢朗詠集』から採ったらしい。▼『新古今和歌集』春下・一〇四に「題しらず　赤人」として入集。

中納言家持3

神なびの　みむろの山の　くずかづら　うら吹きかへす　秋はきにけり

神なびのみむろの山の葛かづらを、風が吹いて裏返す秋はやって来たことだ。

▼『万葉集』には見えない。『家持集』諸本（西本願寺本・九八、冷泉家蔵資経本・九一、正保版本歌仙家集・八三など）に本文異同がなく、秋歌の冒頭に置かれる。俊成は『家持集』から採ったらしい（→中納言家持2）。▼「神なびのみむろの山」は、神が降臨し、鎮座する山という意の普通名詞。ここでは、秋のやってくる西の方角にある大和国の龍田の山が想定されよう（→柿本人麿1）。▼「くずかづら」は、秋の七草の一つ「葛《くず》」の異名。裏葉が白みがかっていて風が「吹き返す」（翻す、裏返す）と目立つ。「秋風の吹きうらがへすくずのはのうらみても猶うらめしきかな」（古今集・恋五・八二三、平貞文）などと「裏見」から「恨み」が詠まれることも多い。▼四季の歌としては、秋の到来を「風」によって知るのは古今集以来の伝統。「あききぬとめにはさやかに見えねども風のおとにぞおどろかれぬる」（古今集・秋上・一六九、敏行）は聴覚に依拠するが、葛の白々とした裏葉という視覚的な映像を示し、秋の悲哀を象徴する。▼『新古今和歌集』秋上の巻頭歌（二八五）に「題しらず　中納言家持」として入集。▼3の題は「神」。

山辺赤人3

わかのうらに　しほみちくれば　かたをなみ　あしべをさして　たづなきわたる

和歌の浦に潮が満ちてくると干潟がないので、葦の生い茂る水辺をめざして鶴の群れが鳴き渡る。

▼公任『三十六人撰』赤人3を追認。原歌は『万葉集』巻六・九一九の「若浦《わかのうら》に塩《しほ》満ち来れば　潟《かた》を無《な》み　葦辺《あしへ》を指して多頭《たづ》鳴き渡る」。▼神亀元年（七二四）冬十月五日、聖武天皇の紀伊国行幸があり、その時に「山部宿祢赤人」が作った長歌と反歌二首のうちの一首。『続日本紀』によると、五日に出発、八日に「玉津嶋頓宮」到着、十日余り逗留。赤人の長歌に「沖つ嶋　清き渚に　風吹けば　白浪騒ぎ　潮干《ふ》れば　玉藻苅りつつ　神代より　然《しか》ぞ尊き　玉津嶋山」（同・九一七）とある通り、風光明媚な和歌の浦を讃え、「弱浜《わかのうら》の名を改めて明光浦《あかのうら》と為す」「玉津嶋の神、明光浦の霊《みたま》を奠祭《でんさい》せよ」との詔を発している。▼「わかの浦」という地名の縁で、和歌の神として衣《そ》通姫《とほりひめ》が玉津島神社の祭神とされ、和歌浦は、紀伊国の歌枕として定着する。▼本歌は、『古今和歌集』仮名序の割注に記され、公任の秀歌撰『前十五番歌合』では、『古今和歌集』左注に「このうたは、ある人のいはく、柿本人麿が歌なり」とある「ほのぼのと明石の浦の朝霧に島がくれ行く舟をしぞ思ふ」（古今集・羇旅・四〇九）と番えられ、赤人の代表歌とされてきた。

業平　なりひら　（825〜880）

『古今和歌集』仮名序は、六歌仙の一人として歌風を「心余りて、ことば足らず」と評す。『伊勢物語』の主人公とされ、色好みの典型とされる。

▼画賛　佐竹本に「蔵人頭右近衛権中将従四位上在原朝臣業平／平城天皇孫。弾正尹阿保親王五男。母伊豆内親王、桓武天皇第八女／**よの中にたえてさくらのなかりせばはるのこゝろはのどけからまし**（→小著『公任撰』64頁）」とある。『三十六人歌仙伝』「蔵人頭従四位上右近衛権中将在原朝臣業平」に割注「弾正尹阿保親王五男」とある。『日本三代実録』元慶四年（八八〇）五月廿八日条に「従四位上行右近衛権中将兼美濃権守在原朝臣業平卒…年五十六」。天長二年（八二五）生まれ。

阿保《あぼ》親王（平城天皇皇子）第五子。母は桓武天皇女伊登《いと》（伊都）内親王。「体貌閑麗、放縦不拘、略無才学、善作倭歌」と評される。『本朝皇胤紹運録』（群書類従第五輯・三五頁）には「伊豆内親王」とあり、桓武天皇第八女。▼**木版画**　冠直衣《かんむりのうし》姿。垂纓《すいえい》の冠に、所謂「四白《よつじろ》直衣」。裏地は濃い香色《こういろ》。若者の姿である。表地には臥蝶丸《ふせちようのまる》文がある。萌葱《もえぎ》地白八藤丸《やつふじのまる》文の指貫《さしぬき》を佩く。その指貫の裾から、香色地白亀甲花菱《きっこうはなびし》文の下袴《したばかま》を少し出し、右手には「香《こう》の扇《おうぎ》」を広げて持つ。佐竹本の業平像は、京博図録39で確認できる。▼**短冊**　掲げる一首は、佐竹本に同じ。

巻纓《けんえい》の冠を被り、左右に緌《おいかけ》を付け、矢の入った平《ひら》胡籙《やなぐい》を背負い、左手に弓を持ち、左腰に衛府《えふ》の太刀《たち》を差す武官の姿。縹《はなだ》地襷《たすき》文の闕腋《けつてき》の袍《うえのきぬ》に、紫《むらさき》地八藤丸文の指貫。袍の下から半臂《はんぴ》の襴《らん》が見え、袖口から紅の衵《あこめ》が覗く。『伊勢物語』第八十二段の「酒を飲みつつ」を踏まえて、土器《かわらけ》で酒を飲むところか、右手は口の前にあり、頬はやや赤く染まる。土佐光起筆『三十六歌仙図色紙貼交屏風』（京博図録135）・北村季吟『歌仙拾穂抄』（上九ウ）・大阪大学図書館本絵巻の業平（小著『公任撰』60頁）も短冊と同じ姿。絵巻は太刀を差さない。

遍昭　へんじょう　（816〜890）

六歌仙の一人。知的で軽妙な歌風。『大和物語』に出家譚が見える。俗名良岑宗貞。『古今和歌集』以下の勅撰集に三十六首入集。

▼**画賛**　佐竹本に「大僧正遍照／大納言良峯安世八男。蔵人頭左近衛少将宗貞是也。承和以後寛平御時人。元慶寺座主／**すゑのつゆもとのしづくやよの中のおくれさきだつためしなるらん**（→僧正遍昭3）」とある。興福寺本『僧綱補任』寛平二年（八九〇）条に「僧正　遍照〈正月十九日入滅、七十五〉」とあり、逆算すると、生まれは弘仁七年（八一六）。同巻一・裏書に「嘉祥三年（八五〇）三月廿八日出家。元従五位下左近少将良峯宗貞也。以去廿一日仁明天皇崩御。依先皇寵臣、帰仏報恩」「大納言良峯安世第八子」とあ

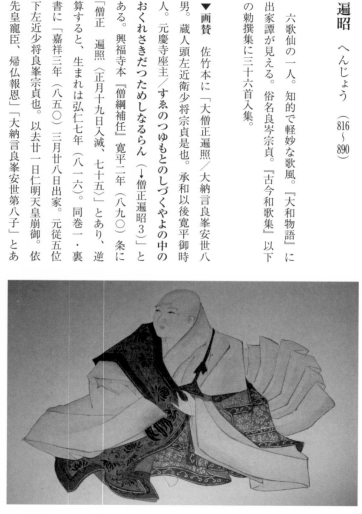

り、出家時は三十五歳だった。『三十六人歌仙伝』によれば、承和十三年（八四六）正月十三日「任左近衛少将」、嘉祥二年（八四九）正月「補蔵人頭」、仁和元年（八八五）十月廿三日「転僧正」、卒時「元慶寺座主」であったという。**▼木版画**　僧綱襟《そうごうえり》のある袍裳《ほうも》姿。僧正に相応しい香染《こうぞめ》である。左肩に皀色《くりいろ》地銀宝相華唐草《ほうそうげからくさ》文の甲《こう》の袈裟《けさ》を掛けて右脇から背中、左上腕部までに回らし、右肩を皀色《くりいろ》地紺竜胆《りんどう》唐草文の横被《おうび》で覆う。袈裟の下から襪《しとうず》を佩いた右足の指先が覗く。左手に念珠、右手に五鈷杵《ごこしょ》を持つ。目尻と額に皺のある老僧の姿。佐竹本の遍昭像は、京博図録54で確認できる。**▼短冊**　掲げる一首は「**たらちねはかゝれとてしもむばたまのわがくろかみをなでずや有けん**」（↓小著『公任撰』69頁）。袈裟に指貫は、指貫《さしぬき》を佩いて、平袈裟《ひらげさ》を掛ける。『左経記』長元七年（一〇三四）十二月四日に「其ノ装束、表衣《うえのきぬ》、大袈裟、指貫」など。左手に念珠を持ち、左上を見上げる横顔は、北村季吟『歌仙拾穂抄』（中廿一ウ）・大阪大谷大学図書館本絵巻（小著『公任撰』61頁）・鈴木其一筆『三十六歌仙図屏風』（京博図録137）なども同じ。

在原業平朝臣1

花にあかぬ　なげきはいつも　せしかども　けふのこよひに　にる時はなし

花をずっと見続けていたい思いは常に抱いてきたけれど、今日の今宵に勝る時はありません。

▼『伊勢物語』第二十九段に見える歌。「春宮の女御の御方」（皇太子の母である女御の御座所）で行われた「花の賀」（定家本・春、花の咲くころに行う賀の祝い）あるいは「花の宴」（阿波国文庫旧蔵本・春の観桜の宴）に参与した男が、その感激を詠む。▼『古今和歌集』の詞書「二条の后の春宮の女御と申しける時に…」（秋下・二九三）などによって「春宮の女御」と言えば「二条の后」（藤原高子）を指すと考えられたから、『伊勢物語』を読んでいた俊成は、この歌の背景に業平と高子のロマンを感じとっていたにちがいない。▼男が若い熱情で愛した女が入内して「女御」となり、女が産んだ皇子も「春宮」（皇太子）となった。そんな失恋を経験しても、往時の男の思いは変わらない。いくら見ても見飽きない「花」をずっと見ていたいのに、といつも溜息をついてきたが、「今日の今宵」（「今宵」の強調）は格別で、こんな思いは初めてだ、という。「春宵一刻値千金」というべき時間と空間の中で「花」に託して男は女への思慕を歌に詠む。▼『新古今和歌集』春下・一〇五に「題しらず　在原業平朝臣」として入集。後鳥羽院も『時代不同歌合』に採った。

僧正遍昭１

いそのかみ　ふるの山べの　さくらばな　うゑけむ時を　しる人ぞなき

布留の山辺の桜花は、その名の通り古いので、植えたという当時を知る人がいないことだ。

▼『後撰和歌集』春中・四九。「やまとのふるの山をまかるとて　僧正遍昭」。▼「石上《いそのかみ》」は「ふる」にかかる枕詞。「布留《ふる》」は、大和国の歌枕。「古る」と同音であり、「石上」に「そのかみ」（その昔）を掛けて、古いものの象徴として用いられる。▼「まかる」は、勅撰集の詞書故の丁寧語（→伊勢3）。ここは、「布留の山を」を受けるので「通って行く」の意か。とすれば、「ふる」には「経る」も響いていよう。『遍昭集』では、西本願寺本は「ふるのなかやまを」、冷泉家蔵唐草装飾本や同蔵『花山僧正集』とその転写本の御所本（五一〇・一一二）は「ふるの山みちを」。▼『古今和歌集』秋上・二四八に「仁和のみかど、みこにおはしましける時、ふるのたき御覧ぜむ、とておはしましけるみちに、遍昭がははの家にやどりたまへりける時に、庭を秋ののにつくりて、おほむ物がたりのついでに、よみてたてまつりける　僧正遍昭／さとはあれて人はふりにしやどなれや庭もまがきも秋ののらなる」とあるように、「布留」は、遍昭にとって母の住んでいた縁のある土地だった。▼「けむ」は、過去の伝聞。▼１の題は「花」。

在原業平朝臣2

月やあらぬ　はるやむかしの　はるならぬ　わがみひとつは　もとの身にして

月も春も昔と何も変わらない。なのに私を取り巻く状況は変わってしまった。私独りは昔のままで。

▼『古今和歌集』恋五・七四七。「五条のきさいの宮（藤原冬嗣女順子）の、にしのたいにすみける人（長良女高子）に、ほいにはあらで、ものいひわたりけるを、む月のとをかあまりになむ、ほかへかくれにける。あり所はききけれど、え物もいはで、又のとしのはる、むめの花さかりに、月のおもしろかりける夜、こぞをこひて、かのにしのたいにいきて、月のかたぶくまで、あばらなるいたじきにふせりて、よめる　在原業平朝臣」。『伊勢物語』第四段。「西の対」にいた女は藤原高子。清和天皇后、陽成天皇母となり、二条の后と呼ばれる。▼係助詞「や」には、疑問説と反語説とがある。「国破れて山河在り」の如く、漢詩に多く見られる人事の無常と自然の不変との対比とみて、反語説に従う。月や春は昔のまま。なのに、我が身独りは元のままで、自分を取り巻く環境はすっかり変わってしまった、という嘆き。「我が身一つは」の「は」は、言外に「世」（恋しい女を含む、我が身を取り巻く状況）の変化を暗示する。▼俊成自筆本『古来風体抄』に「月やあらぬといひ、はるやむかしの、などつゞけるほどの、かぎりなくめでたきなり」。

僧正遍昭2

みな人は　花のころもに　なりぬなり　こけのたもとよ　かわきだにせよ

すべての人は花やかな衣に着替えたと聞く。悲しみの涙で濡れた私の袈裟の袂よ、せめて乾いてくれ。

▼『古今和歌集』哀傷・八四七。「ふかくさのみかど（仁明天皇）の御時に、蔵人頭にてよるひるなれつかうまつりけるを、諒闇になりにければ、さらに世にもまじらずして、ひえの山にのぼりてかしらおろしてけり。その又のとし、みなひと御ぶくぬぎて、あるはかうぶりたまはりなどよろこびけるをききて、よめる　僧正遍昭」。仁明天皇崩御は、嘉祥三年（八五〇）三月廿一日（文徳天皇実録）。▼『大和物語』第百六十八段には、一年の服喪期間が終わって殿上人たちが賀茂川の河原に出て、身を浄めて喪服を脱いでいる場面に、異様な姿の童がこの歌が書かれた「柏」の葉を持って来たこと、筆跡と「苔の袂」（僧侶の着る粗末な衣服の袂）という語から、失踪していた良少将（良岑宗貞）が法師になっていると人々が知ったことなどが語られている。▼「ぬ」は状態の発生。「なり」は伝聞。「皆人は…」に対して、自分は、今なお、お仕えしていた仁明天皇の崩御の悲しみが癒えず、涙に暮れている、と言外に暗示する。副助詞「だに」は、サ変動詞の命令形「せよ」と呼応し、せめて…だけでも、と最小限を示す。▼2の題は「孤独の春」。

在原業平朝臣3

たがみそぎ　ゆふつけ鳥か　から衣　たつたの山に　をりはへてなく

誰の禊のために木綿をつけた鳥か。龍田の山で長くいつまでも鳴いているのは。

▼『古今和歌集』雑下・九九五。「題しらず　よみ人しらず」。▼『大和物語』第百五十四段には、大和国に住む美しい「人のむすめ」を、京より来た「男」が盗んで馬で龍田山まで逃げて来たが、日が暮れて、女は、おそろし、わびし、と泣くばかりという場面で、男が詠んだ歌とある。男は、「相坂のゆふつけどりもわがごとく人やこひしきねのみなくらむ」（古今集・恋一・五三六）を踏まえ、誰が恋しくて泣くのか、と問い、女は、将来が不安なのです、と返歌して死んでしまう。▼俊成は、『伊勢物語』第六段「芥川」からの連想で、業平詠としたか。▼「木綿付け鳥」は、「木《ゆ》綿《ふ》」（楮《こうぞ》の樹皮を剥ぎ、その繊維からつくった糸）を付けた鳥。「唐衣」は「裁つ」と同音の「龍田」を導く枕詞。「龍田の山」は、「龍田越え三津の浜辺に潔身《みそぎ》しにゆく」（万葉集・巻四・六二六）とあるように、難波や住吉などの浜辺で「禊《みそぎ》」（水で身を洗い清め穢れを落とすこと）をするために越えてゆく山だった。「をりはへて」は、諸説あるが、長々と。▼3の題は「無常」。

僧正遍昭3

すゑの露　もとのしづくや　世中の　おくれさきだつ　ためしなるらむ

葉末に留まる露と草木の根元に落ちる雫は、世の中の人が後れ先立つ無常の理を示すものであろうか。

▼公任『三十六人撰』遍昭1を追認。『遍昭集』一五。「よのはかなさのおもひしられはべりしかば」。『古今和歌六帖』一「しづく」五九三には作者表記がない。『遍昭集』の撰者がよみ人しらずを遍昭詠として利用した可能性もある。▼無常の理を「露」と「雫」によって具象化。「末」と「元」、「後れ」と「先立つ」の対句の妙。▼公任は『深窓秘抄』八五、『前十五番歌合』六、『三十人撰』四一、『三十六人撰』五〇、『和漢朗詠集』下「無常」七九八などに遍照詠として採る。また、『源氏物語』御法における紫上の絶唱「おくと見るほどぞはかなきともすれば風に乱るる萩のうは露」への源氏の返歌「露の世に後れ先だつほど経ずもがな」も本歌を踏まえる。▼『先達物語（定家卿相語）』（日本歌学大系第三巻）に「新古今えらまるゝ時、もとの雫や世の中のといふ歌、古今にあると思ひし程に、遍照の歌えらび出しゝに、なかりしかば〈新古今の時、古今の作者を書きて入りたる歌をみな抜き書きてかきあつめ〳〵せらるゝ也〉、かゝるふしぎこそ候へ、と故殿に申しゝ、かば、有家が一昨日来りしも、さ言ひしか、と仰せられき」とある。▼『新古今和歌集』哀傷巻頭歌。

素性　そせい　生没年未詳。

俗名良岑玄利《はるとし》。宗貞男。出家して雲林院《うりんいん》や石上《いそのかみ》の良因院に住む。『古今和歌集』以下の勅撰集に六十首入集。

▼画賛　佐竹本に「律師素性／良峯宗貞二男。宇多醍醐二代人／**いまこむといひしばかりにながつきのありあけの月をまちいでつるかな**（↓素性法師3）」とある。『三十六人歌仙伝』の割注に「良峯宗貞男」とあり、「寛平八年（八九六）閏正月行幸雲林院日…素性大法師為権律師」と見えるが、興福寺本『僧綱補任』によれば素性が律師となった形跡はない。兄の由性と混同している。由性は、延喜十五年（九一五）二月に小僧都として七十四歳で入滅。逆算して承和九年（八四二）の生まれ。父の良岑宗貞の出家は嘉祥三年（八五〇）三

月廿八日（↓本書34頁）なので、弟の素性は、承和十二年（八四五）頃の生まれか。宇多上皇の信任が厚く、昌泰元年（八九八）十月の宮滝御幸に召され、和歌を献じた。延喜九年（九〇九）十月二日、醍醐天皇御記云「於御前、書御屏風」が活躍の最後か。**▼木版画**　僧綱襟《そうごうえり》のある袍裳《ほうも》姿。袍の色は青鈍《あおにび》で、裳は白。袍裳の下に指貫《さしぬき》を佩く。指貫は萌葱《もえぎ》地銀八藤丸《やつふじのまる》文。真っ直ぐ前に視線をやり、父遍昭に比べて若い姿である。左肩に袈裟《けさ》を掛け、右脇から背中、左腕までに回らす。甲《こう》の袈裟の縁《へり》は檜皮《ひわだ》地黒唐草文、条葉は丁子《ちょうじ》地黒飛雲《ひうん》文。父遍昭のように右肩を横被《おうび》で覆うことはしない。右手に丁子染した檜扇《ひおうぎ》を持つ。佐竹本の素性像は、京博図録40で確認できる。**▼短冊**　掲げる一首は「**みわたせば柳桜をこきまぜて都は春のにしきなりけり**」（小著『公任撰』78頁）。縹《はなだ》地浮線綾《ふせんりょう》文の指貫を佩いて左膝を立てる。その上に置いた左手が白い袍の袖口から覗く。裳も白で、墨《すみ》染《ぞめ》の平袈裟《ひらげさ》との対比が鮮やか。顔は額の深い皺、長い眉毛、下瞼の隈が印象的。土佐光起筆『三十六歌仙図色紙貼交屏風』（京博図録135）も短冊と同じ姿で、白袈裟である。大阪大谷大学図書館本絵巻（小著『公任撰』70頁）や光琳かるた『百人一首』の素性は、短冊を左右反転させた姿である。

友則　とものり　生没年未詳。

『古今和歌集』撰者の一人。撰者四人のうち最年長。格調の高い流麗な歌風。勅撰集に六十五首入集。

▼画賛　佐竹本に「大内記友則／紀中納言孫。重之記云宮内少輔従五位下有朋男歟。延喜御時人／**夕さればさほのかはらのかはぎりにともまよはせる千鳥なくなり**（↓小著『公任撰』75頁）」とある。『史料』一ノ三、五五二頁以下。『尊卑分脈』四ノ二〇五頁によれば、友則は、中納言紀梶長（改勝長）から四代後の孫。「宮内少輔／従五下／有友（改有朋）」男。父有朋も古今集に二首入集する歌人。『三十六人歌仙伝』に延喜四年（九〇四）正月廿五日「任大内記」とある。仮名序や真名序の延喜五年（九〇五）四月十八日における友則の肩書も「大内記」。『古今和歌集』哀傷に「きのとものりが身まかりにける

時よめる」という貫之詠（八三八）と躬恒詠（八三九）が見え、古今集撰者の一人となったが、撰集中に没した。紀貫之とは従兄弟。**▼木版画**　垂纓《すいえい》の冠を被り、下襲《したがさね》の裾《しり》を一折にして後ろに引く。裾の裏地は、老年にふさわしい青黒《あおぐろ》。黒袍《くろほう》の陰で、表袴《うえのはかま》は少ししか見えない。なお、黒袍の前裾《すそ》に付けられた襴《らん》の右側の蟻先《ありさき》の箇所を、表袴と勘違いしてか、塗り残す。右手に笏《しゃく》を持ち、左後方を振り返る。顔全体がうっすらと赤い。佐竹本の友則像は、京博図録55で確認できる。**▼短冊**　掲げる一首は「**秋風に初雁がねぞ聞ゆなるたが玉づさをかけてきつらん**」(→小著『公任撰』79頁)。黒袍に立湧《たてわく》文、表袴に霰《あられ》文、下襲の裾に丸い浮線綾《ふせんりょう》文が描かれ、黒袍の盤領《まるえり》と袖口から紅の衵《あこめ》、襪《しとうず》を佩いた足首には赤大口《あかのおおぐち》が覗く。笏を足元に置き、両手を前で重ね、顔はやや上向きで、目を瞑る姿。「秋風に初雁がねぞ聞こゆなる」と、耳を澄ます姿か。大阪大谷大学図書館本絵巻の友則（小著『公任撰』71頁）も、短冊に同じく、笏を足元に置き、目を瞑って両手を組む。土佐光起筆『三十六歌仙図色紙貼交屏風』（京博図録135）や鈴木其一筆『三十六歌仙図屏風』（京博図録137）も同じポーズ。永納画帖（21頁）も、狩衣姿だが、同じポーズをとる。

素性法師1

我のみや　あはれとおもはむ　きりぎりす　なく夕かげの　やまとなでしこ

私だけがしみじみと心惹かれるのだろうか。コオロギが鳴く夕暮れの光に照らされた大和撫子に。

▼『古今和歌集』秋上・二四四。「寛平御時きさいの宮の歌合のうた　素性法師」。▼「きりぎりす」はコオロギの古名。『万葉集』には「蟋蟀」が六例、「蟋」が一例あり、それらを旧訓では「きりぎりす」と訓んでいたが、字余りになるので賀茂真淵以後は「こほろぎ」と訓む。しかし、八代集には「こほろぎ」の用例はない。『新撰万葉集』や定家自筆嘉禄二年本古今集などは漢字「蛬」を当てる。▼「夕かげ」は、夕暮れ時の仄かな日の光。『万葉集』に「吾が屋戸《やと》の秋の芽子《はぎ》開《さ》く夕影に今も見てしか妹《いも》がすがたを」（巻八・一六二二）など。元永本をはじめ平安時代書写の諸本は、「夕かげ」ではなく「夕ぐれ」。永暦二年俊成本は「ゆふぐれ」の「ぐれ」に「カゲ」と傍記。定家が傍記を採用したらしい。▼コオロギの鳴く夕暮れの、夕陽に照らされて浮かび上がる「大和撫子」の姿を「あはれ」と思うのは自分だけか。「大和撫子」は、中国産の「唐なでしこ」（石《せき》竹《ちく》）に対して、日本産のナデシコ。「撫でし子」（撫でるように大切に慈しんできた子）のイメージを含む故に、「あはれ」という感情に結びつく。「のみや」の「や」は疑問。▼1の題は「夕の光」。

紀友則1

ゆふされば　ほたるよりけに　もゆれども　ひかりみねばや　人のつれなき

夕方になると蛍以上に私の恋心は燃えるけれども、光が見えないので、あの人はつれないのか。

▼『古今和歌集』恋二・五六二。「寛平御時きさいの宮の歌合のうた　紀とものり」。『寛平御時后宮歌合』五八は「もゆるとも光みえねば人ぞつれなき」（たとえ燃えても光が見えないので、あの人がつれないことだ）。▼上代は、一日の明るい時間帯を三区分し、アサ→ヒル→ユフといった。暗い時間帯は、ユフべ→ヨヒ→ヨナカ→アカツキ→アシタと五区分する。「ユフ」と「ユフべ」、「アシタ」と「アサ」はほぼ重なる。「夕」は、男が女のもとへ行く時間「宵」が近くなる頃。夕方になると、まもなく恋人に逢えるかと恋情の炎に身を焦がすのである。▼「蛍」は、「あけたてば蝉のをりはへなきくらしよるはほたるのもえこそわたれ」（古今集・恋一・五四三）などのように、「燃える」恋情の比喩。「けに」は形容動詞「け（異・殊）なり」の連用形。「…よりけに～」は、…に比べて、一段と～。「忘れなむと思ふ心のつくからに有りしよりけにまづぞこひしき」（古今集・恋四・七一八）など。▼晋の車胤《しゃいん》が苦学し「蛍」を集めてその「光」で読書したという故事は有名。しかし、恋情は燃えても光らないので、あの人は気づかず、つれないのかという。

素性法師2

おとにのみ　菊のしら露　よるはおきて　ひるはおもひに　あへずけぬべし

噂に聞くだけで、菊の白露が夜は置き昼は日に消えるように、夜は起きて昼は恋情で死にそうだ。

▼『古今和歌集』恋一・四七〇。「題しらず　素性法師」。▼「音」は、評判、噂。「のみ」は限定の副助詞。「菊」に「聞く」を掛ける。「おきて」は「置きて」と「起きて」の掛詞。「思ひ」の「ひ」に「日」を掛ける。「あへず」は、下二段活用動詞「敢ふ」（我慢する）の未然形＋打消の助動詞「ず」の連用形で、耐えられず、堪えきれず、の意。「け」は、下二段動詞「消ゆ」の連用形「消え」が約まったもの。▼夜に置いた菊の白露が、昼になって太陽の日差しに耐えられず溶けて消えてなくなってしまうように、噂を聞くだけなのに、夜は眠れず起きて過ごし、昼は恋しい思いに我が身が堪えきれず、ほんとうに消え入り（死に）そうだ、という。「ぬ」は完了の助動詞の強意の用法。「べし」は確率の高い推量。▼「音にのみ聞く」は、恋のはじまりで、未逢恋。「聞て後、昼夜の思切にして、つゐに我思をもとげずして、たへず消えぬべきよ」（両度聞書）と女に初めて贈った歌の体。▼本歌取りとして『新古今和歌集』に「とくみのりきくのしら露よるはおきてつとめて消えむことをしぞおもふ」（釈教・一九三二、前大僧正慈円）など。

紀友則2

あづまぢの　さやの中山　なかなかに　なにしか人を　おもひそめけむ

東路の小夜の中山ではないが、なかなかに――中途半端にどうしてあの人を深く思うようになったのか。

▼『古今和歌集』恋二・五九四。「題しらず　とものり」。▼「あづまぢ」は、都から東国地方へ至る道筋。「さやの中山」は、東海道の難所の一つとして知られた峠。遠江国の歌枕。現在の静岡県掛川市東端に位置する。俊成は「さよの中山」と詠むこともあったが、顕昭と定家は「さや」が正しいとする（顕注密勘）。「あづまぢのさやの中山」は、同音反復で副詞「なかなかに」を導く序詞。▼「なかなかに」は、疑問の表現を伴って、中途半端に、なまじっか、の意。『万葉集』に「念ひ絶えわびにしものを中中に奈何《なにか》辛苦《くる》しく相見そめけむ」（巻四・七五〇）など。「なにしか」は、疑問の副詞「なに」＋強調の副助詞「し」＋係助詞「か」。過去の原因推量の助動詞「けむ」と呼応し、どうして…なのか、と過去の行動を反省する。『万葉集』に「豊洲《とよくに》のきくの浜松ねもころになにしか妹に相云ひそめけむ」（巻十二・三一三〇）など。「思ひそめ」の「そめ」は「初め」と「染め」を掛ける。▼『後撰和歌集』恋一の巻頭歌「あづまぢのさやの中山中中にあひ見てのちぞわびしかりける」（五〇七、源宗于朝臣）は、本歌を踏まえてもの。▼2の題は「思ひ」。

素性法師3

今こむと　いひしばかりに　ながづきの　あり明の月を　待出でつるかな

すぐに行くよとあなたが言ったばかりに、長月の有明の月が出るまで待ってしまったことだ。

▼公任『三十六人撰』遍昭1を追認。『古今和歌集』恋四・六九一。「題しらず　そせいほうし」。▼素性は女の立場で詠む。「今」は、ごく近い未来に関して、すぐに、の意の副詞。「来む」の「来」は、目的地を主にした言い方で、そちらへ行く、の意。「言ひしばかりに」は、男がそう言ったばかりに。『後撰和歌集』にも「人のむこの、今まうでこむといひてまかりにけるが、ふみおこする人ありとききてひさしうまうでこざりければ…いひつかはしける　女のはは／今こむといひしばかりをいのちにてまつにけぬべし…」(雑四・一二五九)など。▼「長月」は旧暦九月。『奥義抄』に夜がだんだん長くなる「夜長月」から誤ったという。「有明の月」は、太陽が東から昇っても、まだ西の空にある下弦の月。男の言葉を信じた女が、宵から暁まで長い九月下旬の一夜を寝ずに過ごし、とうとう有明の月が出てしまったという「一夜」の嘆きを詠んだとする説に対して、定家は『顕注密勘』に「今こむといひし人を月来《ごろ》まつ程に、秋もくれ月さへ在明になりぬとぞ、よみ侍けん」と「月ごろ」の嘆きとする。「待ち出でつる」は、出るまで待ってしまった。

紀友則3

したにのみ　こふればくるし　玉の緒の　たえてみだれん　人なとがめそ

秘かに恋するので実に苦しい。玉の緒が切れたように、心乱れてみたい。人よ咎めてくれるな。

▼『古今和歌集』恋三・六六七。「題しらず　とものり」。▼「した」は心の奥。「したに」の形で副詞的に用い、秘かに、の意。「のみ」は、まったく、ほんとうに、の意の強調の副助詞。「玉の緒」は、首飾りの美しい宝玉を貫き通す紐。「玉の緒の」という形で、その紐が切れるの意で「絶ゆ」にかかる枕詞となる。「玉の緒の絶えて」は「乱る」を導く序詞。▼抑えきれない恋心を無理に抑制する苦しさ。それから逃れるために、いっそ正気を失って、玉の緒が切れて玉が散乱するように、恋心のまま色に乱れたい。そんな発想は『万葉集』に由来するらしい。「生《いき》の緒に念《おも》へば苦し　玉の緒の絶えて乱れな　知らば知るとも」（巻十一・二七八八）、「恋ふる事まされば今は　玉の緒の絶えて乱れて死ぬべく念《おも》ほゆ」（巻十二・三〇八三）など。▼「な＋動詞の連用形＋そ」の形で、どうか…してくれるな、という相手に懇願し、婉曲に禁止の気持ちを表す。「ももくさの花のひもとく秋ののに思ひたはれむ人なとがめそ」（古今集・秋上・二四六）など。だらしない状態になっても、人よ、責めないでくれ。忍ぶ恋はそれほど苦しいのだ。▼3の題は「恋」。

猿丸　さるまる　生没年未詳。

『古今和歌集』真名序にその名が見え、『百人一首』にも入るが、伝説上の歌人。

▼**画賛**　佐竹本に「猿丸大夫／持統文武御時人。猿丸大夫〈従五位上〉者弓削皇子異名云々。弓削皇子天武天皇子。母大江皇女也／**おちこちのたづきもしらぬやま中におぼつかなくもよぶこどりかな**（↓猿丸大夫1）」とある。猿丸大夫は、生没年・伝未詳。『古今和歌集』真名序に「大友黒主之歌、古猿丸大夫之次也」と見えるのが初見。「小野小町之歌、古衣通姫之流也」と対句で、「衣通姫《そとほりひめ》」と同様「古《いにしへ》ノ」という修飾語が付く。『日本書紀』允恭紀に見える艶色が衣を通して輝くほどの容姿絶妙無比の女性「衣通姫」と対峙する古代の伝承上の人物。『古今和歌集目録』に「或人云、猿丸大夫者弓削王異名云々」（黒主項）、『一

53　猿　丸

代要記』天武天皇の皇子の一人に「弓削皇子〈母大江皇女、文武天皇三年七月薨〉」とある。▼**木版画**　垂纓《すいえい》の冠を被り、下襲《したがさね》の裾《しり》を後ろに引き、黒袍を着る。表袴《うえのはかま》は白い無文で、襪《しとうず》を佩く。目の周りの深い皺、ピンクに塗られた赤ら顔は、いかにも猿の如き形相である。佐竹本の猿丸像は、田中親美復元『佐竹本三十六歌仙絵巻』（美術公論社・一九八四年）などで推察できる。▼**短冊**　掲げる一首は**「奥山に紅葉ふみ分鳴鹿の声きく時ぞ秋はかなしき」**（↓猿丸大夫3）。折烏帽子《おりえぼし》を被り、右手をかざす。縹《はなだ》地浮線綾《ふせんりょう》文の指貫《さしぬき》を佩き、木賊《とくさ》色の無文の狩衣《かりぎぬ》を着る。袖口から紅地四菱《よつびし》文の単衣《ひとえ》が覗く。眉間に皺を寄せ、口を一文字に結び、泣き出しそうな表情は、「秋は悲しき」に照応するか。土佐光起筆『三十六歌仙図色紙貼交屏風』（京博図録135）・北村季吟『歌仙拾穂抄』（上十三ウ）・大阪大谷大学図書館本絵巻（小著『公任撰』80頁）の猿丸も、短冊と同じポーズをとる。ただし、光起筆・拾穂抄・絵巻ともに、指貫ではなく狩袴《かりばかま》。それに対して、光琳画帖（9頁）・酒井抱一『光琳百図』（↓本書186頁）・鈴木其一筆『三十六歌仙図屏風』（京博図録137）は、手をかざさず、猫背で狩衣を着て座る姿である。一方、永納画帖（22頁）は、左やや後方から描かれ、さらに酷《ひど》い猫背の老人の姿。

小町　こまち　生没年未詳。

六歌仙の一人。『古今和歌集』仮名序は「よき女のなやめるところあるに似たり」と評す。優艶哀切な歌風。絶世の美女の零落譚として説話化された。

▼画賛　佐竹本に「小野小町／小野宰相常詞女。古今目録曰、出羽国郡司女。号比古姫云々。仁明清和両代間人。於石上有贈遍照之哥／**いろ見えでうつろふものはよの中の人のこゝろのはなにぞありける**（→小野小町2）」とある。小野小町は、小野氏であること以外、出自も未詳。『小野氏系図』（群書類従第五輯・二九六頁）の「篁―良真―女子」とある「女子」に「小町」、「良真」に「出羽守、一本当澄、又常澄」と注す。佐竹本の「常詞」は、この「常澄」と関連するか。『古今和歌集目録』（群書類従第十六輯・一三五頁）に「出

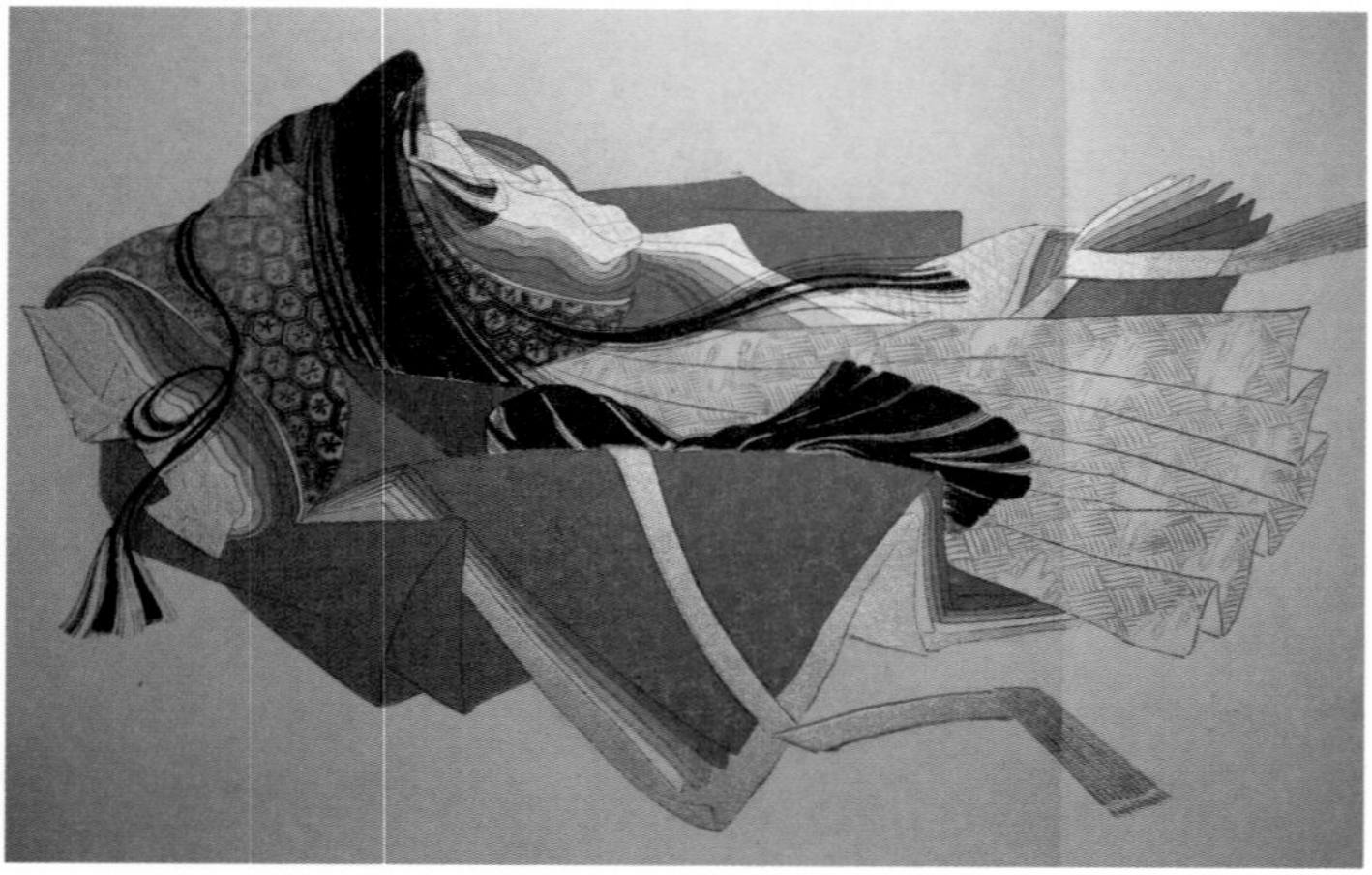

羽国郡司女…号比右姫云々」。「右」は「古」の誤写か。『後撰和歌集』雑三・一一九五、六に石上《いそのかみ》寺における遍昭（→本書37頁）との贈答歌が入集。仁明・文徳・清和朝の人と推定される。伝説化が著しい。▼**木版画**　三十六歌仙のうち唯一顔が描かれない。身を少し右に捩りながら背を向け、黒髪が裳《も》や引腰《ひきごし》と競うように長く引く。紅袴に、銀地横繁菱《よこしげびし》文の単衣《ひとえ》。紅の薄様《うすよう》の五衣《いつつぎぬ》、紅地唐草《からくさ》丸繋《まるつなぎ》 中唐花《ちゅうからはな》文の表着《うわぎ》に、黄朽葉《きくちば》亀甲《きっこう》花菱《はなびし》文の唐衣《からぎぬ》を着る。裳は白地青州《す》浜《はま》文。佐竹本の小町像は、京博図録58で確認できる。▼**短冊**　掲げる一首は、佐竹本に同じ。顔は、引目《ひきめ》鉤鼻《かぎはな》で描かれ、やや俯き加減で、左右の髪の下がり端《ば》が垂れ、左手に持った半ば開いた檜扇《ひおうぎ》の扇面をじっと眺める。単衣は紺《こん》地檜垣《ひがき》文、五衣は撫子《なでしこ》の薄様《うすよう》、表着は山吹《やまぶき》地唐草文。その上に着る白地紺 桜川《さくらがわ》文の衣裳は、細長《ほそなが》らしい。唐衣と同様、脱ぎ垂れるように着用する。土佐光起筆『三十六歌仙図色紙貼交屏風』（京博図録135）・北村季吟『歌仙拾穂抄』（中廿六ウ）・大阪大谷大学図書館本絵巻（小著『公任撰』81頁）も同じ姿。拾穂抄や絵巻は、桜川文の細長まで同じ。酒井抱一『光琳百図』（→本書187頁）・鈴木其一筆『三十六歌仙図屏風』（京博図録137）は唐衣・裳姿で右上を振り返る。

猿丸大夫1

をちこちの　たつきもしらぬ　山中に　おぼつかなくも　よぶこどりかな

あちこちの様子を知る手段も分からない山中で、心細くも、人を呼ぶように鳴く鳥であるよ。

▼公任『三十六人撰』猿丸1を追認。『古今和歌集』春上・二九は「題しらず　よみ人しらず」だが、やがて猿丸詠とされて『猿丸集』四九に採られた。▼「をちこち」は、あちこち。『万葉集』に「遠近《をちこち》の礒の中なる白玉を人に知らせで見るよしもがも」（巻七・一三〇〇）など。「たつき」は、古形「たづき」。様子を知る手段。『万葉集』に「世間《よのなか》繁き仮廬《かりほ》に住み住みて至らむ国の多附《たづき》知らずも」（巻十六・三八五〇）など。『重之子僧集』の「をちこちのたづきもしらぬ山のうへにたがしめおけるささのいほぞも」（三〇）や『田多民治集』の「をちこちのたつきもしらぬ明くれにいかで千鳥の浦づたふらん」（九五）などは、本歌の影響歌。▼「よぶこどり」は、鳴き声が人を呼ぶように聞こえる鳥。古今伝授の三鳥の一つ。カッコウほか諸説あるが、実体ははっきりしない。『万葉集』に「春雑歌／神奈備のいはせの社の喚子鳥《よぶこどり》いたくな鳴きそ吾が恋まさる」（巻八・一四一九、鏡王女）など九例。『堀河百首』の春廿題の一つになり、基俊が「おぼつかなたれよぶこ鳥なくならんこたふる人もなき山中に」（二一九）と本歌取りする。▼1の題は「春」。

小野小町1

花の色は　うつりにけりな　いたづらに　わがみよにふる　ながめせしまに

花の色は空しく褪せてしまったなあ。長雨に降りこめられて無為に過ごしていた間に。

▼公任『三十六人撰』小町1を追認。『古今和歌集』春下・一一三。「題しらず　小野小町」。▼「花の色」は、『白氏文集』巻第六十四に「貌偸花色老暫去　歌踏柳枝春暗来」（三一〇七）などと見える漢語「花色」に拠り、花の如き自身の容色を掛ける。「花の色はかすみにこめて見せずともかをだにぬすめ春の山かぜ」（古今集・春下・九一、良岑宗貞）は「偸（ぬすむ）」で繋がるか。▼「うつる」は褪せる、衰える。「に」は状態の発生。「けり」は発見。「な」は詠嘆（→本書137頁）。「いたづらに」は、空しく、の意で、「うつりにけりな」と「経る」の両方に係る。▼「世」は、世の中、世間、の意だが、男女の関係、の意を汲み取り、男女関係にかかずらわって、いたずらに物思いをしていた間に、とする解釈（島津忠夫『新版百人一首』）もある。四季歌なら「我が身世に」は、二つの掛詞「ふる（経・降）」「ながめ（物思い・長雨）」を介して「降る長雨」を導く序詞のはず。しかし、いかにも人間臭く詠まれた四季歌は、一方で、自然に託して人事を詠むのが和歌の方法であるゆえに、たやすく反転する。それは、小町像が伝説化してゆく所以でもある。

猿丸大夫2

ひぐらしの　なきつるなへに　日はくれぬ　とおもふは山の　かげにぞありける

蜩の鳴いたのと同時に日は暮れた。そう思ったが実は、陽の差さない山の陰であったのだよ。

▼公任『三十六人撰』猿丸2を追認。『古今和歌集』秋上・二〇四は「題しらず　よみ人しらず」だが、やがて猿丸詠とされて『猿丸集』二八に採られた。詞書「物へゆきけるみちに、ひぐらしのなきけるをききて」。▼「蜩」は、晩夏から初秋にかけてカナカナと鳴く蝉。「つる」は、一瞬の動作の完了。「なへに」は、ある事態と同時に、他の事態が存在・進行する意を表す。蜩が一瞬カナカナと鳴いた、その瞬間に「ヒグラシ」という名の通り、日が暮れてしまう、の意。「ぬ」は、状態の発生。「かりがねのなきつるなへに唐衣たつたの山はもみぢしにけり」（後撰集・秋下・三五九）、「鶯のなきつるなへにかすがののけふのみゆきを花とこそ見れ」（拾遺集・雑春・一〇四四）など。▼「おもふは」は、古今集諸本でも「おもへば」（私稿本）「みれば」（元永本・永治二年清輔本・伏見宮旧蔵顕昭本）「みしは」（雅経筆崇徳天皇御本・保元二年清輔本・天理図書館蔵顕昭本）など本文異同がある。『猿丸集』は「おもへば」、『古今和歌六帖』は「みえしは」（六「ひぐらし」四〇〇七）。▼「AはBにぞありける」は、不思議な現象Aを提示し、実はBだったのだと種明かしする。

小野小町2

色みえで　うつろふ物は　世中の　人のこころの　花にぞありける

色が見えないで移ろうものは、世の中の人の心の花であったよ。

▼公任『三十六人撰』小町3を追認。『古今和歌集』恋五・七九七。「題しらず　小野小町」。『小町集』二〇。「人の心かはりたるに」。▼初句「色みえて」の「て」の清濁が古来問題にされてきた。それは、貞観・元慶期頃に完成するとされる平仮名体の清濁を書き分けない文字体系が近代まで続いてきたことに因る。和歌の修辞法の一つである掛詞が発達する所以でもある。「いろみえて」と表記されているのだから、まずは「て」で解するのも自然な読み方といえる。目に見えて色褪せてゆくものは花ですが、それらしい気配が感じられないうちに秘かに変わってゆくのは、世の中の人の心の花でした、と単純接続の「て」と打消接続の「で」の掛詞（新古典文学大系）とみることもできよう。▼小町1の「花の色」「うつる」という自然詠から「色みえでうつろふ」「心の花」という人事詠へ。「人の心」を「花」に見立てる。▼2の題は、発見の詠嘆「…にぞありける」。構文「AはBなりけり」は、Aで謎を提示し、Bでその謎を解く。「に」は断定。「ぞ」は強調の係助詞。「ける」は、はじめてそれに気づいたという詠嘆を表す「けり」の連体形。

猿丸大夫3

おく山に　もみぢふみわけ　なくしかの　こゑきくときぞ　秋はかなしき

奥山で紅葉を踏み分けて鳴く鹿の声を聞く時だよ。秋は悲しいと実感するのは。

▼公任『三十六人撰』猿丸3を追認。『古今和歌集』秋上・二一五。詞書は、定家本「これさだのみこの家の歌合のうた」、元永本・清輔本・顕昭本「題しらず」。『寛平御時后宮歌合』八二所収歌。いずれにせよ「よみ人しらず」だが、やがて猿丸詠とされて『猿丸集』三九に採られた。詞書「しかのなくをききて」、初句「あきやまの」、結句「物はかなしき」。『三十六人撰』の初句「おくやまの」。▼「鹿」と取り合わせられた「もみぢ」なので、「萩もみぢ」とみて、『新撰万葉集』一一三には「黄葉」を当てる。初句は「奥山丹」、結句は「秋者金敷」。▼第二句「もみぢ踏み分け」の解釈に両説ある。「鳴く」に係って主語を「鹿」とするか、「聞く」に係って主語を「人」とするか。万葉風に五七調に読めば「人」、七五調で読めば「鹿」とも言い得る。俊成の時代、初句切れも増え、ますます七五調の歌が多くなり、「秋はぎをしがらみふせてなくしかのめには見えずておとのさやけさ」（古今集・秋上・二一七）などと同様、第二句は第三句「鳴く鹿の」を修飾する句とみるのが相応しいか。妻問う鹿の声に悲秋を強く感じる。▼3の題は「ぞ悲しき」。

小野小町3

あまのすむ　うらこぐ舟の　かぢをたえ　よをうみわたる　我ぞかなしき

漁夫の住む浦を漕ぐ舟が「かぢ」を無くし海を渡るように、世間で辛く暮らす私ですよ。悲しいのは。

▼『後撰和歌集』雑一・一〇九〇。「さだめたるをとこもなくて、物思ひ侍りけるころ　小野小町」。腰の句「かぢをなみ」。「かぢをたえ」という本文は、『好忠集』の「ゆらのとをわたるふな人かぢをたえ行へもしらぬこひのみちかな」(四一〇)の影響か。▼舟には、推進機能と方向決定機能が必要だが、二つの機能が分化していなかったため、どちらの機能をはたす道具も「かぢ」と呼ばれていた。中世以降、方向を決める道具を「かぢ(舵)」、推進具を「かい(櫂)」と使い分けられていく。「海」に漂うままの「舟」のような我が身。▼「世を」は「うみ」と「渡る」両方に係る。「うみ」は「憂み」(辛いので)と「海」の掛詞。「おほかたはわが名もみなとこぎいでなむ世をうみべたに見るめすくなし」(古今集・恋三・六六九)など。▼『古今和歌集』の「あまのすむさとのしるべにあらなくに怨みむとのみ人のいふらむ」(恋四・七二七、小野小町)などの影響によって、『小町集』の「さだめたることもなくて、心ぼそきころ／すまのあまのうらこぐ船のかぢよりもよるべなき身ぞかなしかりける」(七八)などと同様、小町詠と伝承された歌。

兼輔　かねすけ（877～933）

紫式部の曾祖父。賀茂川の堤近くに住み、堤中納言と称される。醍醐天皇の寵遇を得、貫之や躬恒を庇護。『古今和歌集』以下の勅撰集に五十七首入集。

▼**画賛**　佐竹本に「中納言従三位兼行右衛門督藤原兼輔／左近衛中将利基六男。寛平御時人。号堤中納言／**人のおやのこゝろはやみにあらねどもこをおもふみちにまよひぬるかな**（→小著『公任撰』98頁）」とある。『史料』一ノ六、七〇九頁以下。『三十六人歌仙伝』「中納言従三位兼行右衛門督藤原兼輔」に割注「左近衛中将利基六男」、「号堤中納言」とある。『公卿補任』によれば、延長五年（九二七）正月十二日、五十一歳で「五人ヲ超エテ」「権中納言従三位」に任ぜられた。同八年（九三〇）十二月十七日「中納言」となって「右衛門督」を兼ねた。承平三年（九三三）二月十八日五十七歳で薨去。

逆算すると、元慶元年（八七七）の生まれ。佐竹本には「寛平御時人」とあるが、寛平年間（八八九～八九八）はまだ十三～廿二歳。「延喜御時人」である。▼木版画　竪菱文《たてびし》のある垂纓《すいえい》の冠を被り、縫腋《ほうえき》の黒袍を着る束帯《そくたい》姿。胸の前で笏《しやく》を持ち、下襲《したがさね》の裾《しり》を二折にして後ろに長く引く。黒袍の下から、わずかながら表袴《うえのはかま》と襪《しとうず》が覗く。躑躅《つつじ》（表白瑩《しろのみがき》、裏濃打《こきうち》）の下襲《したがさね》。佐竹本の兼輔像は、京博図録41で確認できる。▼短冊　掲げる一首は、佐竹本に同じ。左方であることを意識してか、右方の朝忠と向かい合うように座る。黒袍は根引松竹唐草《ねびきまつたけからくさ》文で、盤領《まるえり》と袖口から紅の衵《あこめ》が、表袴は霰《あられ》文で、足首に赤大口《あかのおおぐち》が覗く。下襲の裾は描かれない。佐竹本に比べ、笏を目の高さまで右手で挙げ、視線を笏に貼られた笏紙《しやくし》に落としているように見える。土佐光起筆『三十六歌仙図色紙貼交屏風』（京博図録135）・北村季吟『歌仙拾穂抄』（上十五ウ）・大阪大谷大学図書館本絵巻（小著『公任撰』90頁）の兼輔も、短冊と同じ向きで同様な姿で座るが、下襲の裾を大きく一折にして後ろに引き、浮線綾《ふせんりょう》の丸文がある。

朝忠　あさただ（910～966）

父定方《さだかた》の同母妹胤子《たねこ》は醍醐天皇母。『後撰和歌集』以下の勅撰集に二十一首入集。『大和物語』に逸話。

▼**画賛**　佐竹本に「中納言従三位藤原朝忠／三条右大臣定方卿二男。母中納言山蔭女。別当右衛門督。延喜御時人。号土御門中納言／**あふことのたえてしなくはなか〳〵に人をも身をもうらみざらまし**（→中納言朝忠2）」とある。『史料』一ノ一一、七五〇頁以下。『三十六人歌仙伝』によれば、割注「右大臣定方五男、母中納言山蔭女」で、応和元年（九六一）十二月「叙従三位」、同三年九月「任中納言」、康保二年（九六五）十一月「依病、辞右衛門督并別当」、同三年十二月二日「薨」、「号土御門中納言」とある。『公卿補任』天暦六年（九五二）条に「延喜十年（九一〇）生、右大

臣定方五男」。薨去時「年五十七」（『日本紀略』）。『尊卑分脈』二ノ五七頁によると、朝忠は「三条右大臣」定方三男。「定方卿二男」は誤りか。延喜年間はまだ十代で「延喜御時人」は不正確。**▼木版画** 垂纓《すいえい》の冠を被り、縫腋《ほうえき》の黒袍を着る束帯《そくたい》姿。右後方から横顔が描かれる。臥蝶丸《ふせちようのまる》文のある下襲《したがさね》の裾《しり》を大きく一折にして後ろに引くさま、石帯《せきたい》を着装するさまがよく観察できる。公卿が節会などの晴の儀式に臨む場合にふさわしく「銙《か》」（石）は「巡方《ずんぼう》」（四角）で、「上手《うわで》」の先の銙を、石帯の背部に差し込んでいる。佐竹本の朝忠像は、京博図録59で確認できる。酒井抱一『光琳百図』（→本書187頁）や鈴木其一筆『三十六歌仙図屏風』（京博図録137）なども同じ姿。永納画帖（29頁）は、同じ後ろ姿だが、右膝を立て、右手に笏を持ち、顔は左後方を振り返る。**▼短冊** 掲げる一首は、佐竹本に同じ。右前方から描く。黒袍は雲立涌《くもたてわく》文。盤領《まるえり》と袖口から紅の衵《あこめ》が覗く。笏《しやく》を右手に持ち、衛府《えふ》の太刀《たち》を左腰に差して平緒《ひらお》を結んで前に垂らす。裾は二折。土佐光起筆『三十六歌仙図色紙貼交屏風』（京博図録135）や北村季吟『歌仙拾穂抄』（下一ウ）の朝忠がこれに近い。大阪大谷大学図書館本絵巻（小著『公任撰』91頁）も、同じ姿だが、窠霰《かにあられ》文の表袴《うえのはかま》が見え、赤大口《あかのおおぐち》が覗き、襪《しとうず》を佩く。裾は一折。

中納言兼輔1

みじか夜の　ふけゆくままに　たかさごの　峰の松かぜ　ふくかとぞきく

夏の短夜が更けてゆくにつれて、峰の松風が吹いているのかと琴の音を聞いて思うことだ。

▼『後撰和歌集』夏・一六七。「夏夜、ふかやぶが琴ひくをききて　藤原兼輔朝臣」。清原深養父は、元輔の祖父（清原系図・三十六歌仙伝）。和歌のみならず、弾琴にも優れていたらしい。▼「みじか夜」は、公任『三十六人撰』所収人麿4に「郭公鳴くやさ月の短夜も独しぬればあかしかねつも」とあった歌語。夏の夜の短いことをいう。兼輔二男の清正が「みじかよののこりすくなくふけゆけばかねてものうきあか月のみち」（清正集・七五）と受け継ぐ。▼「高砂の」は「峰」にかかる枕詞。「峰の松風」は、峰に生える松の梢に当たって音をたてさせるように吹く風。俊成は、公任『三十六人撰』所収斎宮女御詠1「ことのねにみねのまつ風かよふらしいづれのをよりしらべそめけむ」を意識し、この兼輔詠を採ったか。斎宮女御詠は『拾遺和歌集』雑上・四五一に詞書「野の宮に斎宮の庚申し侍りけるに、松風入夜琴といふ題をよみ侍りける」として入集。▼「松風、夜ノ琴ニ入ル」は、李嶠百詠の一句。歌題となるほど広く知られていた。夙に『寛平御時后宮歌合』夏に「琴の音にひびきかよへる松風はしらべても鳴く蝉の声かな」（七五）など。

中納言朝忠1

万代の　はじめとけふを　いのりおきて　いまゆくすゑは　神ぞしるらむ

万代の始めだと今日を祈り置いて、今帰ってゆきます。行末は神が御照覧のことでしょう。

▼公任『三十六人撰』朝忠1を追認。『拾遺抄』賀・一六四。巻頭歌。「天暦御時、斎宮のくだりけるに、長奉送使にて、おくりつけ侍りて、かへり侍らんとするほどに、女房などさかづきさして、わかれをしみ侍りけるに　中納言藤原朝忠」。『拾遺和歌集』でも賀の巻頭歌。二六三。▼村上天皇の治世、天暦九年（九五五）七月斎宮に卜定された楽子《よしこ》内親王が天徳元年（九五七）九月五日伊勢に下向した（一代要記・日本紀略）。その際、当時参議で四十八歳の朝忠が長奉送使《ちょうぶそうし》として同行。斎宮を伊勢まで送り届け、京に帰る送別の宴での詠歌だったらしい。▼「万代」「神ぞしるらむ」は、『古今和歌集』の賀歌「よろづよは神ぞしるらむわがきみのため」（三五四、素性）「よろづ世をいはふ心は神ぞしるらむ」（三五七、素性）以来の歌語。「いのる」は、伊勢神宮に「今日の佳き日が万代まで続く御代の始まりとなりますように」と請い願う。▼『朝忠集』五三は、詞書「…いまかへるとて」、結句「神ぞかぞへん」。公任『三十人撰』五八の結句も「かみぞかぞへむ」。賀意を明確にする意識によるか。▼1の題は「ゆく」。

中納言兼輔2

あふさかの　木のした露に　ぬれしより　わがころもでは　今もかわかず

逢坂の木の下露に濡れた時から、私の袖は今も乾きません。あなたと別れたつらさが今も癒えません。

▼『後撰和歌集』恋三・七二三。「からうじてあへりける女に、つつむこと侍りて、又えあはず侍りければ、つかはしける　兼輔朝臣」。やっとのことで逢うことができた女に、世間を憚ることがあって、又逢うことができなかった。それで女に贈った歌。▼「あふさか」は、近江国の歌枕。地名に男女が「逢ふ」ことを掛ける。「女のもとにまかりて、えあはでかへりて、つかはしける／あはでのみあまたのよをもかへるかな人めのしげき相坂にきて」（後撰集・恋五・九〇五）など。▼逢って別れる際に流した涙を「木の下露」（木の枝葉から滴り落ちる露）に喩える。「みさぶらひみかさと申せ宮木のこのしたつゆはあめにまされり」（古今集・東歌・一〇九一）を踏まえ、それは雨にまさるものと暗示する。「濡れし」の「し」は、兼輔の直接体験した過去であることを示す。▼「衣手」は、袖あるいは袂の意。『万葉集』以来の歌語。「吾が背子を相見し其の日　今日までに吾が衣手は乾《ひる》時もなし」（万葉集・巻四・七〇三）という女歌を、男歌に変換。「今も乾かず」は、ずっと逢えず、悲しくて泣き続けているのだ。▼2の題は「逢而不逢恋」。

中納言朝忠2

あふことの　たえてしなくは　中中に　人をも身をも　うらみざらまし

逢うことがまったくなかったらかえって、あの人をも我が身をも恨むことはなかっただろうに。

▼公任『三十六人撰』朝忠3を追認。『拾遺抄』恋上・二三五。「天暦御時歌合に　右衛門督朝忠」。『拾遺和歌集』恋一・六七八の作者表記は「中納言朝忠」。天徳四年（九六〇）三月卅日『内裏歌合』三八番歌。題「恋」。実頼の判詞「ことばきよげなり」。▼『拾遺抄』『拾遺和歌集』の配列では、それぞれ恋上・二五六、恋二・七一四になって「はじめて女のもとにまかりて」云々という詞書をもつ和歌が現れるので、公任や花山院はこの歌を「未逢恋」の意で解していたらしい。初めから逢える可能性がまったく無かったら、というのであろう。▼しかし、『深窓秘抄』では、本歌は六九蕃歌として、七〇番歌の敦忠詠「あひみてののちの心にくらぶればむかしはものもおもはざりけり」と並んで置かれ、敦忠詠に近い解釈に変化してゆく契機を内包していた。▼『定家八代抄』恋三になると、敦忠詠「あひみての」が一〇七〇番歌、朝忠詠「あふことの」が一一一六番歌と、配列が前後し、定家は朝忠詠を「逢而不逢恋」の歌とみていたことが知られる。俊成も、逢ってかえって増す恋心とみて、ここに採ったらしい。『百人一首』四四。

中納言兼輔3

みかのはら　わきてながるる　いづみ川　いつみきとてか　恋しかるらむ

みかの原を湧いて流れる泉川――いつ見たといってこんなにも恋しいのだろう。

▼『古今和歌六帖』三「かは」一五七二。作者表記なし。一五六四番歌「おとにのみきかましものをおとは川わたるとなしにみなれそめけん」に「かねすけ」とあるので、本歌も兼輔詠とされたか。▼「みかの原」は、木津川の北岸の歌枕。ミカ（水処）が語源か。『続日本紀』によると、和銅六年（七一三）元明天皇が「甕原《みかのはら》離宮」に行幸、天平十二年（七四〇）から四年間、聖武天皇が近くに恭仁京を造営。『万葉集』によれば「三《み》日原《かのはら》布《ふ》当《たぎ》の野辺を清みこそ大宮処定《さだめ》けらしも」（巻六・一〇五一）と景勝地だったが、「三《み》香原久《かのはらく》迩《に》の京《みやこ》は荒《あれ》にけり」（同・一〇六〇）と荒廃した。平安京遷都後の『古今和歌集』では「都いでて今日みかの原泉川河風寒し衣かせ山」と春日詣や初瀬詣の遠景に後退する。▼「泉川」も、「青丹《あをに》よし奈良やますぎて泉河《いづみがは》きよきかはらに馬駐《とどめ》」（万葉集・巻十七・三九五七、家持）と詠まれる歌枕で、木津川の古名。上の句は、掛詞で「いつ見」を導く序詞。未逢恋を、滾々《こんこん》と湧き出る泉に寄せて詠む。「らむ」は原因推量。▼『新古今和歌集』恋一・九九六「題しらず　中納言兼輔」。『百人一首』二七に採られ、人口に膾炙する。

中納言朝忠3

くらはしの　山のかひより　はるがすみ　としをつみてや　たちはじむらむ

倉橋の山々の間から春霞が、今年もまた五穀豊穣を祝って、今ごろ立ちはじめているだろうか。

▼公任『三十六人撰』朝忠2を追認。結句「たちわたるらむ」。天徳四年（九六〇）『内裏歌合』冒頭歌。実頼の判詞に「くらはしやまにとしをつむといふことよろし、又はしにわたるなどいふもさもありなん」とあるので、歌合に出詠された歌は結句「たちわたるらむ」だったと知られる。▼「倉橋の山」は、大和国の歌枕。奈良県桜井市倉橋付近の山。地名「倉橋」から、倉に「とし」（五穀、特に稲）を「積み」上げて、と展開する。一年に一回、穀物が実ることから、五穀、または、その耕作、収穫、作柄などを「とし」という。『万葉集』に「わが欲《ほ》りし雨は降り来ぬかくしあらば言挙げせずとも登思《とし》は栄えむ」（巻十八・四一二四）、『拾遺和歌集』に「年《とし》もよし蚕飼も得たりおほくにの里たのもしくおもほゆる哉」（神楽歌・六一四、兼盛）など。▼名義抄「稔ミノル、トシ」とあり、「としをつみて」は、新しい年を積み重ねて、毎年穀物が豊かに稔る国土という祝意をこめる。「らむ」は現在推量で、倉橋山に思いを馳せ、今ごろ春霞が立ちはじめているだろうか、と想像する。▼『金葉和歌集』初撰本・四、三奏本・三に入集。▼3の題は「らむ」。

敦忠　あつただ（906〜943）

色好みとして知られ、『後撰和歌集』『大和物語』などに恋歌を多く残す。琵琶の名手でもあった。『後撰和歌集』以下の勅撰集に二十九首入集。

▼**画賛**　佐竹本に「権中納言従三位藤原敦忠／左大臣時平三男。母左衛門佐藤原棟梁女。延喜御時人也。号本院中納言／**あひ見てののちのこゝろにくらぶればむかしはものをおもはざりけり**（↓小著『公任撰』106頁）」とある。『史料』一ノ八、二〇〇頁以下。『公卿補任』天慶六年（九四三）条に「権中納言従三位藤原敦忠　三月七日卒（三十八）。号枇杷殿中納言。又土御門。又本院」とあり、生年は延喜六年（九〇六）で、「本院中納言」とも号された。また、参議に加わった天慶

二年（九三九）条に「故左大臣時平公三男。母筑前守左衛門督従五位上在原棟梁女」とある。佐竹本に「藤原棟梁」とある「藤原」は「在原」の誤り。延喜年間は一歳から十七歳までの少年時代で、「延喜御時人」というのも不適。活躍したのは、延長・承平・天慶年間で、醍醐朝よりも、むしろ朱雀朝。▼**木版画**　垂纓《すいえい》の冠を被り、直衣《のうし》を着る冠直衣姿。直衣は花山吹襲（表丁子《ちょうじ》、裏槐《えんじゅ》、吉岡幸雄『王朝のかさね色辞典』紫紅社・90頁）で白い臥蝶丸《ふせちょうのまる》文がある。萌葱《もえぎ》地銀八藤丸《やつふじのまる》文の指貫《さしぬき》の白い括緒《くくりお》が、下括《げくくり》にされて外に出ている。括緒とともに、指貫の裾から覗く下袴《したばかま》が緑・朱・黄・白に彩色されて鮮やかである。佐竹本の敦忠像は、京博図録42で確認できる。▼**短冊**　掲げる一首は、佐竹本に同じ。立涌《たてわく》文の黒袍を着る束帯《そくたい》姿。霰《あられ》文の表袴《うえのはかま》。足首から赤大口《あかのおおぐち》が覗き襪《しとうず》を佩く。袍の袖口や盤領《まるえり》から紅の衵《あこめ》が覗く。衛府《えふ》の太刀《たち》を左腰に差し、平緒《ひらお》を前に垂らす。浮線綾《ふせんりょう》の丸文のある下襲《したがさね》の裾《しり》を引く。左手を額に当て、右手に笏《しゃく》を持つ独特のポーズ。土佐光起筆『三十六歌仙図色紙貼交屏風』（京博図録135）・北村季吟『歌仙拾穂抄』（上十七ウ）・大阪大谷大学図書館本絵巻（小著『公任撰』100頁）・酒井抱一『光琳百図』（↓本書186頁）・鈴木其一筆『三十六歌仙図屏風』（京博図録137）・なども同じポーズ。

高光　たかみつ　生没年未詳。

若くして妻子を捨てて横川で出家。後に多武峯に移り「多武峯少将」と呼ばれる。『拾遺和歌集』以下の勅撰集に二十三首入集。為光・尋禅・愛宮の同母兄。

▼画賛　佐竹本に「右近衛権少将正五位下藤原朝臣高光／右大臣師輔八男。母延喜第二女〈雅子内親王〉。応和元年十二月五日出家〈法名如覚〉。字多武峯少将／**かくばかりへがたく見ゆるよの中にうらやましくもすめる月かな**（→藤原高光2）」とある。『史料』二ノ二、一四四頁以下。『三十六人歌仙伝』に割注「九条右大臣師輔公八男。母延喜皇女雅子内親王」、天徳四年（九六〇）正月廿五日「任右近衛少将」、同五年正月七日「叙従五位上」、応和元年（九六一）「入道。号多武峯少将。法名如覚。卒年不詳」とある。天徳五年二月十六日に応和に改

元。出家日の十二月五日は『多武峯略記』や『大鏡』裏書で確認できる。佐竹本「正五位下」の「正」は「従」の誤り。雅子内親王を「延喜第二女」とするのも不審（『本朝皇胤紹運録』では十番目の内親王）。拙著『高光集と多武峯少将物語』（風間書房・二〇〇六年）参照。▼**木版画**　垂纓《すいえい》の冠を被り、黒袍を着て、窠霰《かにあられ》文の表袴《うえのはかま》を佩く束帯《そくたい》姿。右手に笏《しやく》をもち、白地銀唐花唐草《からはなからくさ》文のある下襲《したがさね》の裾《しり》を一折にして引く。裏地も銀。衛府《えふ》の太刀《たち》を左腰に差し、群青《ぐんじよう》の平緒《ひらお》を前に垂らす。佐竹本の高光像は、京博図録60で確認できる。▼**短冊**　掲げる一首は、佐竹本に同じ。近衛少将に相応しく武官の束帯姿。闕《けつ》腋《てき》の竜胆《りんどう》唐草文の黒袍の盤領《まるえり》と袖口から紅地四菱文の袙が覗く。霰文の表袴に襪《しとうず》を佩き、足首から赤《あかの》大口《おおぐち》が覗く。巻纓《けんえい》の冠被って緌《おいかけ》を付け、矢の入った平胡籙《ひらやなぐい》を背負う。左手に弓をもち、右足に笏を立て、その上に右手を被せる。衛府の太刀を左腰に差し、平緒を前に垂らす。浮線綾《ふせんりよう》の丸文のある下襲の裾を引く。大阪大谷大学図書館本絵巻（小著『公任撰』101頁）・永納画帖（33頁）も短冊と同じ姿だが、五位相当の緋袍《あけのうえのきぬ》である。

権中納言敦忠1

物思ふと　すぐる月日も　しらぬまに　ことしもけふに　はてぬとかきく

物思いをするうちに月日は過ぎて、知らない間に今年も今日で終わるとか聞くことです。

▼『後撰和歌集』冬・五〇六。「みくしげどのの別当に、としをへていひわたり侍りけるを、えあはずして、そのとしのしはすのつごもりの日、つかはしける　藤原敦忠朝臣」。第四句「ことしはけふに」。『古今和歌六帖』（一「としのくれ」二四八）も。▼御匣殿別当は、藤原仲平女　明子《あきらけいこ》。敦忠は時平三男（↓本書72頁）なので従兄弟。『本朝文粋』六所収の天延四年（九七六）源順作の奏状に「春秋已ニ七旬ニ及ブ」とあり、同年七十一歳と仮定すれば延喜六年（九〇六）生まれで、敦忠と同年齢。▼初句の「と」は、時間を表す形式名詞。あいだ、うち、ま、の意。『源氏物語』に「物思ふとすぐる月日もしらぬまに年もわが世もけふやつきぬる」（幻・一四二三）など。▼第二句以下に本文異同がある。『大和物語』第九十二段は、第二句「月日のゆくも」。西本願寺本『敦忠集』一三八は、第三句以下「しらなくにことしはけふになりぬとかきく」。▼『大和物語』第九十二段には敦忠が明子に贈った歌三首が見えるが、そのうち公任は三首目「けふそへに」（↓小著『公任撰』108頁）を採り、俊成は一首目を採ったことになる。

藤原高光1

はるすぎて　ちりはてにける　梅のはな　ただかばかりぞ　枝にのこれる

春が過ぎてすっかり散ってしまった梅の花だが、ただ香りだけが仄かに枝に残っていることだ。

▼公任『三十六人撰』高光1を追認。第二句末に「けり」と「ける」の異同がある。ただし、「り」と「る」は紛れやすいので、誤写の可能性も高い。「り」の本文が大半だが、西本願寺本『高光集』は「る」。▼『拾遺和歌集』雑春・一〇六三。「ひえの山にすみ侍りけるころ、人のたき物をこひて侍りければ、侍りけるままに、すこしを、梅の花のわづかにちりのこりて侍るえだにつけて、つかはしける　如覚法師」。高光は応和元年（九六一）十二月五日に比叡山横川に登って出家し、翌年八月多武峯に移る（『多武峯略記』）。本歌は、応和二年（九六二）初夏に詠まれたことになる。▼書陵部本『拾遺抄』には見えない。初句は、島根大学本『拾遺抄』は初句「はるたちて」、貞和本『拾遺抄』と具世本『拾遺和歌集』は「春たち《ス》て《キ》」、北野本『拾遺和歌集』は「春すぎて」。「春立ちて」→「春過ぎて」と改訂されたらしい。「春立ちて」では「散りはてにける梅の花」と季節が合わない。「春過ぎて」遅咲きの比叡山横川の梅の花もさすがに「散りはて」たというのである。▼「香ばかり」に副詞「かばかり」（これだけ）を掛ける。▼1の題は「果てぬ」。

権中納言敦忠2

いせのうみの　千尋のはまに　ひろふとも　今はなにてふ　かひかあるべき

伊勢の海の広い浜辺で拾おうとしても、今となってはどんな貝(甲斐)があるでしょうか。

▼『後撰和歌集』恋五・九二七。「西四条の斎宮、まだみこにものし給ひし時、心ざしありて、おもふ事侍りけるあひだに、斎宮にさだまりたまひにければ、そのあくるあしたに、さか木の枝にさして、さしおかせ侍りける　あつただの朝臣」。「西四条」は『九暦』（大日本古記録・九九頁）に見える。雅子内親王（九一〇～五四）の伊勢斎宮卜定は、承平元年（九三一）十二月廿五日。雅子廿二歳、敦忠廿六歳。同廿六日の詠歌。▼「千尋の浜」は、広々とした浜、の意の普通名詞。本歌や元輔詠「万代をかぞへむものは紀の国の千尋の浜の真砂なりけり」（『拾遺和歌集』雑賀・一一六二、『後拾遺和歌集』賀・四四五）によって、平安末以降、伊勢国や紀伊国の歌枕となる。『催馬楽』に「伊勢の海の　清き渚に　潮がひに　なのりそや摘まむ　貝や拾はむや　玉や拾はむや」（一〇）など。▼『大和物語』第九十三段には「年ごろよばひたてまつりたまうて、今日明日逢ひなむとしけるほどに、伊勢の斎宮の御卜《みうら》にあひたまひにけり。いふかひなく、くちをしと、男、思ひたまうけり」とあり、男の詠歌の下の句は「今はかひなく思ほゆるかな」。▼2の題は「かひなし」。

藤原高光2

かくばかり　へがたくみゆる　世中に　うらやましくも　すめる月かな

これほど生きづらく思われるこの世の中に住み留まって、うらやましくも澄んでいる月よ。

▼公任『三十六人撰』高光2を追認。『拾遺抄』雑下・五〇〇。「法師にならんとおもひ侍りけるころ、月を見侍りて　少将高光」。高光の出家は応和元年（九六一）十二月五日。高光の母雅子内親王の同母姉で師輔前室だった勤子内親王の薨去が天慶元年（九三八）十一月五日（『日本紀略』）、高光の同母弟為光出生が同五年（『公卿補任』）。高光出生は同二年〜四年と推定される。廿一〜廿三歳の秋の詠歌か。▼「世の中」は、この世に生きる人間の構成する社会。また、その社会での様々な人間関係。出家悟道の世界に対する俗世間。あるいは彼岸にある浄土に対する此岸の穢土。出家悟道の世界あるいは彼岸にある浄土の象徴が「月」である。「澄める」と「住める」を掛ける。初句は第二句と結句の両方に係る。▼「かくばかり経難く見ゆる世の中」とは、どうような状況だったのか。様々な憶測を誘ったにちがいない。『高光集』三五は「村上のみかどかくれさせ給ひてのころ、月をみて」とし、『栄花物語』月の宴では中宮安子崩御の折の歌とする。高光出家の、中宮崩御は二年半後、村上天皇崩御は五年半後の出来事。出家の原因とはなり得ない。

権中納言敦忠3

身にしみて　おもふこころの　としふれば　つひに色にも　いでぬべきかな

身に沁みてあなたを思う心が、年が経つと必ず、最後には色に出ることになるでしょう。

▼『拾遺和歌集』恋一・六三三。「まさただがむすめにいひはじめ侍りける、侍従に侍りける時」。敦忠が侍従だったのは、延長元年（九二三）から同六年までの期間で、十八歳〜廿三歳（『公卿補任』天慶二年条）。藤原雅正は、兼輔（→本書62頁）一男。兼輔十八歳時の男子とし、雅正女も、雅正十八歳時の女子と仮定すると、当時十一歳〜十六歳。為頼・為長・為時らの姉であろう。▼「しむ」は「色」の縁語。「色にも出でぬべきかな」と詠むのは、「侍従」が従五位下相当の官職で、五位の「深緋」の位袍に因んで「私の着ているこの緋色の衣のように」ということらしい（『八代集抄』）。詞書にわざわざ「侍従に侍りける時」と書く所以である。あなたを恋しく思う心が、血涙となって染みて色に出るという趣向。▼「思ふ」と「色に出づ」の関係は、『古今和歌集』に「人しれずおもへばくるし紅のすゑつむ花のいろにいでなむ」（恋一・四九六）「おもふには忍ぶる事ぞまけにける色にはいでじとおもひしものを」（同・五〇三）など。「経ればの「ば」は恒時条件。「ぬべき」は、未だ色に出ていないが、将来必ず、という推量。

藤原高光3

みても又　またもみまくの　ほしかりし　花のさかりは　すぎやしぬらむ

見ても又すぐに見たくなったあの京の花盛りは、今ごろはもう過ぎてしまっているでしょうか。

▼公任『三十六人撰』高光3を追認。『高光集』三七。「花のさかりに、ふるさとのはなをおもひやりて、いひやりし」。出家後の横川時代とすれば、応和二年（九六二）春の詠歌。三六の詞書に「たうのみねにはべるころ」とあるので、家集の編者は応和三年以降の春と見ていたらしい。しかし、多武峯から平安京の人へ「いひやりし」歌とするには、多武峯と平安京の距離はあまりに遠すぎるように思われる。▼『古今和歌集』の「見ても又またも見まくのほしければなるるを人はいとふべらなり」（恋五・七五二）の上の句を利用し、恋歌から花をめぐる懐旧の歌へ転じた。山上の「花盛り」に触発され、在俗時代の毎年毎年の花盛りの記憶が幾重にも甦る。しかし、その世界には戻りたくてももう戻れないことは、腰の句の過去の助動詞「し」によって示されている。▼標高のある山上が花盛りということは、都の桜は今ごろはもう花盛りを過ぎてしまっているだろうか、と懐かしく「ふるさと」の現状に思いを馳せる。「ぬ」は状態の発生。「らむ」は現在推量。▼『新古今和歌集』雑上・一四六〇「題しらず」として入集。▼3の題は「歳月」。

公忠　きんただ（889〜948）

弁官として有能で、才芸豊か。『後撰和歌集』以下の勅撰集に二十一首入集。香合・放鷹にも秀でた。

▼画賛　佐竹本に「従四位下守右大弁源公忠／大蔵卿源国紀〈光孝天皇第六源氏〉二男。大宰大弐。近江守。延喜御時人。号滋野井弁／**行やらでやまぢくらしつほとゝぎすいま一こゑのきかまほしさに**（→源公忠朝臣2）」とある。『史料』一ノ九、二七三頁以下。『三十六人歌仙伝』によれば「従四位下源朝臣公忠」に割注「大蔵卿国紀二男、光孝天皇孫」とある。天慶三年（九四〇）三月廿五日「大宰大弐」に任ぜられたが、赴かず、翌四年三月廿八日には「近江守」に任ぜられた。天慶六年十二月七日「右大弁」を兼ねたが、同八年、病に依り、右大弁を辞している。天暦二年

（九四八）十月廿八日卒「年六十」とあり、生年は寛平元年（八八九）。「滋野井弁」と号された。『尊卑分脈』三ノ三七一頁によると、父国紀は、近善・是恒・貞恒・成蔭・是茂に次く光孝天皇第六源氏。▼**木版画**　冠の垂纓《すいえい》を左肩の方へ靡かせ、胸の前で笏《しゃく》を持つ。縫腋《ほうえき》の黒袍を着て、表袴《うえのはかま》に襪《しとうず》を佩く束帯《そくたい》姿。盤領《まるえり》や足首から覗く紅の衵《あこめ》や赤大口《あかのおおぐち》が印象的。下襲《したがさね》の裾《しり》は無文の白で長くは引かない。佐竹本の公忠像は、京博図録43で確認できる。▼**短冊**　掲げる一首は、佐竹本に同じ。星梅鉢《ほしうめばち》文の黒袍に、浮線《ふせん》綾《りょう》の丸文のあるを一段畳んで引く。盤領と袖口から紅地金唐草文の衵、霰《あられ》文の表袴の足首から赤大口が覗く。笏を逆さまにして足の上に突き立て、その上に右手を被せ、視線はやや下方へやる。このポーズは佐竹本の頼基（↓本書94頁）と同じ。ホトトギスの「いま一声のきかまほしさ」に耳を澄ます姿としては、笏を突き立てる姿がふさわしいと考え、何処かで入れ替わったか。土佐光起筆『三十六歌仙図色紙貼交屏風』（京博図録135）・北村季吟『歌仙拾穂抄』（上十九ウ）・大阪大谷大学図書館本絵巻（小著『公任撰』110頁）および**松葉切**（↓**口絵**）の公忠も、同じ姿。ただし、笏は逆さまではない。永納画帖（34頁）は、身を縮めてホトトギスの声を待ち焦がれる独特の姿。

忠岑　ただみね　生没年未詳。

『古今和歌集』撰者四人のうち最も卑官で、身の不遇を訴えた歌も多い。温和な歌風。歌論書『忠岑十体』は忠岑仮託の書。『古今和歌集』以下の勅撰集に八十余首入集。

▼画賛　佐竹本に「右近番長壬生忠峯／右衛門府生。泉大将定国随身也／**はるたつといふばかりにやみよしの丶やまもかすみてけさは見ゆらん**（↓壬生忠岑1）」とある。『史料』一ノ三、八四二頁以下。『古今和歌集目録』は「右衛門府生《ふしょう》」で「和泉大将定国随身」とする。『大和物語』第百二十五段には「泉の大将、故左の大殿（時平邸）に詣でたまへり。…壬生忠岑御供にあり」と見える。『後撰和歌集』には「壬生忠岑が左近の番長《つがひのおさ》にて…身をうらみて侍りける…」（春中・

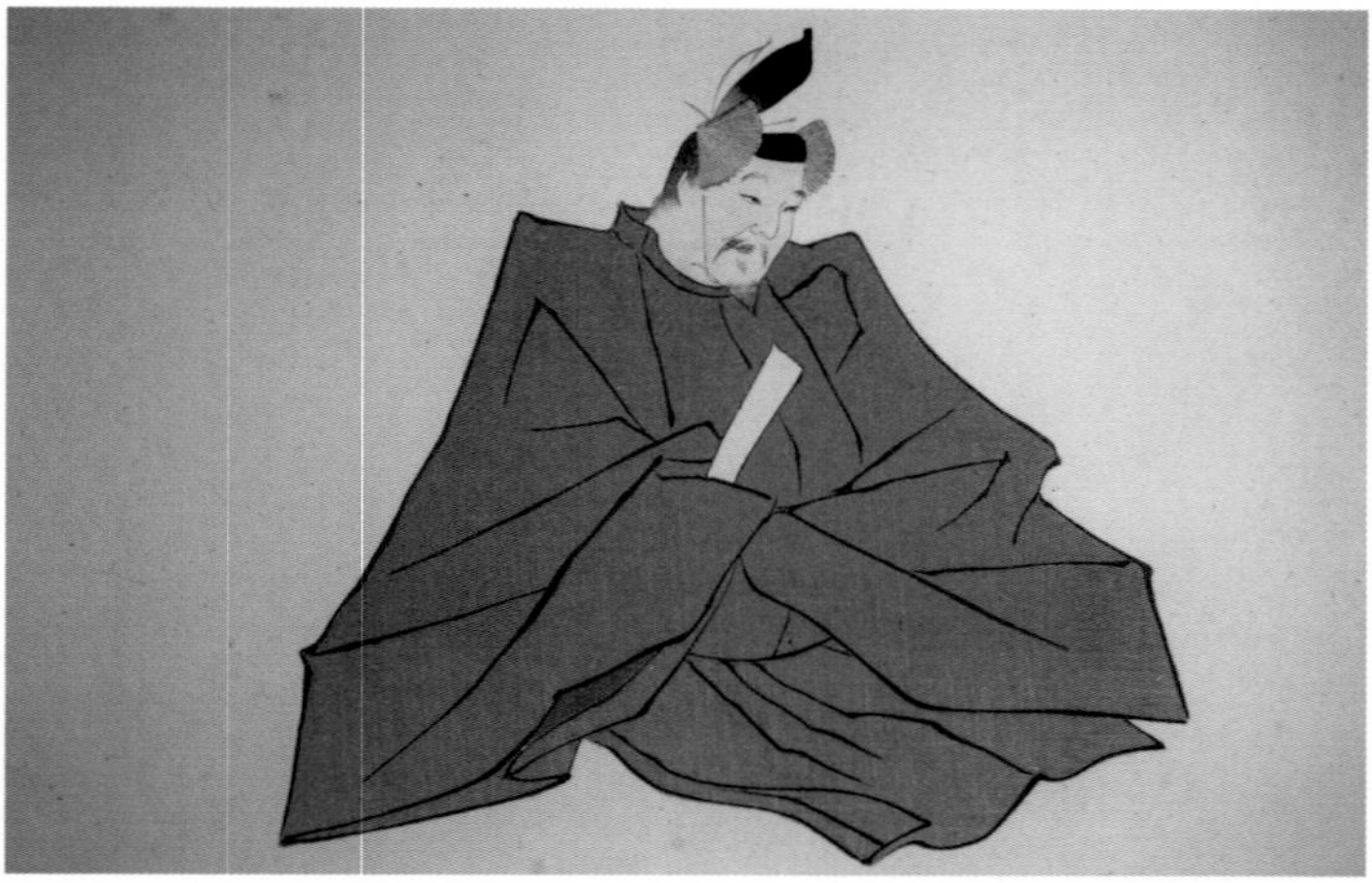

八〇）とも。佐竹本の「右近」は「左近」の誤りか。▼**木版画**　六位以下の武官にふさわしい細纓《さいえい》の冠を被り、緌《おいかけ》を付ける。縹色《はなだ》の袍《うえのきぬ》を着て、右手に笏《しゃく》をもつ。上体は俯き加減で、右袖から紅の衵《あこめ》が覗く。田中訥言《とつげん》による佐竹本の模本（京博図録73）も袍を青く塗っている。佐竹本の忠岑像は、京博図録61で確認できる。▼**短冊**　掲げる一首は、「**有明のつれなく見えし別より暁ばかり浮ものはなし**」（→壬生忠岑3）。忠岑の着る袍には、星梅鉢文《ほしうめばち》がある黒袍で、盤領《まるえり》と袖口から紅の衵が覗く。霰《あられ》文の表袴《うえのはかま》の足首から赤大口《あかのおおぐち》が見え、襪《しとうず》を佩く。笏を胸の前に持ち、衛府《えふ》の太刀《たち》を左腰に差す。右の闕腋《けってき》からは、群青《ぐんじょう》の半臂《はんぴ》の襴《らん》が覗く。土佐光起筆『三十六歌仙図色紙貼交屏風』（京博図録135）は、短冊に近い。大阪大谷大学図書館本絵巻の忠岑（小著『公任撰』111頁）は、右やや後方から横顔が描かれ、闕腋から見える襴は、縹色と紅の色の対比が鮮やか。鈴木其一筆「三十六歌仙図屏風」（京博図録137）の忠岑の姿はさらに後方から描く。

源公忠朝臣1

玉くしげ　二とせあはぬ　君が身を　あけながらやは　あらむとおもひし

二年逢わないあなたの身を、五位の浅緋《あけ》の衣のままであろうとは思いもしませんでした。

▼公任『三十六人撰』公忠3を追認。『後撰和歌集』雑一・一一二三。「小野好古朝臣、にしのくにのうてゝ（射手）のつかひにまかりて二年といふとし、四位にはかならずまかりなるべかりけるを、さもあらずなりにければ、かかる事にしもさされにける事のやすからぬよしをうれへおくりて侍りけるふみの返事のうらに、かきつけてつかはしける　源公忠朝臣」。▼天慶三年（九四〇）正月一日、正五位下小野好古は、山陽道追捕使に任ぜられ（『日本紀略』）、純友の乱の平定に西下した。翌年正月、四位に叙せられることを期待したが叶わず、好古は愁訴してきた。その手紙の裏に書き付けた歌。▼「玉くしげ」は、美しい櫛笥（櫛を入れる箱）。ここでは「ふた」を導く枕詞。「ふた」「あふ」「身」「あけ」は箱の縁語。『養老令』「衣服令」では、一位深紫、二・三位浅紫、四位深緋《こきあけ》、五位浅緋《うすあけ》とされたが、四位の深緋は、色が濃く三位以上の「紫」に準じた色と見なされ、「あけ」で五位を指した。「ながら」は継続。「やは」は反語。▼『大和物語』第四段は、この歌によって四位になれなかったことを好古が知る話に仕立てる。▼1の題は「待たるる春」。

壬生忠岑1

はるたつと　いふばかりにや　みよしのの　やまもかすみて　今朝はみゆらむ

ただ立春というだけで、雪深い吉野の山でさえも春霞に霞んで今朝は見えるのだろうか。

▼公任『三十六人撰』忠岑1を追認。『拾遺抄』春の巻頭歌。「平定文が家に歌合し侍りけるに 壬生忠峯」。『左兵衛佐定文歌合』では「首春」の歌題で躬恒詠「はるたちてなほふるゆきはむめのはなさくほどもなくちるかとぞみる」(『拾遺抄』春・五)と合わされ「持」となっている。▼公任撰『和歌九品』は人麿詠「ほのぼのと」(→小著『公任撰』16頁)と共に「これは、ことば妙にして、あまりの心(余情)さへあるなり」とし、「上品上」という最高の評価を与える。『金玉集』二、『深窓秘抄』二、『和漢朗詠集』上「立春」八。平易な言葉で詠まれた立春の朝の情景だが、高く評価されるのは、「今朝は見ゆらむ」という結句に係ってゆく第二句「いふばかりにや」にある「ばかり」という緩やかな限定の副助詞や、「み吉野の山も霞みて」にある類推の係助詞「も」の働きに因るところが大きい。吉野山といえば雪深い所として知られるが、そんな吉野山でさえも、ただ立春というだけで、今朝は春霞が立っているように見えるのだろうか、という。「らむ」は原因推量。「ばかり」は、「のみ」より限定の境界が曖昧で、そこに余情が生まれやすい。

源公忠朝臣2

行きやらで　山ぢくらしつ　ほととぎす　今一こゑの　きかまほしさに

そのまま通り過ぎることができず山路で日を暮らしてしまった。ホトトギスのもう一声が聴きたくて。

▼公任『三十六人撰』公忠1を追認。『拾遺抄』夏・六九。「きたの宮のもぎの時の屏風に　公忠朝臣」。「北宮」は、醍醐天皇第十四皇女康子内親王。藤原師輔室。公季母。「裳着」は、古くは垂髪を結髪にする成人儀式だったため「初笄《はつこうがい》」とも称された。『日本紀略』承平三年（九三三）八月廿七日「康子内親王、常寧殿ニ於テ初笄アリ」。▼西本願寺本『公忠集』八の詞書は「このみやのみくしげの御屏風に、やまをこゆる人の郭公ききたるところに」。「このみや」は「北宮」を「此宮」と誤読したもの。また「みくしげ」も「あ」の欠脱。正保版歌仙家集本の「きたの宮」「みぐしあげ」（初笄）が正しい。屏風には、山を越える人がホトトギスの声を聴いている場面が描かれていたことが知られる。画中の人物の立場からの詠歌。ホトトギスの声を山路でふと聞き、もう一度聴きたくて、旅の目的も忘れ、気がつけば、山中で暗くなるまで時を過ごしてしまったよ、というホトトギスの声への執着。▼『大鏡』公季伝は「貫之などあまた詠みてはべりしかど…すぐれてののしられたうびし歌よ」と当時からこの歌が評判だったことを伝える。

壬生忠岑2

ゆめよりも　はかなきものは　夏のよの　あかつきがたの　わかれなりけり

夢よりも儚いものは、夏の夜の暁方の別れであったよ。

▼『後撰和歌集』夏・一七〇。「題しらず　壬生忠岑」。『忠岑集』の詞書は、西本願寺本・一〇四が「しのびてをむなのもとにまかりてはべりしに、いくばくもなくてあけはべりにしかば、まかりかへるとて」。▼「Aよりも儚き（物）はBなりけり」という構文は、係助詞「は」と歌末の「なりけり」によって、儚いものと知っているAよりも、Bがもっと儚いと今気づいたという詠嘆を表す。『古今和歌集』に「ゆく水にかずかくよりもはかなきはおもはぬ人を思ふなりけり」（恋一・五二二）など。「夢」の儚さは、毎朝夢から覚めて既に知っているけれど、あっけなく明ける夏の短夜の暁方のあなたとの別れが、そんな夢よりもっと儚いものだったとは、初めて知った、というのである。▼「夏の夜の暁方」は、『後撰和歌集』に「女にいとしのびてものいひてかへりて／郭公ひとこゑにあくる夏の夜の暁がたやあふごなるらむ」（夏・一九二）とあるように、ホトトギスが一声鳴く間に明けるほど短い夏の夜を共寝し、男が女と別れて女の家から帰ってゆく時間。「逢ふ期《ご》」は逢う時間。極めて短い時間しか逢えないという嘆き。▼2の題は「夏」。

源公忠朝臣3

とのもりの　とものみやつこ　こころあらば　このはるばかり　朝ぎよめすな

主殿寮の下級官人たちよ。もし花を惜しむ心があるならば、今春だけは朝の掃除をするな。

▼『拾遺抄』雑上・三九七。「延喜御時に南殿のさくらのちりつもりて侍りけるを見て　公忠朝臣」。『拾遺和歌集』雑春・一〇五五。醍醐天皇の御代に紫宸殿の左近の桜が散って庭に積もっているのを見て詠んだ歌。▼「とのもり」は殿守の意で、殿庭の掃除などを掌る役所主殿寮《とのもりづかさ》。「とものみやつこ」は、古代「伴造」で部曲《かきべ》の長となるなど重要な官職だったが、令制下では「品部《ともべ》」の「御奴《みやつこ》」として特別の職掌に従事する集団となった。主殿寮の場合、頭《かみ》・助《すけ》・允《じょう》・属《さかん》の下の殿部《とのべ》が該当する。▼「心あらば」は、『古今和歌集』の「夏山になく郭公心あらば物思ふ我に声なきかせそ」（夏・一四五）や「ふかくさののべの桜し心あらばことしばかりはすみぞめにさけ」（哀傷・八三二）のように、ホトトギスや桜など本来「心」を持たない人間以外の存在への仮定。▼『今昔物語集』廿四ノ卅二では、権中納言敦忠（↓本書72頁）が左大臣実頼に所望されて詠んだ歌と伝える。実頼は出来映えを讃え、「返歌は到底できない。見劣りする歌を詠めば、長く汚名を残すことになる。これ以上の歌を詠むことはできない」と思い、古歌をもって和したという。

壬生忠岑3

晨明《ありあけ》の　つれなくみえし　わかれより　あかつきばかり　うき物はなし

有明がつれなく見えたあなたとの別れを経験して以来、暁ほどつらいものはありません。

▼『古今和歌集』恋三・六二五。「題しらず　みぶのただみね」。▼「有明」は、夜が明けても、なお天に残っている「有明の月」。陰暦十六夜以降の月。「暁」は、夜を三つに分けたうちの「宵」「夜中」に続く時間。男が女と別れて帰る刻限。▼契沖『古今余材抄』は「此歌、あはずして明けたる歌どもの中に挟まれて侍り。六帖にも『来れど逢はず』といふ題の所に此歌を出せり」と指摘し、男は女に逢わずに別れたのだ、といい、有明の月が夜が明けるのも知らず「つれなく見えし」ことと、「逢はずして帰す人のつれなき体」を相兼ねて詠んでいるとし、さらに、「別れ」とあるのだから男女は「逢った」のだろうという反駁を予想し、『万葉集』の「愛《うつくし》妻《づま》跡《と》　不語《かたらはで》　別《わかれ》之《し》来者《くれば》」（巻十三・三二七六）を挙げて「逢はねど別るる事はある也」と論じる。▼「つれなく見えし」の「し」は、直接体験した過去。女に逢えずに、明け方まで戸口に立ち尽くしたというような、男のつらい経験が背景にあるのだろう。▼定家は『顕注密勘』に「これほどの歌ひとつよみいでたらむ、この世の思い出に侍るべし」と激賞する。▼3の題は「ばかり」。

斎宮女御　さいぐうのにょうご（929～985）

醍醐天皇皇子重明親王女徽子《よしこ》女王。斎宮の後、村上天皇女御となり、規子《のりこ》内親王を生む。和歌の他、琴・書にも優れた。『拾遺和歌集』以下の勅撰集に四十五首入集。

▼画賛　佐竹本に「斎宮女御徽子／二品式部卿重明親王女。母貞信公女。承平六年九月成斎宮。年八歳三品。天暦三年為女御。年廿三歳。仍号斎宮女御。又号承香殿女御／**ことのねにみねの松風かよふらしいづれのおよりしらべそめけむ**（→小著『公任撰』124頁）」とある。『史料』一ノ二四、一頁以下。『大鏡』裏書に「式部卿重明親王女　母貞信公女　承平六年（九三六）九月…卜定斎宮…天暦三年（九四九）…為女御…寛和元年（九八五）…卒〈年五十七〉」と

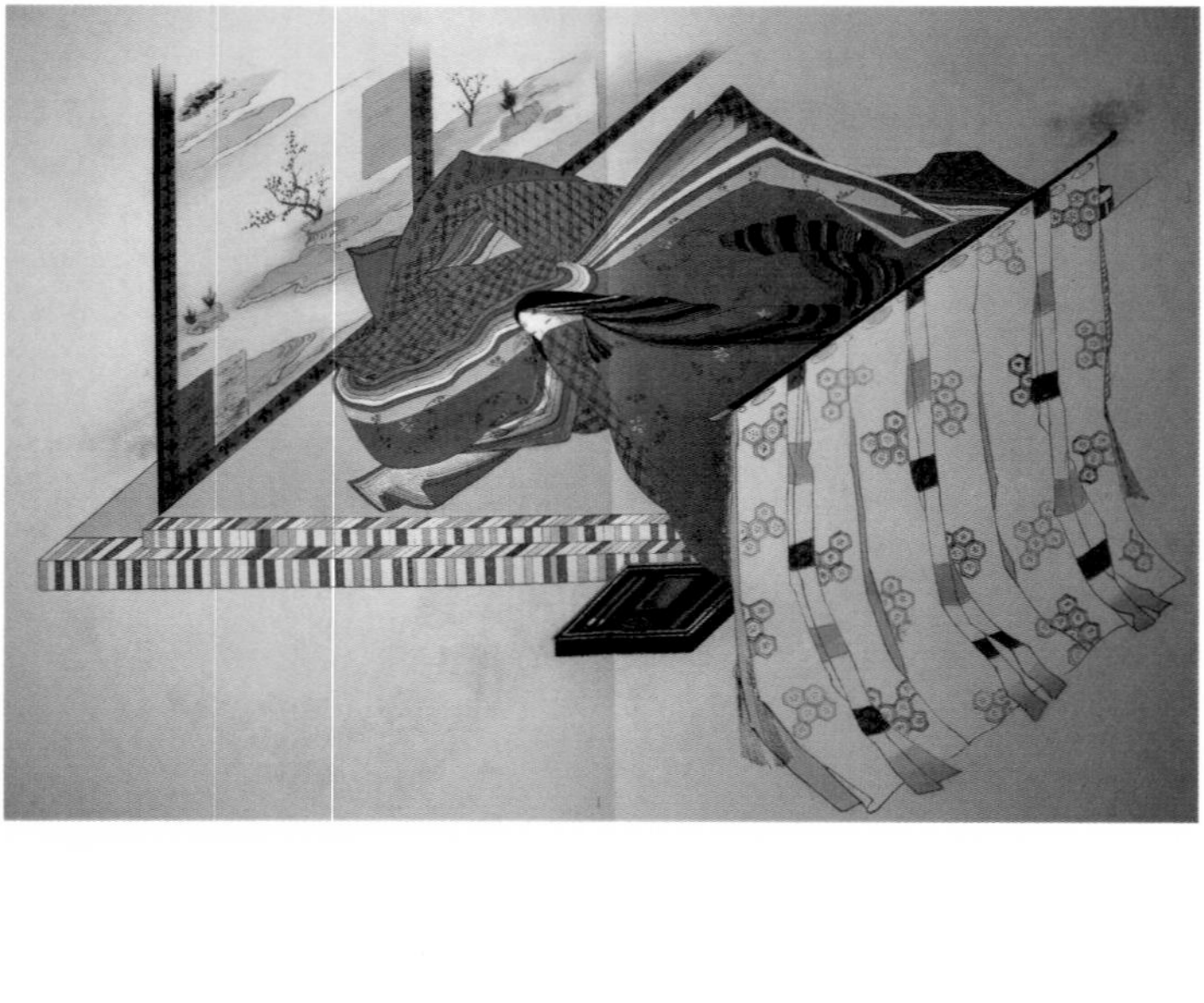

あり、延長七年（九二九）生まれ。「斎宮」に卜定された時、「女御」となった時の年齢は、それぞれ「八歳」「廿一歳」。「廿三」は誤り。『本朝皇胤紹運録』は「重明親王」を「二品」（正しくは「三品」）、「徽子女王」を「号承香殿又斎宮女御」とする。**▼木版画**　破亀甲文《やれきつこう》のある几帳と、枠に群青《ぐんじよう》を施して紅梅の描かれた絵障子との間で、二枚重ねの畳に這い臥し、繁花菱文《しげはなびし》の単衣《ひとえ》の左袖で口元を押さえる。畳の上には右袖の下に半分隠れるように置かれた紅の薄様《うすよう》の料紙が、畳の下には黒漆の硯箱が見える。故村上天皇の筆跡を見ての徽子詠「いにしへのなきになかるるみづぐきは跡こそ袖のうらによりけれ」（新古今集・哀傷・八〇七）によるか。佐竹本の斎宮女御徽子像は、新修日本絵巻物全集19『三十六歌仙』（角川書店、グラビア5頁）で確認できる。**▼短冊**　掲げる一首は、佐竹本に同じ。美麗な几帳の陰から、両目を閉じた顔を横向けて半分出す姿。手紙と硯箱の無い絵の解読は困難。紺地繁菱文《しげびし》の単衣に、紅の薄様の五衣《いつつぎぬ》、その上に白地金唐草文の小袿《こうちぎ》を着る。土佐光起筆『三十六歌仙図色紙貼交屏風』（京博図録135）や大阪大谷大学図書館本絵巻御（小著『公任撰』120頁）も、短冊と同じ姿だが、光起筆は畳に這臥する。

頼基　よりもと　（?～958）

大中臣家の祖。能宣の父。輔親の祖父。『拾遺和歌集』以下の勅撰集に二首入集。

▼画賛　佐竹本に「祭主神祇大副従四位下大中臣頼基／遠江守従五位下岡良孫。備後大掾正六位上輔道一男。醍醐朱雀村上三代人／**つくばやまいとゞしげきに紅葉してみち見えぬまでおちやしぬらん**（→小著『公任撰』129頁）」とある。『史料』一ノ一〇、五〇一頁以下。頼基は『中臣氏系図』（群書類従第五輯、一九五頁）によって「遠江守従五下岡良」孫、「備後掾六位輔道」一男と確認できる。天慶二年（九三九）「祭主」に任ぜられ（『二所太神宮例文』『祭主補任集』など）、天慶八年十月「神祇大副」に補され（『祭主補任集』『類聚大補任』など）、天暦五年（九五一）正月「従四位下」に叙せられる（『類聚大補任』『三十六人歌仙伝』など）。天

徳元年四月廿二日に村上天皇女御安子が催した父師輔五十賀（『日本紀略』）に出詠。天徳二年（九五八）卒（『三十六人歌仙伝』）。生年未詳。**▼木版画**　垂纓《すいえい》の冠を被り、表袴《うえのはかま》に襪《しとうず》を佩き、黒袍を着る束帯《そくたい》姿。下襲《したがさね》の裾《しり》を一段畳んで引く。上体がやや前屈みで垂纓が顔の左側に垂れ、右手で笏《しやく》の上部を持ち、右足の上に突き立てる。頼基の歌仙絵に掲げられることの多い一首「**一ふしに千世をこめたる杖なればつくともつきじ君がよはひは**」（→大中臣頼基朝臣1）に因み、杖をつく恰好か。あるいは、多くの公忠像が同じポーズをとる（→本書83頁）ので、何かの拍子に公忠と頼基が入れ替わったか。佐竹本の頼基像は、京博図録62で確認できる。**▼短冊**　星梅鉢文《ほしうめばち》の黒袍を着て、紫の指貫《さしぬき》を佩く衣冠《いかん》姿。盤領《まるえり》と袖口から紅の衵《あこめ》が覗く。口髭・顎鬚・頬髯が伸び、口を固く閉じて、下瞼の腫れた目で何かを凝視する。土佐光起筆『三十六歌仙図色紙貼交屏風』（京博図録135）・北村季吟『歌仙拾穂抄』（下七ウ）・大阪大谷大学図書館本絵巻（小著『公任撰』121頁）の頼基も、短冊と同じ姿。短冊・絵巻・拾穂抄の掲げる一首は佐竹本と同じ。笏はつかない。

女御徽子女王1

袖にさへ　秋のゆふべは　しられけり　きえしあさぢが　露をかけつつ

袖にまで秋の夕べの哀れは知られますよ。浅茅の露と儚く消えた方をお偲びして涙がこぼれますので。

▼西本願寺本『斎宮女御集』一七一。「一品宮に、むかしのことなどきこえ給ひて」。▼「一品宮」は、村上天皇第九皇女資子《すけこ》内親王（『本朝皇胤紹運録』）。『小右記』長和四年（一〇一五）四月廿六日「先一品宮薨〈春秋六十一…〉」。天暦九年（九五五）生まれ。斎宮女御が五十七歳で卒した寛和元年（九八五）三十一歳。「むかしのこと」を小著『公任撰』122頁では「村上天皇の生前の思い出」と解したが、天皇を「浅茅が露」と喩えたことになり、不適か。女御の父重明親王の思い出か。その薨去は天暦八年九月十四日（『扶桑略記』）。資子誕生前になるが、周忌法要などで話題に出たものか。夏に崩御した村上天皇よりは、秋に亡くなった父や自邸を謙遜して「浅茅の露」に喩えた表現として相応しい。▼「さへ」は添加。「秋の夕べ」の風情は庭にだけでなく、私の袖にまで「知られ」るという。「けり」は発見の詠嘆。「消えし」は、露の縁語で、人が亡くなったことを喩える。「浅茅が露」は、チガヤに置く露。儚いものの喩え。涙を暗示。「かけつつ」は、繰り返し、心にかけ、言葉に出して言う。▼『新古今和歌集』哀傷・七七八。▼1の題は「よはひ」。

大中臣頼基朝臣1

一ふしに　千世をこめたる　杖なれば　つくともつきじ　君がよはひは

一節に千代をこめた竹杖なので、いくら杖を突いても尽きないでしょう、君の寿命は。

▼公任『三十六人撰』頼基1を追認。『拾遺抄』賀・一七四。「おなじが（承平四年中宮の賀）に、竹のつゑのかたをつくりて侍りけるに　大中臣頼基」。『日本紀略』承平四年（九三四）三月廿六日「公家、常寧殿ニ於テ皇太后（穏子）ノ五十算ヲ賀シ奉ル」。朱雀天皇が母藤原穏子（醍醐天皇中宮）の五十賀を祝った折に贈った竹杖に添えられた歌。▼『頼基集』一〇には「おなじ（うだの）院、うちに、四十の賀たてまつりたまふたけのつゑのうた」とある。その場合は、『日本紀略』延長二年（九二四）の正月十日「太上法皇（宇多）、今上ノ卌御筭ヲ賀シ奉ル」に該当する醍醐天皇の四十賀での詠歌となる。頼基は、『三十六人歌仙伝』によると、延喜元年（九〇一）に初めて官職を得て、天徳二年（九五八）に卒去。いずれもあり得る。▼『古今和歌六帖』四「つゑ」二三一八は初句「ひとつよに」。「ふし」も「よ」も、竹の節と節の間。「千世」の「よ」も竹の縁語。「つく」は、杖を「突く」、齢が「尽く」の掛詞。▼『拾遺抄』賀・一七七には、同趣向の、安和二年（九六九）十一月廿八日の実頼七十賀（『日本紀略』）を祝う能宣（↓本書162頁）詠も見える。

女御徽子女王2

なれゆくは　うき世なればや　すまのあまの　しほやき衣　まどほなるらむ

なれてゆくのは飽きられてつらいので、須磨の海人の塩焼衣のように、お召しが間遠なのでしょうか。

▼出典は『斎宮女御集』。「うへより、まどほにあれや、ときこえさせたまへる御返に」（冷泉家時雨亭叢書『平安私家集 六』所収本・二ウ、『資経本私家集 四』所収本・三ウ）。「うちより」（梅沢本や正保版歌仙家集本・六）とも。▼「間遠にあれや」は、『古今和歌集』恋五・七五八「すまのあまのしほやき衣をさをあらみまどほにあれや君がきまさぬ」による。斎宮女御が暫く参内しないことへの村上天皇の嘆き。「已然形＋ばや…間遠なるらむ」という原因推量表現で切り返す。▼「なれ」は、衣が「褻れ」ること、仲が「馴れ」ることを掛ける。「間遠」は、衣の織り目の粗いさまと、時間や空間の隔たっているさまを掛ける。「須磨の海人の塩焼衣」は、「間遠」なものとして『万葉集』に「須麻の海人の塩焼衣の藤ころも間遠にしあればいまだきなれず」（巻三・四一三）など。▼「うき世」は、つらいことの多い男女の仲。「海人」の縁語で、「うきめ」（浮藻・憂き目）を刈るとする伝本も多い。「なれゆけばうきめかればや」（『平安私家集 四』所収本・一三ウ）、「なれぬればうきめかればや」（西本願寺本・一二）など。▼『新古今和歌集』恋三・一二一〇に入集。

大中臣頼基朝臣2

なく雁は　ゆくかかへるか　おぼつかな　はるのみやにて　秋のよなれば

鳴いている雁は北へ行くのか帰ってきたのか、はっきりしませんね。ここは春宮で、秋の夜なので。

▼『頼基集』三。「あきのよ、めしありて春宮にまゐりて、かりのなくを」。▼雁は、『古今和歌集』に「春くればかりかへるなり白雲のみちゆきぶりにことやつてまし」(春上・三〇、凡河内みつね)「秋風にはつかりがねぞきこゆなるたがたまづさをかけてきつらむ」(秋上・二〇七、とものり)など詠まれているように、春に北へ帰り、秋に飛来する渡り鳥。▼「春の宮」(春宮御所)で鳴く雁なら帰雁のはずだが、「秋の夜」なので北から飛来した雁ということになり、「おぼつかな」いというのである。▼家集の第二句は、西本願寺本・御所本(五一〇・一二)・正保版歌仙家集本・群書類従本などすべて「くるかかへるか」とあり、その本文が相応しい。俊成が「ゆくかかへるか」としたのは、自身が加判した承安二年(一一七二)『広田社歌合』一〇二に出詠されていた「おぼつかなゆくかかへるかあまをぶねみえみみえずみなみがくれして」の記憶が影響したか。▼「おぼつかな」は、形容詞の語幹で詠嘆を表す。『篁集』三〇の「みし人にそれかあらぬかおぼつかな物わすれせじとおもひしものを」なども同じ構文。▼2の題は「なれば」。

女御徽子女王3

ぬる夢に　うつつのうさも　わすられて　おもひなぐさむ　程ぞはかなき

共寝する夢に現実《うつつ》のつらさもふと忘れて、気持ちが慰められましたが、それも束の間のことです。

▼出典は『斎宮女御集』。結句「程のはかなさ」。詞書「上の御夢に見えさせたまひければ」（冷泉家時雨亭叢書『平安私家集 六』所収本・二二ウ、『資経本私家集 四』所収本・三四オ、正保版歌仙家集本・九二）。「ひさしくまゐり給はざりければ、うへのゆめにみえさせ給ける」（『平安私家集 四』所収本・二四オ、一五〇）。西本願寺本では「さとにおはしますころ、みかどをゆめにみたてまつり給ひて／みしゆめにうつつのうさもわすられておもひなぐさむほどのほどなさ」（一四六）。▼久しく里居して参内しなかったところ、村上天皇が夢に現れた。「ぬる」は、ナ行下二段活用動詞「ぬ（寝）」の連体形。「ぬる夢」は同衾する夢。『堀河百首』に「何にかはうつつのうさをなぐさまん夢みるほどのなきよなりせば」（夢・一五五一、紀伊）など。「忘ら」はラ行四段活用動詞の未然形。「れ」は自発。▼『村上天皇御集』一〇四に「夢に見たてまつり給ひて／みる夢にうつつのうさはわすられて見るになぐさむほどぞかなしき」として編入。「みるに」は『平安私家集 四』所収本の本文。▼『新古今和歌集』恋五・一三八三に「題しらず　女御徽子女王」で入集。

大中臣頼基朝臣3

子日する　野べに小松を　ひきつれて　かへる山ぢに　うぐひすぞなく

子の日の遊びをする野辺で小松を引き、皆を引き連れて帰る山路でウグイスが鳴くことだ。

▼『頼基集』一三。「朱雀院の御屛風に、子日の松ひくところにうぐひすなく」。家集の第四句は、西本願寺本・御所本（五一〇・一二）・正保版歌仙家集本・群書類従本などすべて「かへる山べに」。▼「朱雀院の御屛風」は、朱雀院が崩御する天暦六年（九五二）以前に制作された屛風。『元真集』冒頭に「朱雀院御屛風」の絵に合わせ出詠された屛風歌が並び、また『忠見集』八五に「朱雀院の御屛風に／ねのびするのべにこまつのなかりせばちよのためしになにをひかまし」（↓小著『公任撰』195頁）と見える。▼「子日《ねのひ》」は、正月の最初の子《ね》の日、野に出て、小松を引いて若菜を摘み、遊宴して千代を祝う。「小松を引き」「引き連れて帰る」と、「引き」は上下を繋ぐ。屛風は、子の日の小松を人々が引く「野辺」と、ウグイスの鳴いている「山辺」が異時同図法で描かれた図柄だったらしい。▼『玉葉和歌集』春上・一二に入集。第四句は、家集の「山べ」ではなく、『俊成三十六人歌合』の「山ぢ」を採用。作者を、頼基男の能宣詠と誤る。▼3の題は、腰の句の「れて」と結句の「ぞ」。

敏行　としゆき（?～901）

『古今和歌集』以下の勅撰集に二十九首入集。『伊勢物語』によれば業平と親交があった。能書で、貞観十七年（八七五）神護寺の鐘銘を書く。

▼**画賛**　佐竹本に「従四位上行右兵衛督藤原敏行／蔵人頭右近衛権中将兼春宮権亮。[寛]平八年四月依病不仕辞蔵人頭。能書人也。母刑部卿正四位下紀名虎女〈有常妹云々〉。清和陽成光孝宇多醍醐五代人／**あきゝぬとめにはさやかに見えねども風のおとにぞおどろかれぬる**（→藤原敏行朝臣1）」とある。『史料』一ノ三、二二頁以下。『尊卑分脈』二ノ四三一頁によれば母は「刑部卿正四下紀名虎女」。「有常妹」である（同四ノ二〇六頁）。『三十六人歌仙伝』によれば、清和天皇の貞観八年（八六六）正月に「能書」

を理由に「少内記」に抜擢され（『官職秘抄』群書類従第五輯、五八八頁）、寛平七年（八九五）十月「補蔵人頭」、同八年四月「依病辞蔵人頭」、同九年七月「叙従四位上〈前坊亮労〉」、九月「任右兵衛督」。昌泰四年（九〇一）卒か。▼**木版画**　冠直衣《かんむりのうし》姿。振り向いた瞬間なのか、冠の垂纓《すいえい》が大きく揺れている。直衣は、臥蝶丸《ふせちょうのまる》文のある柳《やなぎ》直衣。折り返された首上《くびかみ》・襴《らん》・両端袖《はたそで》の四箇所が白く見える四白《よつじろ》のはずだが、首上の部分を緑にしてしまっている。八藤丸《やつふじのまる》文のある練色《ねりいろ》の指貫《さしぬき》を佩き、裾から覗く下袴《したばかま》の紅が鮮やか。右手に檜扇《ひおうぎ》と共に笛を持つ。佐竹本の敏行像は、京博図録45で確認できる。酒井抱一『光琳百図』（→本書186頁）や鈴木其一筆「三十六歌仙図屏風」（京博図録137）は、黒袍で笛は持たないが、佐竹本（木版画）の左右反転像。▼**短冊**　掲げる一首は、佐竹本に同じ。「右兵衛督」に相応しく武官の姿。闕腋《けってき》の星梅鉢《ほしうめばち》文の黒袍に、紫地八藤丸文の指貫を佩く。盤領《まるえり》と袖口から紅の衵《あこめ》が覗く。巻纓《けんえい》の冠を被って緌《おいかけ》を付け、矢の入った平胡簶《ひらやなぐい》を背負う。左手に弓をもち、衛府《えふ》の太刀《たち》を左腰に差し、平緒《ひらお》を前に垂らす。北村季吟『歌仙拾穂抄』（上廿五ウ）の敏行も武官姿。

重之　しげゆき　生没年未詳。

冷泉天皇の東宮時代に帯刀先生《たちはきせんじょう》として奉った百首は、現存最古の百首歌。地方の歌枕を多く詠む。『拾遺和歌集』以下の勅撰集に六十五首入集。

▼**画賛**　佐竹本に「従五位下左馬助源朝臣重之／宰相兼忠三男／**よしのやまみねのしら雪いつきえてけさはかすみのたちかはるらん**（↓小著『公任撰』135頁）」とある。『尊卑分脈』三ノ五八頁によると、重之は、清和天皇皇子貞元親王孫、三河守侍従従五下源兼信男。「為兼忠子」とあるので、正四下治部卿で参議だった「宰相」の伯父兼忠の猶子となったらしい。兼忠には能正・能遠という二人の男子があったので

105　重　之

「三男」とするか。『三十六人歌仙伝』によれば、康保四年（九六七）十一月廿七日「従五位下」に叙せられ、天延三年（九七五）正月「左馬助」に任ぜられ、貞元元年（九七六）七月に相模権守に任ぜられたのを最後に、以後不遇のまま、佐理や実方に扈従して筑紫や陸奥へ下向、長保年中（九九九〜一〇〇四）に陸奥国で卒去したという。**▼木版画**　立烏帽子《たてえぼし》を被り、縹《はなだ》色の唐花飛文《からはなのとびもん》のある苅安染《かりやすぞめ》の鮮やかな黄色い狩衣《かりぎぬ》を着る。地下《じげ》の料である左右縒《さうより》の袖括《そでくくり》の緒《お》が左の露先から垂れている。狩袴《かりばかま》は、年長者用の海松《みる》色。狩袴の裾から白無地の下袴《したばかま》を出す。佐竹本の重之像は、京博図録63や田中訥言《とつげん》模本（京博図録73）によって確認できる。**▼短冊**　掲げる一首は「**風をいたみ岩うつ波のをのれのみくだけて者を思ふころかな**」（→源重之2）。蘇芳《すおう》地金繍雪持笹《ゆきもちざさ》文の狩衣に、薄青《うすあお》の狩袴。蝙蝠《かわほり》を左足に突き立てて左手を被せ、その上に顎を載せて首を左に傾ける。その結果、烏帽子も左に折れている。土佐光起筆「三十六歌仙図色紙貼交屏風」（京博図録135）や酒井抱一『光琳百図』（→本書187頁）の重之も同じポーズ。大阪大谷大学図書館本絵巻（小著『公任撰』131頁）の重之も、同じ姿だが、さらに身体全体が大きく左に傾く。歌仙絵に掲げる「くだけて物を思ふころかな」に合わせ、思い悩む姿勢をとらせるか。

藤原敏行朝臣1

秋きぬと　めにはさやかに　みえねども　かぜのおとにぞ　おどろかれぬる

秋が来たと、目にははっきりと見えないけれども、風の音によってはっと気づかされることだ。

▼公任『三十六人撰』敏行1を追認。『古今和歌集』秋上の巻頭歌。「秋立つ日よめる」。▼秋の到来を、係助詞「ぞ」で強調された「風の音に」よって捉える。初句と結句の二箇所に用いられた助動詞「ぬ」は、状態の発生を表す。秋が来たことを、自然とはっと驚くようになったという。「驚く」は、漢詩に見える「驚時」「驚春」「驚秋」などを踏まえた誇張表現か。片桐洋一『古今和歌集全評釈』は「漢詩特有のオーバーな表現を背景としている」（上・七四六頁）という。「れ」は自発。▼「さやか」は、あざやか、さだか、などに近いが、秋の到来を感知することへの修飾語としてふさわしい語感がある。契沖『古今余材抄』は「さはやかといふ心なり」という。秋が来たといっても、まだ紅葉などは先で、目には…見えないけれども、という文脈の…に、秋らしい「さやかに」を紛れ込ませる。▼俊成撰『千載和歌集』秋上の巻頭二首は「秋たつ日よみ侍りける　侍従乳母／あききぬとききつるからにわがやどの荻のはかぜの吹きかはるらん／仁和寺法親王守覚／あさぢふの露けくもあるか秋きぬとめにはさやかにみえけるものを」。

源重之1

夏かりの　玉江のあしを　ふみしだき　むれゐるとりの　たつ空ぞなき

玉江の蘆を踏み荒らし群がっている鳥のように、私には飛び立つ空がないことだ。

▼『後拾遺和歌集』夏・二一九。「だいしらず　源重之」。▼「夏刈の」は、「蘆」に係る枕詞。「玉江」は、越前国の歌枕で、「蘆」の名所。「踏み拉く」は、踏んで荒らす。『古今和歌集』に「りうたむのはな／わがやどの花ふみしだくとりうたむのはなければやここにしもくる」（物名・四四二、とものり）など。▼「たつ空ぞなき」は、『続古今和歌集』の「なつかりのあしのまろやのけぶりだにたつそらもなき五月雨のころ」（夏・二三八、洞院摂政左大臣）のように、五月雨が降り続き、晴れ間が無いので、飛び立つ空が無いことだ、というか。『万葉集』の「なげく蘇良《そら》やすけくなくに　おもふ蘇良《そら》くるしきものを」（巻十七・三九六九）のように、「空」は、心、気持ち、の意か。あるいは、『万葉集』の「世間《よのなか》をうしとやさしとおもへども飛び立ちかねつ鳥にしあらねば」（巻五・八九三、憶良）のような述懐性を認めるべきか。第四句末の「の」を比喩の格助詞とみる。▼『新古今和歌集』に入集する「夏かりの荻のふるえはかれにけりむれゐし鳥は空にや有るらん」（冬・六一二、源重之）は、本歌が改作されたものか。▼1の題は、「秋」（蘆は秋の景物）。

藤原敏行朝臣2

秋はぎの　花さきにけり　たかさごの　をのへのしかは　今やなくらむ

秋萩の花が咲く季節になったなあ。高砂の尾上の鹿は、今ごろもう鳴いているだろうか。

▼『古今和歌集』秋上・二一八。「これさだのみこの家の歌合によめる　藤原としゆきの朝臣」。是貞親王は、光孝天皇第二皇子。母は班子女王。「歌合」所収歌が寛平五年（八九三）九月廿五日撰の『新撰万葉集』の材料になっているので、それ以前の成立。すべて秋歌。敏行の出詠歌は、『古今和歌集』秋上・下に六首。▼秋萩の咲く季節になったので、鹿も今ごろ鳴いているだろうか、と思いを馳せる。「に」は状態の発生。「けり」は発見の詠嘆。「や」は疑問。「らむ」は現在推量。「萩」と「鹿」の取り合わせは、『万葉集』以来の景物。「秋芽子《あきはぎ》を妻問《つまど》ふ鹿《か》こそ」（巻九・一七九〇）などのように、萩は鹿の妻とみなされた。「萩」が「鹿鳴草」と呼ばれていたことも知られる（延長五年（九二七）秋『小一条左大臣忠平前栽合』平安朝歌合大成一・243頁）。▼「高砂」（→本書138頁）には、地名説と普通名詞説がある。「秋風のうちふくごとにたかさごのをのへのしかのなかぬひぞなき」（拾遺抄・秋・一〇二）のように「高砂の尾上」と続けて詠まれることも多い。「高砂の」は「尾上」（峰）を導く枕詞とみてよいか。▼2の題は、「秋の恋」。

源重之2

かぜをいたみ　岩うつなみの　おのれのみ　くだけてものを　おもふころかな

風が激しいので岩を打つ浪が砕けるように、私だけが苦しく様々に思い乱れるこの頃であるよ。

▼公任『三十六人撰』重之2を追認。『詞花和歌集』恋上・二一一。「冷泉院春宮と申しける時、百首歌たてまつりけるによめる　源重之」。家集の詞書によると、冷泉天皇の春宮時代（九五〇～六九）、帯刀《たちはき》の長《をさ》（春宮御所を警護する武官の長官）だった重之が卅日の休暇をもらって詠んだ「重之百首」のうち「恋十」の一首。▼初句・第二句は「おのれのみくだけて」を導く序。第二句末の「の」は比喩。『伊勢集』三八三に初句「風吹けば」で同歌が見えるが、激しい恋心の比喩としては弱い。副助詞「のみ」が「自分（浪・私）だけ」と限定するのは、「岩」「恋の相手」は「砕ける」こともなく、びくともしない、という含意。▼「砕けて」には、岩に浪が打ちつけて「壊れて粉々になって」の意以外に「あれこれ思い悩む」という意がある。『万葉集』の「むらきもの情摧而《こころくだけて》かくばかりあが恋ふらくを知らずかあるらむ」（巻四・七二〇、家持）がその用例だが、注目したいのは第四句「余恋良苦」の「苦」の字。恋の苦しさをも併せての用字という（岩波新大系『萬葉集一』四〇九頁）。重之詠の「おのれのみくだけて」の「く」にも「苦」が響くか。

藤原敏行朝臣3

久かたの　雲のうへにて　みるきくは　あまつほしとぞ　あやまたれける

雲の上で見る菊は、天空の星と見誤ってしまうことだ。

▼公任『三十六人撰』敏行2を追認。『古今和歌集』秋下・二六九。「寛平御時きくの花をよませたまうける　としゆきの朝臣」。左注に「この歌は、まだ殿上ゆるされざりける時にめしあげられてつかうまつれるとなむ」とある。▼清涼殿の殿上の間に上がることが許されるのは、四位および五位の参議以上。『職事補任』によると、敏行は宇多朝の仁和四年（八八八）十一月廿七日左近少将従五位下で五位蔵人に、寛平七年（八九五）十月廿九日左近中将従四位下で蔵人頭に補せられている。よって、「寛平御時」が「まだ殿上ゆるされざる時」というのは錯誤であろう。竹岡正夫は「歌から説話的に導き出された左注であろう」（全評釈・上・二六九頁）という。▼「久方の」は「雲」にかかる枕詞。「雲の上」は殿上の比喩。「菊」は、中国渡来の草花。『万葉集』には詠まれず、『懐風藻』に見える。「星」に喩える例は、平安初期の勅撰漢詩集『経国集』巻十三に「葉如雲花似星」（滋野善永）など。「菊の花を詠ませ」た宇多朝は、漢詩文と和歌の一体化が進められた時代である。「れ」は自発。▼3の題は、発見の詠嘆を表す歌末の「けり」。

源重之3

つくば山　は山しげやま　しげけれど　おもひいるには　さはらざりけり

筑波山周辺に草木が繁茂するように人目が多いけれど、あなたを思い通うことの妨げにはならないよ。

▼『重之集』三〇八。「重之百首」「恋十」。▼「筑波山」は、常陸国の歌枕。古代の歌垣の場として有名（『常陸国風土記』）。「筑波山」「端山《は》」（人里に近い低山）「繁山」（草木の茂った山）と「山」を三つ重ねた表現は、「あづさ弓ま弓つき弓年をへてわがせしがごとうるはしみせよ」（『伊勢物語』第二十四段）が「槻」と「月」の掛詞で「年」を導くのと同様、「繁けれど」を導く序詞。『万葉集』に「夏草の　茂くはあれど」（巻九・一七五三、登筑波山時歌）、『古今和歌集』仮名序に「つくば山のふもとよりもしげく」など。▼風俗歌「筑波山　端山繁山　繁きをぞ　や　誰が子も通ふな下に通へ　我が夫《つま》は下に」や『源氏物語』東屋の冒頭「筑波山を分け見まほしき御心はありながら、端山の繁りまであながちに思ひ入らむも、いと人聞き軽々しう」などから明らかなように、「繁けれど」は、人目の繁さが主眼。▼「思ひ入る」（心に深く思いこむ）の「入る」は、「山」の縁語。「障る」は、妨げとなる。「とふ人もなきやどなれどくる春は八重むぐらにもさはらざりけり」（新撰和歌・七）など。▼『新古今和歌集』恋一・一〇一三。

宗于　むねゆき（？～939）

『古今和歌集』以下の勅撰集に十五首入集。『大和物語』に「右京大夫」として登場、逸話が見える。

▼**画賛**　佐竹本に「正四位下行右京大夫源朝臣宗于／光孝天皇孫。南院式部卿是忠親王男。寛平六年改性為臣／**ときはなる松のみどりも春くればいまひとしほの色まさりけり**（→源宗于朝臣1）」とある。『史料』一ノ七、五一六頁以下。『貞信公記』天慶二年（九三九）十一月廿二日「宗于卒」。生年未詳。『三十六人歌仙伝』によれば、「正四位下行右京大夫源朝臣宗于」に割注「光孝天皇孫、式部卿是忠親王男」。『日本紀略』延喜廿年（九二〇）閏六月九日条に「一品式部卿是忠親王出家。号南院親王」と見え、「南院」は是忠親王の第宅（『拾芥抄』中「四条北壬生西」）。寛平六年（八九四）正月七日「改姓為

113　宗于

臣」とあり、佐竹本の「性」は「姓」の誤り。承平三年（九三三）十月廿四日に「右京大夫」に任ぜられ、天慶二年正月七日に「正四位下」に叙せられている。▼**木版画**　垂纓《すいえい》の冠を被り、縫腋《ほうえき》の黒袍を着る文官の束帯《そくたい》姿。笏《しゃく》を胸の前で持ち、下襲《したがさね》の裾《しり》を一段畳んで引く。裾の裏地は丁子《ちょうじ》色。冠の垂纓が左肩へ靡く。佐竹本の宗于像は、京博図録44で確認できる。▼**短冊**　掲げる一首は、佐竹本に同じ。臥蝶丸《ふせちょうのまる》文の四白直衣《よつじろのうし》を着る冠直衣《かんむりのうし》姿。盤領《まるえり》と袖口から紅の衵《あこめ》が覗く。紫の指貫《さしぬき》を佩き、顔にはひげが描かれない。若者の姿である。ひげがあって若者ではないが、北村季吟『歌仙拾穂抄』（上廿三ウ）の宗于が短冊と同じ姿。酒井抱一『光琳百図』（→本書186頁）や鈴木其一筆「三十六歌仙図屏風」（京博図録137）は狩衣《かりぎぬ》姿で、烏帽子《えぼし》を被って上を見上げる横顔。なお、大阪大谷大学図書館本絵巻（小著『公任撰』140頁）は、巻纓《けんえい》の冠に緌《おいかけ》を付け、衛府《えふ》の太刀《たち》を左腰に差し、矢の入った平胡簶《ひらやなぐい》を背負い、左手に弓を持つ武官の束帯姿。「右馬頭」（『三十六人歌仙伝』）時代の姿とも考えられるが、極官が「右京大夫」なのでやはり文官姿がふさわしい。絵巻の敏行（小著『公任撰』130頁）の装束が短冊の宗于に似るので、あるいは入れ替わったか。

信明　さねあきら　(910〜970)

公忠（→本書82頁）男。『後撰和歌集』以下の勅撰集に二十二首入集。恋愛関係にあった中務（→本書174頁）と多くの贈答歌を交わす。

▼**画賛**　佐竹本に「前陸奥守従四位下源朝臣信明／右大弁源公忠一男／**こひしさはおなじこゝろにあらずともこよひの月をきみみざらめや**（→小著『公任撰』147頁）」とある。『史料』一ノ一三、二八四頁以下。『尊卑分脈』三ノ三七二頁の「信明」には「サ子アキラ」とルビが付され、光孝天皇曾孫、「右大弁」源公忠の一男と確認できる。『三十六人歌仙伝』によれば、応和元年（九六一）十月十三日「陸奥守」に任ぜられ、安和元年（九六八）十二月五日「従四位下」に叙せられ、天禄元年（九七〇）に「年六十一」で卒去している。これに従えば、信明は延喜十年（九一〇）生まれ。信明女

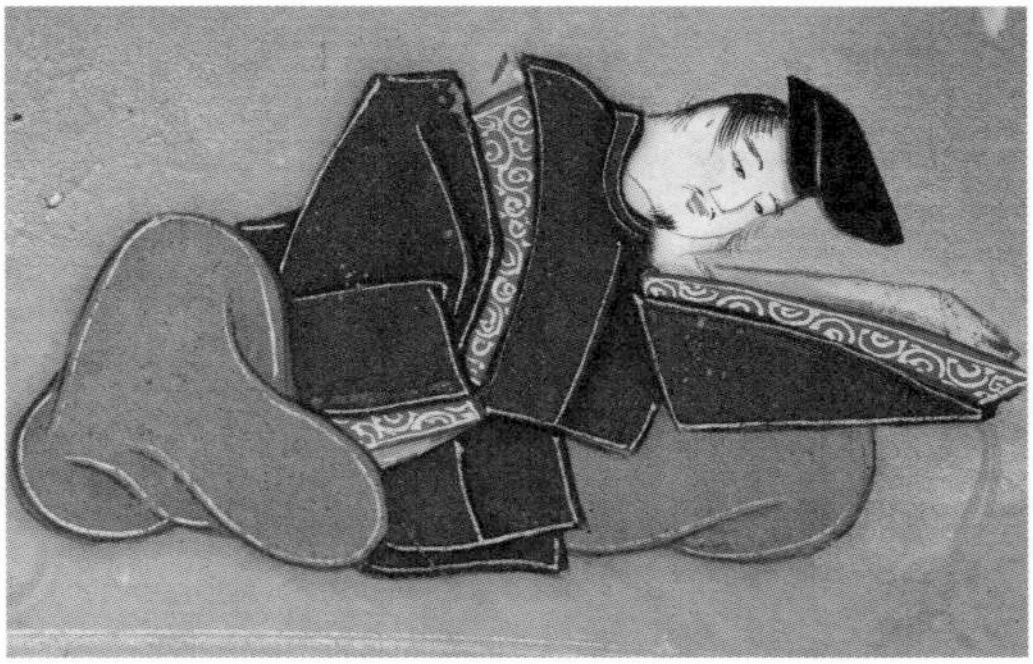

には、師氏室となった者、信明孫には、歌人道済（方国男）や、『紫式部日記』に「源式部」として名をとどめる彰子女房（重文女）もいる。▼**木版画**　垂纓《すいえい》の冠を被り、縫腋《ほうえき》の黒袍を着る束帯《そくたい》姿。下襲《したがさね》の裾《しり》はやや右手に引く結果、内側が浮き上がって裏地が見える。右手に持つ笏《しゃく》を足の上に突き立て、視線は左下へやる。佐竹本の信明像は、京博図録64で確認できる。▼**短冊**　掲げる一首は「**あたら夜の月と花とを同くは心しれらん人に見せばや**」（↓源信明朝臣1）。濃き縹《はなだ》色の狩衣《かりぎぬ》に、海松《みる》色の狩袴《かりばかま》を佩く狩衣姿。右膝を立て、膝を立てない左足に左肘をついて頬杖をつく。その結果、首は大きく左に傾き、烏帽子《えぼし》の先は顔より下に垂れる。思案の態である。狩衣の下から紅地金唐草文の単衣《ひとえ》が覗く。土佐光起筆「三十六歌仙図色紙貼交屏風」（京博図録135）・北村季吟『歌仙拾穂抄』（下十一ウ）・大阪大谷大学図書館本絵巻（小著『公任撰』141頁）・酒井抱一『光琳百図』（↓本書187頁）・鈴木其一筆「三十六歌仙図屏風」（京博図録137）の信明も、左手で頬杖をつく同じポーズ。逢えない恋人中務を思い、「あはれ知れらん人に見せばや」と悩む姿か。光琳画帖（33頁）は、歌は「**ほの〴〵と有明の月の夕かげに**」（↓源信明朝臣2）で、狩衣姿だが、頬杖はつかず、俯き加減はむしろ佐竹本（木版画）に近い。

源宗于朝臣1

ときはなる　松のみどりも　春くれば　いま一しほの　色まさりけり

常緑である松の緑も、春が来ると、今ひとしお色が濃くなったことだ。

▼公任『三十六人撰』宗于1を追認。『古今和歌集』春上・二四。「寛平御時きさいの宮の歌合によめる　源むねゆきの朝臣」。寛平御時后宮歌合は、寛平五年（八九三）九月以前に催された春・夏・秋・冬・恋の各二十番の歌合。▼「ときは」は、常に変わらない岩盤「とこいは」から、永久不変のさま、常緑をいう「ときは」に転じた。「ときはなる松」は、常緑樹である松の葉が年中その色を変えないさまをいう。『万葉集』に「八千種《やちくさ》の花はうつろふ　等伎波奈流麻都《ときはなるまつ》のさ枝を我は結《むす》ばな」（巻二十・四五〇一、家持）など。▼「ひとしほ」の「しほ」は、色を染める際に布を染料などに浸す度数を数えるのに用いる接尾語。「入」という漢字を当てて「一入《ひとしほ》」「八入《やしほ》」などという。『万葉集』に「くれなゐの也之保《やしほ》のいろになりにけるかも」（巻十八・三七〇三）など。「ひとしほ」は、ひときわ、いっそう、の意の副詞として現代語にも残る。▼類推の係助詞「も」がよく効いている。冬枯れていた野辺の緑は勿論のこと、常緑で色が変わらないはずの松の緑さえも、春が来ると…、と春の到来を寿ぐ。春が来た歓喜に満ちた心で自然を観察。▼1の題は「春」。

源信明朝臣1

あたら夜の　月と花とを　おなじくは　あはれしれらむ　人にみせばや

このまま明けるのが惜しい夜の月と花とを、どうせなら、風情を解する人に見せたいものだ。

▼公任『三十六人撰』信明3を追認。『後撰和歌集』春下・一〇三。「月のおもしろかりける夜、はなを見て　源さねあきら」。▼「あたら夜」は、空しく過ごしてそのまま明けるのが惜しい、すばらしい夜。形容詞「あたらし」(惜しい)の語幹が「夜」の修飾語となった形。「みじか夜」などと同じ。『万葉集』に「玉匣《くしげ》 開けまく惜しき 惜《あたら》夜を袖《ころもで》 かれてひとりかも寝む」(巻九・一六九三)など。▼「おなじくは」は、同じことなら。形容詞「…く」形に助詞「は」が付いて仮定を表す。本歌の場合、どうせ見せるのなら。『後撰和歌集』の「わびわたるわが身はつゆをおなじくは君がかきねの草にきえなん」(恋二・六四九、つらゆき)の場合、どうせ消えるのなら。▼「あはれ知る」は、物の情趣を理解する。「ら」は存続の助動詞「り」の未然形。「む」は仮定・婉曲。「ばや」は希望の終助詞。『行尊大僧正集』に「をりふせてのちさへにほふやまざくらあはれしれらん人にみせばや」(二〇八)など。▼『信明集』九九では、『古今和歌集』の「君ならで誰にか見せむ梅花色をもかをもしる人ぞしる」(春上・三八、友則)を返歌として物語化する。

源宗于朝臣2

山里は　冬ぞさびしさ　まさりける　人めも草もかれぬとおもへば

山里は冬がいっそう寂しく感じられることだ。人の来訪もなくなり、草も枯れてしまうと思うと。

▼公任『三十六人撰』宗于3を追認。『古今和歌集』冬・三一五。「冬の歌とてよめる　源宗于朝臣」。▼「山里」は、山の中にある人里。または、平安京郊外の東山・北山・西山の麓に建てた貴族の別荘。平安京内の人間関係の憂さから逃れるため、「世の中」とは隔絶した空間でもあった。「人め」は、人が会いに来ること、人の出入り。「かれ」は「離れ」と「枯れ」の掛詞。『延喜御集』に「三条右大臣の女御、ひさしうまゐり給はざりけるに／霜さやぐのべのくさばにあらねどもなどか人めのかれまさるらむ」(三)など。▼『源氏物語』には、平安京郊外の西山の麓にある「山里」(大堰の山荘)に住む明石君が登場する。薄雲の冒頭「冬になりゆくままに、かはづらの住ひ、いとど心細さまさりて」などを視野に入れると、冬になって源氏の来訪が間遠になって心細さがいっそう募る女の心情と「人めも」「離れ」てしまうと思うと「寂しさ」が「まさる」と詠む本歌の作者の心情が重なってくる。▼冬歌に部類されるが、この歌からは「恋の心」も感じられ、山里に世の中を思い憂んじて籠居した女の立場から詠んだという見方も成り立つ。

源信明朝臣2

ほのぼのと　あり明の月の　つきかげに　もみぢふきおろす　山おろしの風

ほのぼのと夜が明け、有明の月の光の中で、紅葉を吹き下ろす山颪の風よ。

▼『信明集』一八。「こと御屏風の絵に、もみぢちりたるをみる人々」。『深窓秘抄』五〇。『和漢朗詠集』四〇二。▼冷泉家時雨亭叢書『資経本私家集 二』所収「源信明集」（御所本（五一〇・一二）の親本）には「この御屏風のゐに、もみちゝりたるをみる人／ほの〳〵とあくる有あけの月《アリアケノ月ノ》かけに／もみちふきおろす山おろしのかせ」（四オ）とある。「この御屏風」だと、「村上の御時に、くに〳〵の名たかき所々を御屏風のゐにかゝせたまひて」の「御屏風」を指すことになるが、「かすが野」「みくまの」「ながらのはし」「なにはえ」「すま」などと「紅葉散りたるを見る人」は異質なので、流布本の「こと御屏風」がふさわしいか。一方、和歌の本文は「ほのぼのとあくる」続く冷泉家本が自然である。▼『俊頼髄脳』は「歌は三十一字あるを、三十四字あらば悪しく聞こゆれども、よくつづくれば、悪しとも聞こえず」と、字余りだが調べが美しい歌と評価する。▼「山颪の風」は、『古今和歌集』に「こひしくは見てもしのばむもみぢばを吹きなちらしそ山おろしのかぜ」（秋下・二八五）など。▼『新古今和歌集』冬・五九一に入集。▼2の題は、「冬」。

源宗于朝臣3

つれもなく　なりゆく人の　ことのはぞ　秋よりさきの　紅葉なりける

つれなくなってゆく人の言葉が、秋より前の紅葉であったよ。

▼公任『三十六人撰』宗于2を追認。『古今和歌集』恋五・七八八。「題しらず　源宗于朝臣」。『古今和歌六帖』六・四〇八七は「紅葉」に部類。▼「紅葉」といえば秋のものだが、秋より前の紅葉があった。それは何かというと、つれなくなってゆく男の言葉だ。「つれもなく」は、「も」で強調する。清輔本や顕昭本古今集では「つれなくも」。「ことのは」は、和歌では木の葉を掛けて用いられる。ここは、愛を伝える言葉。それは、「今はとてわが身時雨にふりぬれば事のはさへにうつろひにけり」（古今集・恋五・七八二、をののこまち）のように、移ろいやすいもの。▼書陵部蔵本（五〇一・一九）『三十六人撰』の本文は「ことのはゝ《ぞ》」だが、「ぞ」の場合は、「は」と異なり、「が」で解すべきことを佐伯梅友（『古文読解のための文法』ちくま学芸文庫・一七四頁、四三四頁）が説いている。「みわたせば柳桜をこきまぜて宮こぞ春の錦なりける」（古今集・春上・五六、そせい法し）など。▼『宗于集』は「中宮歌合時／つれもなくなり行く人のことのはや秋よりさきのもみぢなるらん」（二）の本文。相手の歌に心移りを感じて、まだ秋にもならないのに、と返す。

源信明朝臣3

物をのみ　おもひねざめの　まくらには　なみだかからぬ　あかつきぞなき

物思いばかりして寝るので、寝覚めの枕には、このように涙のかからない暁がないことだ。

▼『信明集』一二三。「右大弁なくなり給ひて、人々いみにこもりてある程に」。第二句「おもふねざめの」。冷泉家時雨亭叢書『資経本私家集　二』所収「源信明集」の第二句は「思ねざめの」（二一ウ）。活用語尾を送らない表記から「おもふ」「おもひ」二様の本文が生まれたか。▼「右大弁」は、源信明の父、公忠（↓本書82頁）。天暦二年（九四八）十月廿九日卒（『日本紀略』）。『新古今和歌集』哀傷・八一〇にも「公忠朝臣身まかりにけるころ、よみ侍りける　源信明朝臣／ものをのみ思ひねざめの枕には…」として入集。▼一方、『寛平御集』五・六には「小八条にたまはせける／たまくらにかせるたもとのつゆけきはあけぬとつぐるなみだなりけり／御かへし／ものをのみおもふねざめの枕には…」とあり、宇多天皇が更衣であった大納言源昇女貞子の、御製への返歌として見える（小著『奈良御集・仁和御集・寛平御集全釈』風間書房、一二二頁）。「寝覚め」は、夜、寝床に身体を横たえてはいるものの、物思いのため意識が冴えて眠れない状態。「暁」は、男女の別れる時刻で、父を失った悲しみの歌よりは、やはり恋歌がふさわしい。▼3の題は、「恋」。

清正　きよただ（?～958）

兼輔（→本書62頁）二男。紫式部の祖父雅正弟。『後撰和歌集』以下の勅撰集に二十八首入集。母や女《むすめ》も勅撰集入集歌人。

▼**画賛**　佐竹本に「従五位上行紀伊守藤原朝臣清忠／中納言藤原兼輔二男。延喜天暦人。天暦九年左近衛少将／**ねのひしにしめつる野辺のひめこ松ひかでやちよのかげをまたまし**（→藤原清正1）」とある。『史料』一ノ一〇、四六六頁以下。『三十六人歌仙伝』によれば「従五位上行紀伊守藤原朝臣清正」に割注「中納言兼輔二男、刑部大輔従五位下雅正弟」とある。『尊卑分脈』二ノ二八頁でも「中納言藤原兼輔二男」と確認できる。佐竹本の「忠」は「正」を「タダ」と訓むことを示している。紫式部の祖父の弟。承平四年（九三四）正月「紀伊権介」に任ぜられ、天暦九年（九五五）十月「左近

衛少将」となる。同十年正月「紀伊守」に任ぜられて再び紀伊国へ下向したが、「などか雲ゐにかへらざるべき」(→藤原清正2)と還昇《かんじよう》を望み、同年十月八日には「昇殿」している。天徳二年(九五八)七月「卒」。生年未詳。▼**木版画** 垂纓《すいえい》の冠を被り、表袴《うえのはかま》に襪《しとうず》を佩き、黒袍を着る束帯《そくたい》姿。笏《しやく》を胸の前で持ち、下襲《したがさね》の裾《しり》を一段畳んで長く引く。裾の裏地は丁子《ちようじ》色。口髭・顎鬚に加え、瞼・目尻の皺まで丁寧に壮年の姿を刻む。佐竹本の清正像は、田中訥言模本(京博図録73)などによって推察できる。

▼**短冊** 掲げる一首は「**天津風ふけゐの浦に居たづのなどか雲井にかへらざるべき**」(→藤原清正2)。折烏帽子《おりえぼし》を被り、蘇芳《すおう》地金唐花唐草文の狩衣《かりぎぬ》を着て、薄《うす》青《あお》の狩袴《かりばかま》を佩く。狩衣の前身と袖の間や袖口から藍色の単衣《ひとえ》が覗く。左手に蝙蝠《かわほり》を持ち、袖括《そでくくり》の緒《お》が露先から垂れる。北村季吟『歌仙拾穂抄』(中一ウ)や大阪大谷大学図書館本絵巻の清正(小著『公任撰』150頁)も同じく、振り返って切れ長の目を左下へやる姿は、都へ思いを馳せる姿か。絵巻には蝙蝠は見えない。また、短冊・拾穂抄・絵巻ともに、口髭・顎鬚は短く、比較的若い姿なのは、「紀伊守」ではなく、「紀伊権介」任官時の姿を写したからか。

順　したごう（911〜983）

『後撰和歌集』撰者の梨壺の五人の一人。『万葉集』の解読作業にも当たる。『古今和歌六帖』編者の可能性も。列挙・集成癖のある個性的な文人・歌人。官職には恵まれず、不遇・沈淪の意識が強い。

▼画賛　佐竹本に「従五位上行能登守源朝臣順／従四位上行左京大夫至孫。左馬少允源挙二男。村上冷泉円融三代人也／**水のおもにてる月なみをかぞふればこよひぞ秋のもなかなりける**（↓源順2）」とある。『史料』一ノ二〇、二一七頁以下。『尊卑分脈』三ノ六頁には嵯峨天皇孫に「従四上／右京大夫／至」が見え、その子に「左馬助／挙」、さらに、その子に「従五上／能登守／順」がいる。「挙」には「コソル」とルビが付けられている。『三十六人歌仙伝』には「従五位上行能登守源朝臣順」の割注が「左

馬允挙二男」とある。『源順集』勘物（冷泉家時雨亭叢書『資経本私家集二』朝日新聞社、四四三頁）に「天延二年（九七四）十一月廿五日叙従五位上／天元二年（九七九）正月廿九日任能登守／永観元年（九八三）卒〈年七十三〉」とある。延喜十一年（九一一）生まれ。▼**木版画**　垂纓《すいえい》の冠を被り、表袴《うえのはかま》に襪《しとうず》を佩き、黒袍を着る束帯《そくたい》姿。右手から風が吹くのか、冠の垂纓は左に靡き、下襲《したがさね》の裾《しり》も撓んで裏地を見せながら大きく左に引かれている。立てた笏《しゃく》に左手を被せ、その上に顎を載せてじっと左下方に視線をやる。目尻の三本の皺が、順の観察眼の鋭さを伝える。盤領《まるえり》と左袖口から覗く衵《あこめ》の紅が鮮やかである。佐竹本の順像は、京博図録67で確認できる。▼**短冊**　掲げる一首は、佐竹本に同じ。折烏帽子《おりえぼし》を被り、黄朽《きくち》葉《ば》地金菊唐草文《きくからくさ》の狩衣《かりぎぬ》を着て、縹《はなだ》地浮線綾《ふせんりょう》文の指貫《さしぬき》を佩く。狩衣の前身と袖の間や袖口から藍色の単衣《ひとえ》が覗き、端座する。口髭・顎鬚に加え、頬髯まで伸びる。土佐光起筆『三十六歌仙図色紙貼交屏風』（京博図録135）・北村季吟『歌仙拾穂抄』（下十三ウ）・大阪大谷大学図書館本絵巻の順（小著『公任撰』151頁）も、短冊と同じ姿だが、指貫ではなく狩袴で、頬髯はない。光起筆のみ右手に蝙蝠《かわほり》を持つ。

藤原清正1

子日しに　しめつる野べの　ひめこ松　ひかでや千世の　かげをまたまし

子日をするために標を張った野辺の姫小松、おまえを引かないで千歳の後の木蔭に期待をかけようか。

▼公任『三十六人撰』清正1を追認。『清正集』六。「紀のくににて、子日しけるに／はかなくや今日のねの日をすぐさまし　なぐさのはまのまつなかりせば（五）」に続き配列されている。▼「子日《ねのひ》」は、正月最初の子《ね》の日に、野に出て小松を根引き、若菜を摘み、遊宴して千代を祝う。「名草の浜」は、紀伊国の歌枕。紀三井寺前の海岸。国府は名草郡（現在の和歌山市）に置かれていた。紀伊守時代の詠歌である。▼『三十六人歌仙伝』には「（天暦）十年（九五六）正月任紀伊守、十月八日昇殿、天徳二年（九五八）七月卒」とある。天暦十年正月最初の子の日は六日、除目は廿七日（史料一ノ一〇、二二五頁以下）なので、紀伊国名草浜での子日は、天暦十一年（九五七）以降の正月のはず。「十月八日昇殿」が正しければ、「十一年」が欠脱していることになり、子日も同年に限定できる。▼「占む」《し》は、標《しめ》を張って野遊の場所を占める。「や」は疑問の係助詞。ためらいの意志を表す助動詞「まし」と呼応する。「俟《ま》つ」は、期待して待つ。姫小松が巨木に成長することと、自身の長寿を重ねた。▼『新古今和歌集』賀・七〇九に入集。初句「子日して」。

源順1

はるふかみ　ゐでの河なみ　たちかへり　みてこそゆかめ　山ぶきの花

春が深まったので、井手の玉川の波が立ち返るように、繰り返し見てゆこうよ、山吹の花を。

▼『拾遺抄』春・四七。「天暦御時の歌合に　源順」。▼天徳四年（九六〇）内裏歌合。歌題「款冬」。初句「春がすみ」とし「たちかへり」を導く。実頼の判詞「いとをかし」。『源順集』一八六は「（天徳四年内裏歌合のうた）山ぶき」として初句「春ふかみ」。結句「山吹の花」と呼応。▼「井手」は、山城国の歌枕。山吹とかわづの名所。『古今和歌集』春下・一二五「かはづなくゐでの山吹ちりにけり花のさかりにあはましものを」など。木津川に注ぐ玉川の扇状地。奈良へ至る交通の要地。井手左大臣橘諸兄の別荘があった。▼「たちかへり」は、「波が高くなって打ち寄せては返り」と「繰り返し」を掛け、第二句と第四句を繋ぐ。「家にふぢの花のさけりけるを、人のたちとまりて見けるをよめる／わがやどにさける藤波たちかへりすぎがてにのみ人の見るらむ」（古今集・春下・一二〇、みつね）など。「みてこそゆかめ」は、見て行ったらどうか。見て行くのがよい。「こそ…め」は勧誘・適当。「なほをりてみてこそゆかめはなのいろちりなんのちはなにゝかはせん」（冷泉家時雨亭叢書『平安私家集 九』所収本「躬恒集」一二オ）など。▼1の題は「春」。

藤原清正2

あまつかぜ　ふけひのうらに　ゐるたづの　などか雲ゐに　かへらざるべき

天上の風が吹く吹飯の浦にいる鶴が、その風に乗って、どうして雲居に帰れないことがあろうか。

▼公任『三十六人撰』清正2を追認。『清正集』八九。「紀のかみになりて、まだ殿上もせざりしに」。第三句「すむたづの」。『忠見集』にも「ふぢはらのきよたか（「ゝ」の誤写）、きのかみになりて、殿上おりてとしごろになりて、小弐命婦にやるに、かはりて」として見える。これによれば、忠見（↓本書164頁）の代作。▼「天つ風」は、空を吹く風。「ふけ」を導く。「吹飯の浦」は、和泉国の歌枕。「時つ風吹飯《ふけひ》の浜に出で居つつ贖《あか》ふ命は妹が為こそ」（万葉集・巻十二・三二〇一）など。「深日《ふけひ》の浦」（大阪府泉南郡岬町深日《ふけ》）とも。平安時代に入ると紀伊国の歌枕「吹上の浜」（和歌山市紀ノ川河口左岸の海岸）と混同されたらしい。「ゐる」は、鳥などがじっととまる。飛び立つ前の一時的な状態を暗示し、「棲む」より相応しい。『和漢朗詠集』下「鶴」四五三の古写本はすべて「ゐる」。▼「雲居」は、天上と殿上を掛ける。「べき」は可能。天暦十年（九五六）正月紀伊守に任ぜられた清正が再び京に戻される望みを託す。還昇が叶うのは、翌年の十月八日か。

▼『新古今和歌集』雑下・一七二三に入集。「殿上はなれ侍りて、よみ侍りける　藤原清正」。

源順2

水のおもに　てる月なみを　かぞふれば　こよひぞ秋の　もなかなりける

水面に照る月がさざ波に輝く。月の移りかわりを指折り数えると、今宵が秋のまんなかだったよ。

▼公任『三十六人撰』順1を追認。『拾遺抄』秋・一一五。「屏風に、八月十五夜にいけ有るいへにてあそびたるかた、有る所に　源順」。▼『源順集』によれば「天元二年（九七九）十月宣旨《せじ》によりてたてまつれる屏風歌」（冷泉家時雨亭叢書『平安私家集　三』所収本「源順集」七八オ）。西本願寺本の初句「いけのおもに」（二九一）。順自身も参加した貞元二年（九七七）中秋に藤原頼忠邸で行われた『三条左大臣殿前栽歌合』冒頭の能宣詠「みづのおも《うへに》のいろさへすめるあきのつきなみこそかげをあらふべらなれ」を意識するか。▼「月なみ」は、水面に照る「月」と水面に立つ「波」と、「月次」（十二ヶ月の順序、月の移りかわり）を掛けて、上下の文脈を繋ぐ。「数ふ」は、指を折って計算する。▼「もなか」は、まんなか。中央。『公忠集』に「秋のよ、月をみてあそぶといふ心を／いけ水のもなかにいでてあそぶいをのかずさへみゆる秋のよの月」（一〇）など。「秋のもなか」は仲秋八月。『和歌童蒙抄』に「もなかとよめるを、時の人和歌のことばと覚えずと難じけるを、歌がらのよければえらびにいれり」。「ける」は発見の詠嘆。▼2の題は「時間」。

藤原清正3

むらむらの　にしきとぞみる　さほやまの　ははそのもみぢ　霧たたぬまは

長く広げた錦のようにあちこちに見えることだ。佐保山の柞の紅葉が。霧が立ち、裁ち切らぬ間は。

▼『深窓秘抄』秋・四九、きよまさ。『和漢朗詠集』上「紅葉」三〇六、清正。『清正集』四三には「ゐに／むらながらみゆるもみぢは神な月まだ山かぜのたたぬなりけり」という類歌が見え、公任『三十六人撰』清正3はそれを採る。▼「むら」は、「疋《ムラ》」（書紀・神功六年三月、熱田本訓。布を数える単位。一疋は、四〜六丈ほど。十数メートル）と「群・叢」（こんもりと群がって葉が繁っているさま）を掛ける。「錦」は、数種の色糸で地織りと文様を織り出した織物。秋の紅葉を喩える。『古今和歌集』に「やまとのくににまかりける時、さほ山にきりのたてりけるを見てよめる／たがための錦なればか秋ぎりのさほの山辺をたちかくすらむ」（秋下・二六五、きのとものり）など。「と」は比喩の格助詞。「佐保山」は、大和国の歌枕。旧平城京北東の丘陵。平安時代には紅葉の名所。「柞《ははそ》」は、ミズナラなどのナラ類およびクヌギの総称。『古今和歌集』に「佐保山のははその色はうすけれど秋は深くもなりにけるかな」（秋下・二六七、坂上是則）など。「霧たたぬ」は、「霧立たぬ」に「切り裁たぬ」を掛ける。「錦」の縁語。▼3の題は、「山の紅葉」。

源順3

名をきけば　むかしながらの　山なれど　しぐるる秋は　色まさりけり

名を聞くと昔ながら変わらない長等の山だけれど、時雨の降る秋は紅葉の色が一段と濃くなることだ。

▼『拾遺和歌集』秋・一九八。「西宮左大臣（源高明）家の屏風に、しがの山ごえに、つぼさうぞくしたる女ども、もみぢなどある所に　したがふ」。重出する雑秋・一一三九や『源順集』一八一の第四句は「しぐるるころは」。▼冷泉家時雨亭叢書『平安私家集　三』所収本「源順集」によると、月次の「四尺屏風」（四五オ）で、当該歌は「十月」（五〇ウ）の料。「志賀の山越え」は、平安京から近江国志賀寺（崇福寺）への参詣の峠道。「しがの山ごえに、みちのかげに、しか／うりふやまもみぢのなかに鳴く鹿の声はふかくもきこえくるかな」（元真集・一六六）のように北白川から瓜生山を経て、比叡山の南の尾根を越える、紅葉の美しい道。「しがの山ごえにてよめる／山河に風のかけたるしがらみは流れもあへぬ紅葉なりけり」（古今集・秋下・三〇三、はるみちのつらき）も。▼「ながらの山」は、近江国の歌枕。三井寺背後の山。「思ふ事侍りけるころ、志賀にまうでて／世中をいとひがてらにこしかどもうき身ながらの山にぞ有りける」（後撰集・雑三・一二三二）も、志賀寺に参詣したが、憂き身のままだと詠む。▼『新古今和歌集』異本歌。

興風　おきかぜ　生没年未詳。

『古今和歌集』以下の勅撰集に約四十首入集。古歌を踏まえ、見立てを多用。弾琴・管絃に秀でる。

▼画賛　佐竹本に「正六位上行下総権大掾藤原興風／参議浜成卿曾孫道成男。延喜御時人。字院藤太。弾琴之師管絃人也／**たれをかもしる人にせむたかさごの松もむかしのともならなくに**（↓藤原興風2）」とある。『史料』一ノ四、五八七頁以下。『尊卑分脈』二ノ五四三頁には「正六上／興風〈哥人〉」とあり、これによって「参議浜成」の曾孫、「道成」男と確認できる。『三十六人歌仙伝』にも「参議浜成曾孫、道成男」という割注があり、これによれば延喜十四年（九一四）四月廿二日に行われた除目において「下総大掾」に任ぜられている。また、『古今和歌集目録』には「字院藤太是歟。為弾琴之

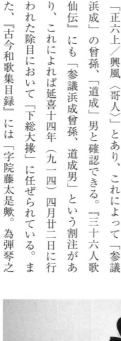

師、能管絃之人也」とあり、宇多院の近臣として活躍して「字」が「院ノ藤太」で、「弾琴」の師であったこと、「管絃」を能くする人であったことが知られる。**▼木版画**　左後方から後ろ姿を描く。垂纓《すいえい》の冠を被り、黒袍を着る束帯《そくたい》姿。下襲《したがさね》の裾《しり》を大きく一段に畳んで長く引く。裾の裏地は丁子《ちょうじ》色。石帯《せきたい》を着装するさまがよく見える。少し見上げた口髭のある横顔の顎が描かれ、そこに顎鬚がないが、知音を失って老残の身を自覚し、松の老木を見上げる姿とすれば、顎鬚はあってしかるべきところ。佐竹本の興風像は、京博図録46で確認できる。左肩に顎が隠れて顎鬚が見えない佐竹本の姿がふさわしい。**▼短冊**　掲げる一首は「**契りけん心ぞつらき織女のとしに一たびあふはあふかは**」（→藤原興風1）。折烏帽子《おりえぼし》を被り、木賊《とくさ》色の単衣《ひとえ》の上に蘇芳《すおう》地散《ちらし》唐花文の狩衣《かりぎぬ》を着て、縹《はなだ》地浮線綾《ふせんりょう》文の指貫《さしぬき》を佩く。袖中の右手で頬杖をつき、顔は下を向く。地下《じげ》相当の左右縒《さうより》の袖括《そでくくり》の緒《お》が露先から垂れる。土佐光起筆『三十六歌仙図色紙貼交屏風』（京博図録135）・北村季吟『歌仙拾穂抄』（中四ウ）・大阪大谷大学図書館本絵巻（小著『公任撰』160頁）も同じ姿だが、指貫ではなく狩袴《かりばかま》を佩く。織女に同情するさまか。

元輔　もとすけ（908〜990）

『後撰和歌集』撰者の梨壺の五人の一人。『万葉集』の解読作業にも当たる。清少納言の父。

▼画賛　佐竹本に「肥後守従五位上清原元輔／従五位下内蔵大允深養父孫。下総守従五位下春光一男。母筑前守従五位下高向利生女。村上冷泉円融花山一条五代人／**秋のゝのはぎのにしきをふるさとにしかのねながらうつしてし哉**（→小著『公任撰』165頁）」とある。『史料』二ノ一、五七二頁以下。『三十六人歌仙伝』「従五位上行肥後守清原真人元輔」の割注に「深養父孫、従五位下行下総守春光一男」。『系図纂要』の記述「母従五位上高向《たかむこの》利生女」はこれに依るか。祖父深養父は『古今和歌集目録』に延長元年「任内蔵大允」同八年「叙従五位下」。官歴は、村上朝の天暦五年（九五一）「任河内権少掾」から

135　元　輔

円融朝の天元三年（九八〇）「叙従五位上」、花山朝の寛和二年（九八六）「任肥後守」まで。一条朝の永祚二年（九九〇）六月「卒〈年八十三〉」。延喜八年（九〇八）生まれ。**▼木版画**　表袴《うえのはかま》と襪《しとうず》を佩き、黒袍を着る束帯《そくたい》姿。左手から風が吹くのか、冠の垂纓《すいえい》は右側へ靡く。左斜め上方からの視点で描かれているため、一段畳んで引かれた下襲《したがさね》の裾《しり》は、裏地を見せながら画面右上に跳ね上がるように見え、絵に躍動感を与えている。佐竹本の元輔像は、京博図録68で確認できる。**▼短冊**　掲げる一首は「**音なしの川とぞ終にながれ出るいはで物おもふ人のなみだは**」（→小著『公任撰』169頁）。折烏帽子《おりえぼし》を被り、紅地金唐草文の単衣《ひとえ》の上に木賊《とくさ》の狩衣《かりぎぬ》を着て、縹《はなだ》地浮線綾《ふせんりょう》文の指貫《さしぬき》を佩く。右膝を立て、右手で檜扇《ひおうぎ》を担ぐような恰好で持ち上げ、視線をやや上に向ける。土佐光起筆『三十六歌仙図色紙貼交屏風』（京博図録135）・北村季吟『歌仙拾穂抄』（下十五ウ）・大阪大谷大学図書館本絵巻（→小著『公任撰』161頁）の元輔も、短冊と同じポーズをとるが、指貫ではなく狩袴《かりばかま》。永納画帖（57頁）は、佐竹本と同じ歌を掲げ、元輔は檜扇を下ろして真っ直ぐ前を向く。光琳画帖（35頁）は、「**ちぎりきなかたみに袖をしぼりつゝすゑの松山波こさじとは**」（→清原元輔1）を掲げ、猫背姿で蝙蝠《かわほり》を開く元輔を正面から描く。

藤原興風1

契りけむ　こころぞつらき　たなばたの　としに一たび　あふはあふかは

そんな約束をしたという心が酷いことだ。七夕のように年に一度逢うのは「逢う」とは言えない。

▼公任『三十六人撰』興風1を追認。『古今和歌集』秋上・一七八。「おなじ（寛平）御時きさいの宮の歌合のうた　藤原おきかぜ」。▼「契りけむ心」とは、「年に一度逢ふ」約束をしたという心。「けむ」は過去の伝聞。七夕伝説を踏まえる。天の川に隔てられ、別れて暮らす織女星と牽牛星（彦星）が、一年に一度、七夕の夜に川を渡って相逢う。「つらき」は、ク活用形容詞なので、状態を表すのが基本。非情なさま。転じて、相手の冷酷な仕打ちによって起こる耐え難い苦しみも表す。「七夕の」の「の」は比喩の格助詞。主格とみて「契る」「逢ふ」の主語とする解釈も。「逢ふかは」の「かは」は反語。逢うことか、いや逢うことではない。▼契沖『古今余材抄』は「ひこぼしの心をくみて、たなばたの、年にひと夜と契りけんがつらしといふなり」という。しかし、「けむ」や「たなばた」という語を用いる点から、『古今和歌集』の「年ごとにあふとはすれどたなばたのぬるよのかずぞすくなかりける」（秋上・一七九、凡河内みつね）などと同様、第三者の立場から彦星と織女の心情を推察した歌とみておきたい。▼1の題は「契り」。

清原元輔1

ちぎりきな　かたみにそでを　しぼりつつ　すゑのまつ山　なみこさじとは

約束しましたよね。互いに涙に濡れた袖を幾度も絞って、決して心変わりするまいと。

▼『後拾遺和歌集』恋四・七七〇。「心かはりてはべりけるをむなに、人にかはりて　清原元輔」。▼「契りきな」の「き」は、直接体験した過去。「な」は詠嘆（→本書57頁）。対他的な用法。約束を思い出させて相手の心変わりをなじる。「かたみに」は、互いに。『伊勢集』に「ふりとげぬしぐればかりにやまびこのこゑをかたみにききかはすかな」（四八）など。「袖をしぼる」は、泣くさま。『古今和歌集』に「いつはりの涙なりせば唐衣しのびに袖はしぼらざらまし」（恋二・五七六、藤原ただふさ）など。「つつ」は反復。▼「末の松山浪越さじ」は、『古今和歌集』の「君をおきてあだし心をわがもたばすゑの松山浪もこえなむ」（東歌・一〇九三）を踏まえ、「あだし心をもたじ」の意。「末の松山」は、陸奥国の歌枕。浪の越えない所。『古今和歌集』に「浦ちかくふりくる雪は白浪の末の松山こすかとぞ見る」（冬・三二六、ふぢはらのおきかぜ）など。『源氏物語』浮舟での薫詠「浪越ゆる頃とも知らず末の松待つらむとのみ思ひけるかな」（あなたが心変わりする頃とも知らないで、私を待っていてくれるものとばかり思っていましたよ）も、『古今和歌集』東歌に基づく。

藤原興風2

たれをかも　しる人にせむ　たかさごの　松もむかしの　友ならなくに

いったい誰をこれから知己としたらよいのか。高砂の松も昔からの友ではないのに…。

▼公任『三十六人撰』興風2を追認。『古今和歌集』雑上・九〇九。「題しらず　藤原おきかぜ」。▼「誰をかも知る人にせむ」の「か」は疑問の係助詞。反語とする説も。「も」は強調。「知る人」は、互いの心を知る人。私の理解者。結句の「友」に同じ。「む」は適当。意志とする説も。「か」との係り結びで連体形。年老いて、長く付き合ってきた親友を失った者の嘆きか。▼「高砂」（↓本書108頁）は、本来は高い砂丘を意味する普通名詞だったが、それが地名として固有名詞化する。その時期は、天長四年（八二七）成立の『経国集』巻十三に「夕次《宿イ》播州高砂」と題する詩が見えるので、それ以前。また、『古今和歌集』仮名序に「たかさご、すみの江のまつも、あひおひのやうにおぼえ」と見え、早く「松」を詠みこむ播磨国の歌枕として知られた。兵庫県高砂市。加古川の河口付近。▼「松も」の「も」は類推。千年の寿命をもつ松でさえも。「昔の友」は、話し相手になるような昔馴染みの友。「なら」は断定の助動詞の未然形。「な」は打消の助動詞「ず」の未然形。「く」は名詞化する接尾語。「に」は逆説の接続助詞。▼『百人一首』所収歌。

清原元輔2

大井河　ゐせきの水の　わくらばに　けふはたのめし　暮ぞまたるる

久しぶりに訪ねるといってあなたが私に期待させた夕暮が、今日ははやる気持で待たれることだ。

▼『元輔集』二一五。冷泉家時雨亭叢書『平安私家集 三』所収本「元輔集」五六オ。「ひとにかはりて」。結句「くれにやはあらぬ」。▼「大井河」は、山城国の歌枕。「井堰」は、川の流れを調整する堰堤。「とどむれどとどめかねつもおほゐ川ゐせきをこえてゆくみづのごと」（躬恒集・一二〇）のように、「水の湧く」（水が激しい勢いで流れる）所で、また、「おほゐがはゐせきにとまるいかだしのおもひわびぬるくれにもあるかな」（為信集・九一）のように、都の北西の山から切り出された「榑《くれ》」（木材）の筏の集積所。「暮《くれ》」の掛詞。▼初句・第二句は、恋人との逢瀬が堰き止められて高まる情熱を暗示する序詞。「湧く」を掛けて「わくらばに」（たまたま）を導く。『古今和歌集』に「わくらばにとふ人あらばすまの浦にもしほたれつつわぶとこたへよ」（雑下・九六二、在原行平）など。「たのめし」は、『古今和歌集』の「今ははやこひしなましをあひ見むとたのめし事ぞいのちなりける」（恋二・六一三、ふかやぶ）のように、私に期待をもたせた。「暮」に「榑」を掛ける。「るる」は自発。▼『新古今和歌集』恋三・一一九四。▼2の題は「歌枕」。

藤原興風3

いたづらに　すぐす月日は　おもほえで　花みてくらす　はるぞすくなき

何もしないで空しく過ごす月日は多く思われるのに対して、少ないのは、花を見て暮らす春だよ。

▼『古今和歌集』賀・三五一。「さだやすのみこの、きさいの宮の五十の賀たてまつりける御屏風に、さくらの花のちるしたに人の花見たるかた、かけるをよめる　ふぢはらのおきかぜ」。▼「貞保親王」は清和天皇第五皇子。母は二条后。「后宮」は二条后か。その「五十賀」は寛平三年(八九一)のこと(史料一ノ一、九〇〇頁)。桜の花の散る下で花を見ている画中の人物の立場で詠む。▼「いたづらにすぐす月日」は、何もしないで空しく過ごす月日。多いものとして詠む。『元真集』に「十二月晦／いたづらにすぐす月日はおほかれど今日しもつもる歳をこそおもへ」(一六)、『恵慶法師集』に「たなばたのあふよのかずをいたづらにすぐす月日になすよしもがな」(七七)など。『興風集』一四は「すぐる」。「おもほえで」は、少ないとは思われなくて。つまり、多く思われて。「おほかれど」という本文をもつ『古今和歌集』や『和漢朗詠集』上「暮春」四九の古写本も多い。漢詩文の対句「多」「少」に依る。▼「花みてくらす」は、憂き世の楽しみ。『兼盛集』に「よの中にたのしきものは思ふどち花みてくらす心なりけり」(一七九)など。

清原元輔3

うしといひて　世をひたすらに　そむかねば　物おもひしらぬ　身とやなりなむ

この世が嫌だといいながらも一向に出家しないので、私は何も悟らぬ凡夫となるのだろうか。

▼『元輔集』二一四。冷泉家時雨亭叢書『平安私家集 三』所収本「元輔集」五六オ。「あるひとにつかはし丶」。第二句「よをひたぶるに」。▼「憂し」は、「世」を「背か」せる（人を出家に導く）状態や心情。『古今和歌集』に「しかりとてそむかれなくに事しあればまづなげかれぬあなう世中」（雑下・九三六、小野たかむらの朝臣）など。「ひたすらに」「ひたぶるに」は、両方あり得る。『後撰和歌集』に「ひたすらにいとひはてぬる物ならばよしのの山にゆくへしられじ」（恋四・八〇八、時平）、「うけれども悲しきものをひたぶるに我をや人の思ひすつらん」（雑三・一二〇三、大輔）など。▼「物思ひ知らぬ」は、物事の道理を弁えない。悟りに至らない。『古今和歌集』に「ちりぬればのちはあくたになる花を思ひしらずもまどふてふかな」（物名・四三五、僧正へんぜう）など。「身とやなりなむ」は、身ときっとなるのだろうか。「や」は疑問。「な」は強意。「む」は推量。『後撰和歌集』に「はかなかる夢のしるしにはかられてうつつにまくる身とやなりなん」（恋四・八七二）など。▼『新古今和歌集』雑下・一七四三。▼3の題は、「憂き世」。

是則　これのり（？〜930）

『古今和歌集』以下の勅撰集に四十三首入集。大和国に地縁があったか。男望城《もちき》は梨壺の五人となる。

▼**画賛**　佐竹本に「従五位下行大内記坂上是則／加賀介。御書所衆。延喜御時人／**みよしの丶やまのしら雪つもるらしふるさとさむくなりまさり行**（↓坂上是則1）」とある。『史料』一ノ五、五七四頁以下。『官職秘抄』（群書類従第五輯・五八八頁）に「少監物　以御書所書畢労任例〈坂上是則〉」とある。『三十六人歌仙伝』によれば、是則は、延喜廿一年（九二一）に「大内記」に任ぜられ、延長二年（九二四）正月七日に「従五位下」に叙せられ、同月「加賀介」に任ぜられている。『坂上系図』（続群書類従第七輯下・三八五頁）によると、坂上田村麿

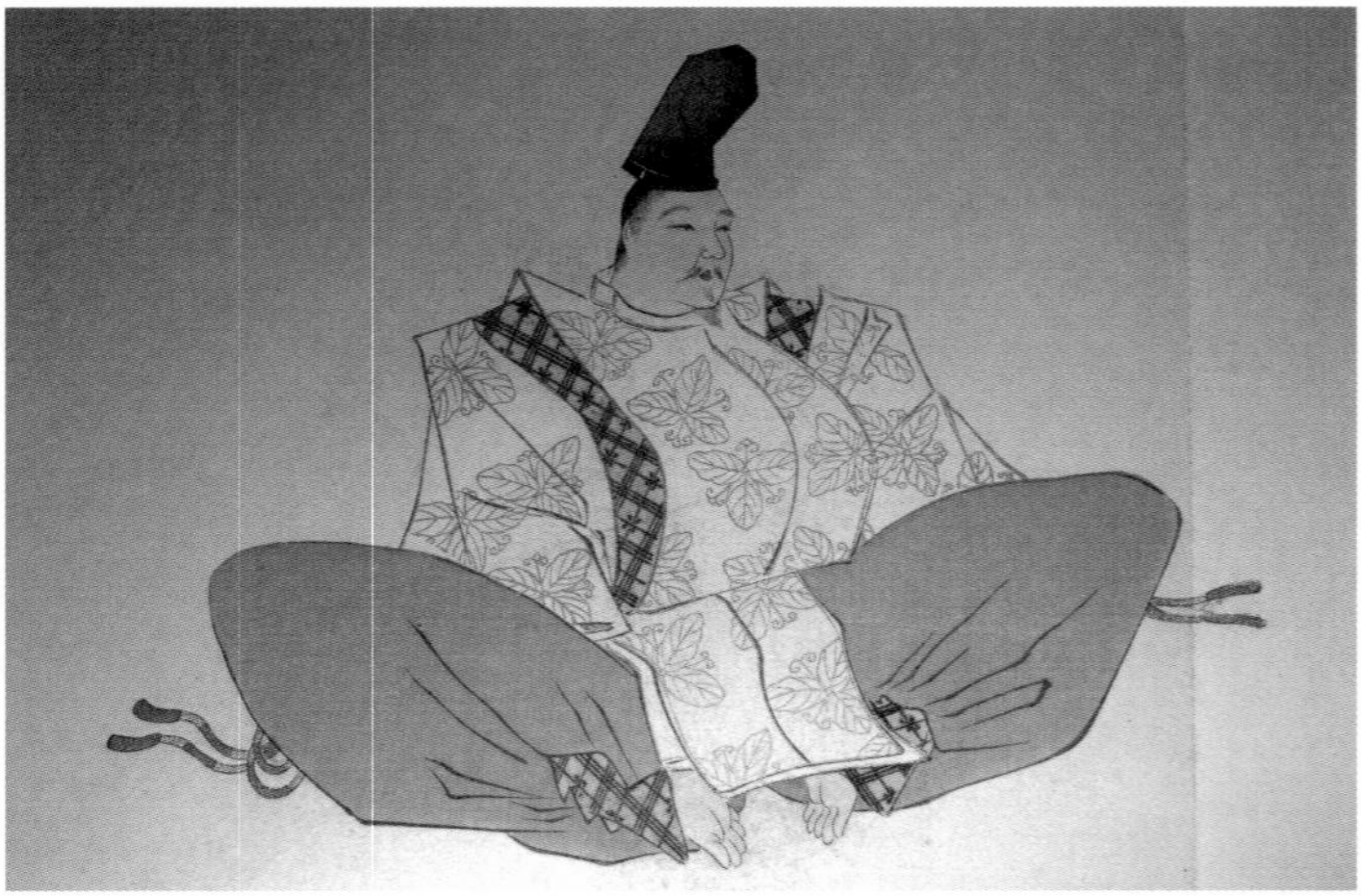

143　是　則

の曾孫にあたる従四位上右馬頭帯刀右近少将好蔭男で、「清水寺別当」も務め、延長八年（九三〇）卒。生年は未詳。男に、『後撰和歌集』撰者、梨壺の五人の一人、従五位下石見守大外記望城がいる。▼**木版画**　立烏帽子《たてえぼし》を被り、立三重《たてみえ》襷《だすき》文のある苅安染《かりやすぞめ》の鮮やかな黄色い単衣《ひとえ》の上に、白地銀三柏《みつがしわ》文の狩衣《かりぎぬ》を着て、薄平櫨緂《うすひらはじだん》の袖括《そでくくり》の緒《お》を左右の露先に垂らす狩衣姿。濃い祕色《ひそく》のような青い狩袴《かりばかま》の裾《しり》から素足と共に単衣の裾を出す。佐竹本の是則像は、京博図録47で確認できる。▼**短冊**　掲げる一首は、佐竹本に同じ。垂纓《すいえい》の冠を被り、五位相当の浅緋《うすあけ》地金亀甲丸繋《きっこうのまるつなぎ》文の縫腋《ほうえき》の袍《うえのきぬ》を着る束帯《そくたい》姿。盤領《まるえり》と袖口から紅の衵《あこめ》が覗く。霰《あられ》文の表袴《うえのはかま》で、足首から赤大口《あかのおおぐち》を覗かせ、襪《しとうず》を佩く。裏地を見せながら浮《ふ》線綾《せんりょう》文がある下襲《したがさね》の裾《しり》を引く。笏《しゃく》を右足の脹ら脛辺りに突き立て、その上に右手を被せ、左手は左足の上に置く。首を左に回し、視線を左下に落とす。土佐光起筆『三十六歌仙図色紙貼交屏風』（京博図録135）・北村季吟『歌仙拾穂抄』（中六ウ）・大阪大谷大学図書館本絵巻（小著『公任撰』170頁）・光琳画帖（18頁）の是則も、短冊と同じポーズをとるが、光琳画帖は衣冠《いかん》姿で、下襲の裾は引かない。鈴木其一筆『三十六歌仙図屏風』（京博図録137）は緋袍に隠れ、笏が見えない。

元真　もとざね　生没年未詳。

『後撰和歌集』時代を中心に活躍した歌人だが、『後拾遺和歌集』に初めて入集。勅撰集入集歌は二十八首。

▼**画賛**　佐竹本に「丹波守従五位下藤原元真／甲斐守従五位下清邦三男。系図越前守令尹孫。宮内少輔成尹男。令尹者大納言藤原懐忠男。実者下総守従五位下清原春光男。元輔弟也／**としごとのはるのわかれをあはれとも人におくるゝ人ぞしるらん**（→小著『公任撰』175頁）」とある。『史料』一ノ一一、六五五頁以下。『三十六人歌仙伝』によれば、割注に「甲斐守従五位下清国（『尊卑分脈』二ノ四四一頁は「清邦」）三男」とあり、天徳五年（九六一）正月七日「叙従五位下」、康保三年（九六六）正月廿七日「任丹波介」。なお、佐竹本の「系図」云々という記述は、『尊卑分脈』二ノ四二四頁の「大納言懐

忠―令尹―成尹―元真」と混同したもの。また、四行目の「…元輔弟也」という記述は、四ノ一五七頁の清原氏系図に見える「元真」と混同する。▼**木版画**　垂纓《すいえい》の冠を被り、黒袍を着る束帯《そくたい》姿。黒袍の下から表袴《うえのはかま》と襪《しとうず》が覗く。笏《しやく》を胸の前で握り、下襲《したがさね》の裾《しり》を一段畳んで引く。佐竹本の元真像は、京博図録69で確認できる。▼**短冊**　掲げる一首は「**夏草は茂にけりな玉ぼこの道行人も結ぶばかりに**」（『新古今和歌集』夏・一八八）。折烏帽子《おりえぼし》を被り、紅地金唐草文の単衣《ひとえ》の上に、木賊《とくさ》の狩衣《かりぎぬ》を着る狩衣姿。左《さ》右《う》縒《より》の袖括《そでくくり》の緒《お》を垂らし、縹《はなだ》地浮線綾《ふせんりょう》文の指貫《さしぬき》を佩いて端座する。土佐光起筆『三十六歌仙図色紙貼交屏風』（京博図録135）・北村季吟『歌仙拾穂抄』（下十七ウ）・大阪大谷大学図書館本絵巻（小著『公任撰』171頁）・光琳画帖（36頁）の元真も、みな指貫ではなく狩袴《かりばかま》だが、短冊と同じ姿。異なるのは、拾穂抄の元真が左手に蝙蝠《かわほり》を持つこと、光琳画帖が「**さきにけり我山里の卯の花は垣ねにきえぬ雪とみるまで**」（→藤原元真1）を掲げること。酒井抱一『光琳百図』（→本書187頁）や鈴木其一筆『三十六歌仙図屏風』（京博図録137）の元真は、立烏帽子を被って真正面を向く。屏風を見る者と正対する独特の老人像。

坂上是則1

みよしのの　山のしら雪　つもるらし　ふる郷さむく　なりまさるなり

み吉野の山の白雪はもう降り積もっているらしい。旧都がいっそう寒く感じられるようになったよ。

▼公任『三十六人撰』是則1を追認。『古今和歌集』冬・三二五。「ならの京にまかれりける時にやどれりける所にてよめる　坂上これのり」。▼「奈良の京」は「ふるさと」（旧都）。旧都の寒さが一段と厳しく感じられるようになったことを根拠にして、雪の名所として知られる吉野山に思いを馳せ、白雪がもう降り積もっているらしいと推定する。「み」は美称。「吉野山」は、平安末期に西行が多くの桜の歌を詠んで桜の名所となるが、それ以前は雪深い山というイメージで和歌に詠まれた大和国の歌枕。「らし」は根拠が明示される推定。▼「なり」の語源は、音や声の意味をもつ語根「ね」または「な」に「あり」の付いたもの。本来は、「ふる雪はかつぞけぬらしあしひきの山のたきつせおとまさるなり」（古今集・三一九）のように、聴覚による推量を表すが、聴覚以外にも、広く感覚的に捉えられた現象を表現する場合にも、「みなかみにもみぢちるらしうぢがはのせぜさへふかくなりまさるなり」（元真集・一七三）、「たなばたのわかれしひよりひこぼしはまことにさむくなりまさるなり」（重之集・二六三）などと用いられる。▼1の題は「雪」。

藤原元真1

咲きにけり　わがやまざとの　うのはなは　かきねにきえぬ雪とみるまで

咲いたよ。我が山里の卯の花は、垣根に積もる消えない雪かと見紛うまで。

▼『元真集』八九。「をなじとし（天徳三年）二月三日うちのうたあはせ」（伝俊成筆本、一三オ）における「左、うの花」（一五オ）題での詠歌。▼天徳四年（九四〇）三月卅日に行われた『内裏歌合』と歌題（霞・鶯・柳・桜・山吹・藤・暮春・卯花・郭公・夏草・恋）が共通し、同じ歌「よと丶もにちらずもあらなむさくら花あかぬこ丶ろはいつかたゆべき」（八三、一四ウ）も見え、「同じ年」は天徳四年、「二月」は「三月」、「三日」は「三十日」とみるべきか。▼「咲きにけり」の「に」は状態の発生。「けり」は発見の詠嘆。初句で切り、倒置法で、何が何処に如何に咲いたのかを後から明らかにしてゆく。▼「山里」は、平安貴族が平安京郊外に営んだ別荘（→本書118頁）。小著『隠遁の憧憬』所収「「山里」の自然美の形成」参照。「卯の花」は、ホトトギスなどとともに、初夏の代表的な景物。「垣根」に植えられ、白く咲き乱れるさまは「雪」に喩えられた。前田家本『元輔集』に「永観二年（九八四）、太政大臣（頼忠）の家の屏風の歌／四月、山ざとのうの花／まだきえぬゆきかとぞみるやまざとのかきねはるかにさけるうのはな」（一一六）など。

坂上是則2

朝ぼらけ　あり明の月と　みるまでに　よしののさとに　ふれるしら雪

空がほのかに明るくなった夜明け方、有明の月と見紛うまでに、吉野の里に降り積もっている白雪よ。

▼『古今和歌集』冬・三三二。「やまとのくににまかれりける時に、ゆきのふりけるを見てよめる　坂上これのり」。▼「朝ぼらけ」は、空がほのかに明るくなった夜明け方。「あけぼの」が『枕草子』「春はあけぼの」の影響もあって、春と結びつくことが多いのに対して、秋や冬との親和性が高い。『千載和歌集』に「あさぼらけうぢの河霧たえだえにあらはれわたるせぜの網代木」（冬・四二〇、中納言定頼）など。「有明の月」（→本書50頁）は、ぼんやりとした光を放つ。「とみるまで」は、と見紛うまで（→本書147頁）。「ふゆごもり思ひかけぬをこのまより花と見るまで雪ぞふりける」（古今集・冬・三三一、つらゆき）など。「吉野」は雪深い。「降れる」は、降り積もっている。「うばたまのわがくろかみやかはるらむ鏡の影にふれるしらゆき」（古今集・物名・四六〇、つらゆき）など。▼李白の「牀前月光ヲ看ル。疑フラクハ是レ地上ノ霜カト」（静夜思）の詩境に近い。『実方集』に「あか月の月しろし／ゆきかとてをきてみつればあさぼらけいろわきがたきあきの月かな」（冷泉家時雨亭叢書『資経本私家集 三』所収本「実方朝臣集」一七オ）など。▼『百人一首』所収歌。

藤原元真2

あら玉の　としをおくりて　ふる雪に　はるともみえぬ　けふのそらかな

旧年を見送って新年を迎えたのに、旧年同様に降る、古雪によって春とも思えない今日の空であるよ。

▼『元真集』一。「朱雀院の御屏風に、正月一日」。下の句「はるとも見えでけふのくれぬる」（伝俊成筆本、一オ）。▼「あら玉の」は「年」を導く枕詞。「年をおくりて」は、旧年を見送って新年を迎えたはずなのに。『寂然法師集』に「ゆくとしをおくりむかふといふほどにさだめなき夜のはてぞかなしき」（七〇）など。▼「ふる雪に」の「ふる」は、「降る」と「古る」の掛詞。『月詣和歌集』には「旧年立春のこころをよめる／かきくもりまだしら雪のふる年に春ともみえで春はきにけり」（雑上・六六五、刑部卿頼輔）など。「春とも見えぬ」は、降る雪によって、春が来たのに春のようにも見えない。『中務集』に「順朝臣の、のとの守にてくだるに／ゆきふかくはるともみえぬこしぢにもをりしむめこそ花さきにけれ」（九九）、『元真集』に「ゆき見るところ／おほぞらを春とも見えでちる花の雲のうへにてたづねてしかな」（伝俊成筆本、三ウ）など。「今日の空かな」は、『定頼集』に「過ぎぬめる春をしめばあやにくにほどなく暮るるけふの空かな」（明王院旧蔵本・三四二）など。「今日の暮れぬる」は、他に例を見ない。▼2の題も「ふる雪」。

坂上是則3

をしかふす　夏のの草の　道をなみ　しげき恋ぢに　まどふころかな

牡鹿が臥す夏の野に草が生い茂って道が見えないように、激しい恋の道に迷うこのごろだよ。

▼『是則集』二八。第三・四句「みち見えずしげきこひにも」（冷泉家時雨亭叢書『資経本私家集二』所収本「是則集」六オ）。▼「をしかふす」は、「繁き恋路に惑ふ」男の姿の比喩。『万葉集』に「たかまとの秋野のうへのあさぎりにつまよぶ乎之可《をしか》いでたつらむか」（巻二十・四三一九）など。「夏野の草の」は、「道」に係ると同時に、「繁き」を導く序詞。『万葉集』に「人言《ごと》は夏野の草の繁くとも妹と吾とし携《たづさ》はり宿《ね》ば」（巻十・一九八三）など。「道」は、人の行き来する通路と、恋の思いを満たす方法の両義。「を」は間投助詞。「な」は、形容詞「無し」の語幹。「み」は、原因理由を表す接尾語。道が無いので。▼「恋路」は、恋しく思いながら過ごす日々を道に喩える。「泥（こひぢ）」を掛ける。『後撰和歌集』に「をとこのはじめて女のもとにまかりてあしたに、雨のふるにかへりてつかはしける／今ぞしるあかぬ別の暁は君をこひぢにぬるる物とは」（恋一・五六七）、『後拾遺和歌集』恋三の巻頭歌「あやめぐさかけしたもとのねをたえてさらにこひぢにまどふころかな」（七一五、後朱雀院御製）など。▼『新古今和歌集』恋一・一〇六九。

藤原元真3

恋しさの　わすられぬべき　ものならば　なにかはいける　身をもうらみむ

恋しさが自然と忘れられるものであれば、どうして凡夫の身を恨むだろうか。恨みはしない。

▼『元真集』九五。「をなじとし二月三日うちのうたあはせ」（↓本書147頁）における「おなじ（右）かた、こひ」（伝俊成筆本、一六オ）。『後拾遺和歌集』恋四・八〇八。「題不知　藤原元真」。ともに第四句「なにしかいける」。▼「わすられぬべき」は、四段動詞「忘る」に、自発の「れ」、完了（強意）の「ぬ」、可能の「べき」が付いて、自然とすっかり忘れることができる。『俊成五社百首』に「桜ちり春の暮れゆく物おもひも忘られぬべき山ぶきの花」（一一九）など。▼「生ける身」は、生きている身。御所本『中務集』の「ためもとしぼちのもとへ十二首／けふまでもいける身のうさむかひゐてそむくほどだにこひしかりけり」（二八二）のように、煩悩をもって現世を生きている身で「憂さ」を伴う。『後拾遺和歌集』に「天徳四年内裏歌合によめる」として本歌の前に配列された元真詠「きみこふとかつはきえつつふるほどをかくてもいけるみとやみるらん」（恋四・八〇七）にも見え、「君恋ふとかつは消えつつ経る」が「生ける身」の煩悩を示す。元真の好んだ用語だったらしい。▼「何かは」は反語。「恨み」は、上二段活用未然形。▼3の題は、「恋」。

小大君　こおおいぎみ　生没年未詳。

三条天皇が皇太子だった時の女蔵人《にょくろうど》。女房名は左近。藤原朝光と恋愛関係にあった。『拾遺和歌集』以下の勅撰集に二十一首入集。「こだいのきみ」とも。

▼画賛　佐竹本に「小大君／三条院東宮時女蔵人左近是也。或書曰醍醐天皇孫。三品式部卿重明親王女。母貞信公女。一条院御時人／**いはゞしのよるのちぎりも絶ぬべしあくるわびしきかづらきの神**（→小大君1）」とある。『史料』二ノ一一、二〇〇頁以下。『三十六人歌仙伝』に「三条院儲闈時女蔵人。称名左近云々」とある。佐竹本の「或書曰」以下の「重明親王女。母貞信公女」という記述は、公任撰『前十五番歌合』において「岩橋の」詠が斎宮女御徽子女王と番えられた結果おこった、斎宮女御の出自（→本書92頁）との混同か。三条天皇（居貞親王）の春宮時代（寛和二年～寛弘八年）に

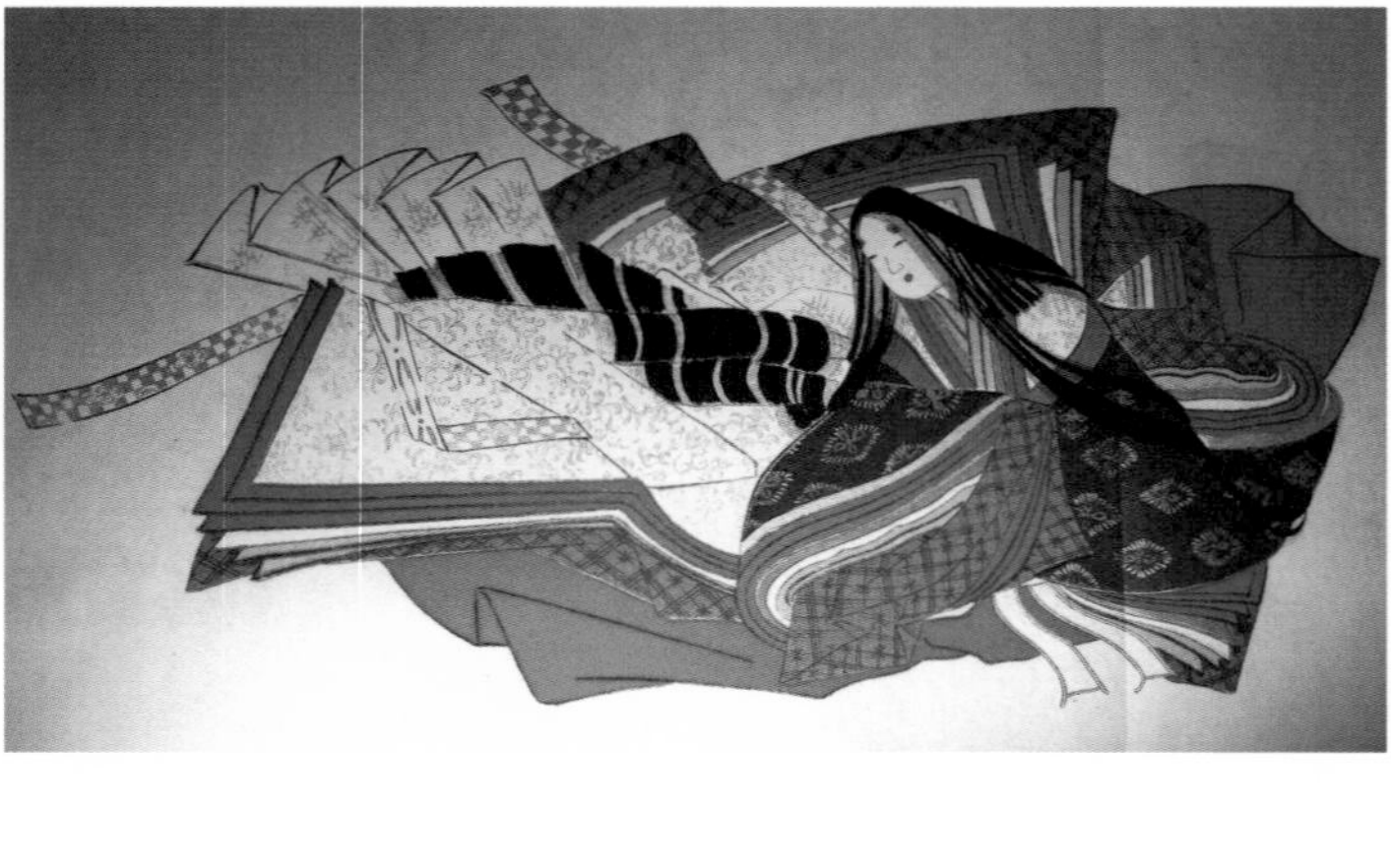

女蔵人として仕えた下臈女房なので、下層貴族出身だったにちがいない。「一条院御時人」と言って問題はない。▼**木版画**　紅袴の上に、松葉《まつば》地三重襷《みえだすき》文の単衣《ひとえ》。黄・黄・白・紅・紅を重ねた五衣《いつつぎぬ》の上に紅の打衣《うちぎぬ》、白地銀唐草文の表着《うわぎ》に、紺地小葵《こあおい》文らしき文様の唐衣《からぎぬ》を着る。白地桐竹《きりたけ》文の裳《も》を着け、窠《かに》霰《あられ》文の引腰《ひきごし》を後ろへ長く引き、小腰《こごし》を前で結ぶ。佐竹本の小大君像は、京博図録48で確認できる。▼

短冊　掲げる一首は、佐竹本に同じ。紅袴に松葉地菱《ひし》文の単衣。紅の薄様《うすよう》の五衣に、白地金唐草文の小袿《こうちぎ》姿。小袿装束に本来は裳を着けないが、『源氏物語』若菜下の女楽の場面において、明石君が小袿に裳を着けるように、小大君も謙譲意識からか、白地紺唐花《からはな》文の裳を着けている。引腰を垂らし、紺の掛帯《かけおび》を前で結ぶ。右袖を持ち上げ、口元を覆う。涙を拭うのか。恥ずかしくて顔を隠すのか。それとも可笑しさを堪える姿か。引目《ひきめ》鉤鼻《かぎはな》で描かれた顔の表情は、鑑賞者に解釈が委ねられているようだ。永納画帖（62頁）は高く持ち上げた右袖で顔を隠そうとする姿。土佐光起筆『三十六歌仙図色紙貼交屏風』（京博図録135）・北村季吟『歌仙拾穂抄』（中八ウ）の小大君も短冊と同じ姿だが、小袿ではなく唐衣を着る。

仲文　なかぶみ　（922〜992）

三条太政大臣藤原頼忠邸に出入りし、女房たちとの即興的な贈答歌が多く残る。頼忠男公任がその歌才を評価した。『拾遺和歌集』以下の勅撰集に八首入集。

▼**画賛**　佐竹本に「正五位下行伊賀守藤原朝臣仲文／従五位上行常陸介藤原公葛二男。天暦御時人也／**ありあけの月のひかりをまつほどにわがよのいたくふけにけるかな**（→藤原仲文1）」とある。『史料』二ノ一、八五六頁以下。『尊卑分脈』二ノ五二八頁によって仲文が「従五上／常陸介／信濃守／公葛」の二男であることが確認できる。『三十六人歌仙伝』には「天暦□年補東宮蔵人」から貞元二年（九七七）正月「任上野介」、八月二日「叙正五位下」までの官位が見えるが、佐竹本の官職「伊賀守」は確認できない。『拾芥抄』に「伊賀守、五位、至正暦…信濃守公

葛二男」とあるのは、佐竹本の記述に従ったのかもしれない。『三十六人歌仙伝』の「三年二月卒〈年七十一〉」は、「正暦」の欠脱らしい。これに従って正暦三年（九九二）七十一歳とすれば、延喜廿二年（九二二）生まれ。『拾芥抄』には「七十」とあり、これに従うと生年は一年遅くなる。▼木版画　黒袍を着て、表袴《うえのはかま》を佩き、下襲《したがさね》の裾《しり》を二段に畳んで長く引く束帯《そくたい》姿。裾の裏地は丁子《ちょうじ》色。顔はやや俯き加減で、冠の垂纓《すいえい》は右頬近くに垂れている。左手に笏《しゃく》を持ち、右手は立てた右膝の上に置く。襪《しとうず》を佩いた右足首から赤大口《あかのおおぐち》が覗き、絵にアクセントを与えている。佐竹本の仲文像は、京博図録70で確認できる。▼短冊　掲げる一首は、佐竹本に同じ。折烏《おりえ》帽子《ぼし》を被り、紅の単衣《ひとえ》に、雪の降りかかる笹の葉を象った文様のある縹《はなだ》の狩衣《かりぎぬ》を着る。浅縹《あさはなだ》地浮線綾《ふせんりょう》文の指貫《さしぬき》を佩いて端座する。土佐光起筆「三十六歌仙図色紙貼交屏風」（京博図録135）や北村季吟『歌仙拾穂抄』（下十九ウ）も短冊と同じ姿だが、指貫ではなく狩袴《かりばかま》。永納画帖（65頁）や大阪大谷大学図書館本絵巻（小著『公任撰』181頁）の仲文は、首を右に回して視線をやや右下へ落とす。酒井抱一『光琳百図』（↓本書186頁）や鈴木其一筆『三十六歌仙図屏風』（京博図録137）は、真横から端座する狩衣姿を描く。

小大君1

いはばしの　よるのちぎりも　たえぬべし　あくるわびしき　かづらきの神

岩橋のように、夜の約束も絶えるにちがいない。私は夜が明けるのがつらい葛城の神だから。

▼公任『三十六人撰』小大君1を追認。『拾遺抄』雑上・四六九。「大納言朝光が下臈に侍りける時、女の許にしのびてまかりて、あかつきにまかりかへらじといひ侍りければ　東宮女蔵人左近」。▼藤原朝光（九五一～九五）は、天延二年（九七四）四月十日廿四歳で参議。『小大君集』八八詞書に「藤大納言の少将におはせしをりに、女御の御かたにたなばたまつりしたる所にきて、ものいはんとありしかば…」とあるので、朝光の少将時代で同母姉媓子入内後の七夕といえば天禄四年（九七三）に限られ、その頃から朝光と小大君の交渉が始まったらしい。▼「岩橋」は、役行者が奈良の葛城山の一言主神に命じて、葛城山から吉野の金峯山へ架け渡そうとした伝説の橋。夜が明けてしまって工事が完成しなかったので、男女の契りが成就しないことを喩える。「の」は比喩。「明くるわびしき」は、夜が明けるのがつらい。明るくなったら「葛城の神」のように醜い私の容貌を見て、あなたは私をきっと捨てるにちがいない。「夜の契りも絶えぬべし」という所以である。▼暁になっても帰ろうとしない若い男に退居を迫まる歌。

藤原仲文1

ありありの明の　月のひかりを　まつほどに　わが世のいたく　ふけにけるかな

有明の月の光を待つ間に、夜が更けて私もひどく老けてしまったことだよ。

▼公任『三十六人撰』仲文1を追認。『拾遺和歌集』雑上・四三六。「冷泉院の東宮におはしましける時、月をまつ心のうた、をのこどものよみ侍りけるに　藤原仲文」。▼冷泉天皇となる憲平親王の東宮時代は、天暦四年（九四〇）七月廿三日（一歳）から康保四年（九六七）五月廿五日（十八歳）までの、足かけ十八年間。仲文が延喜廿二年（九二二）生まれとすれば（↓本書155頁）、廿九歳から四十六歳までの間。東宮蔵人であった仲文が殿上人たちと「月を待つ心」を詠む。▼有明の月が東の空に現れ、光を放つのを待つ間に、すっかり夜が更けてしまったという表現に、「わがよ」と「我が」と付くことによって、「夜」と「世」、「更け」と「老け」の掛詞となって、年老いた我が身を嘆く文脈が立ち現れる。▼「光」を王権の表象として東宮の即位を待ち望み、その恩寵を期待する心情を詠んだものとみる説があるが、歌語による限り、恩寵を暗示するのは「月の光」ではなく「日の光」である上、「有明の月」を「待つ」のは、女の立場で男の不実を怨む場合の用語であり、女の立場から詠んだ恋歌の面影をみるのが妥当か。▼1の題は、「嘆き」。

小大君2

かくばかり　とくとはすれど　あし引の　山井の水は　なほこほりけり

これほど懸命に早くと思って摺るけれど、山井の水は依然凍ったままで作業は滞っていますよ。

▼公任『三十六人撰』小大君3を追認。『拾遺抄』雑上・四二七。『拾遺和歌集』雑秋・一一四七。共に初句「かぎりなく」、結句「なほぞこほれる」。詞書（書陵部本・抄）は「祭のつかひにまかでける人のもとより、すりばかますりにつかはしたりけるを、おそしといたうせめ侍りければ東宮女蔵人左近」。『小大君集』一〇。初句「かくばかり」、結句「なほぞこほれる」。「源宰相左兵衛督（源俊賢か）、にはかにをみにさされて、そのあをずりをあしたのまにせめられて、山ゐをかさぬるに、こほりのつきたれば」。▼「なほ」に注目すれば、四月の賀茂祭。俄に勅使に指名された源俊賢が摺袴を依頼し、その仕上がりが遅いと責められて小大君が詠んだ歌。俊賢が参議で兵衛督を兼ねていた四月は長徳二年（九九六）。▼仕事を「疾く」と氷を「解く」、「摺れ」と「すれ」（サ変動詞）、白い麻布に青い文様を摺る「山藍《やまゐ》」と「山井」の掛詞。氷を「解く」と「凍る」の対比。技巧を駆使して「摺れど」滞る作業を詠む。『後拾遺和歌集』に「あしびきの山ゐのみづはこほれるをいかなるひものとくるなるらん」（雑五・一一二四、藤原実方朝臣）など。

藤原仲文2

こけむせる　くち木のそまの　杣人を　いかなるくれに　思ひ出づらむ

苔の生えている朽木のような杣山の樵を、どうして人生の黄昏時になってあなたは思い出したのだろう。

▼『仲文集』一四（冷泉家時雨亭叢書『平安私家集 四』所収「仲文集」四オ）。「ふるきめの、くれこひたるに」。初句「はなさかぬ」。第三句「そま人の」。「古き妻《め》」（元妻）が「榑《くれ》」（→本書139頁、ここは薪の意）を求めてきた折の詠歌。▼「朽木」は、『古今和歌集』の「女どもの見てわらひければよめる／かたちこそみ山がくれのくち木なれ心は花になさばなりなむ」（雑上・八七五、けむげいほうし）のように、みすぼらしい姿の比喩。本来の修飾語「花咲かぬ」（世に埋もれ、栄達や名声とは縁遠い身の形容）を、俊成が「苔むせる」（苔が生えている）と改訂したか。「杣」は木材を切り出す山。「杣山」に同じ。「杣人」は、樵《きこり》の意で、続く格助詞が「を」なら仲文自身の比喩、「の」なら「古き妻」の比喩になる。▼「くれ」は「榑」と「暮」（太陽が沈みはじめて暗くなりかけた頃）の掛詞。ここでは、人生の黄昏。「杣」の縁語。「らむ」は原因推量。▼『新古今和歌集』恋五・一三九八に「としごろたえ侍りにける女の、くれといふものたづねたりける、つかはすとて　藤原仲文」として入集。定家の採った本文は、父俊成の改訂本文ではなく、家集本文。▼2の題は、「山」。

小大君3

大井河　そまやまかぜの　さむければ　たつ岩なみを　雪かとぞみる

大堰川の杣山から吹き下ろす風が寒いので、岩に砕け散る波を雪かと思って見ることだ。

▼『小大君集』八二。「かねもりが大井にてよめりし」。西本願寺本「かねもりが大井のうたを、わすれじとてかくなり」によると、兼盛（↓本書172頁）が大堰川で詠んだ歌を、小大君が散逸をおそれて書きとめたものということになる。しかし、俊成は小大君詠と解したらしい。▼『順集』にも「永観元年（九八三）、一条の藤大納言（為光）のいへの寝殿の障子に、国々の名あるところを、ゐにかけるに、つくるうた／秋、大井がは」として「大井川そまにあき風さむければたつ岩浪も雪とこそ見れ」（二六一）という異伝歌が見える。▼「大井河」（↓本書139頁）。「杣山風」は、杣山（↓本書160頁。木材を切り出す山）から吹き下ろす風。「九月、大井川に人々あそぶに、もみぢちる／紅葉ばを杣やま風のふきつめばふねにもくれの秋はきにけり」（順集・一九九）など。第三・四句「さむけき（く）に岩うつ波を」などと揺れる。「波」を「雪」に喩えるのは、「たつなみをゆきかはなかとふくかぜぞよせつつひとをはかるべらなる」（土佐日記・二四）など。▼『新拾遺和歌集』冬・六六九。「平兼盛が大井の家にて、冬歌よみ侍りけるに　三条院女蔵人左近」。

藤原仲文3

おもひしる　人にみせばや　夜もすがら　わがとこ夏に　おきゐたる露

情のわかる人に見せたいものだ。一晩中ずっと起きて寝床を濡らしたナデシコの露のような涙を。

▼公任『三十六人撰』仲文3を追認。『仲文集』一六。「三条の大臣殿（頼忠邸）にて、ゐちごに物いひて、あくるまであるに、なでしこのつゆなどをきたるあふぎを、これみたまへとて、さしいでたれば」（冷泉家時雨亭叢書『平安私家集 四』所収「仲文集」四ウ）。一夜を共に過ごした女房「越後」が、露で濡れているナデシコの描かれた扇を、御簾の内から差し出した意図は、別れの辛さか。▼「思ひ知る」は、情趣を解する。「ばや」は希望。「夜もすがら」は、一晩中。「常夏」は、ナデシコの古称で、「我が」を受けて寝「床」を掛ける。「おき」は、「置き」と「起き」の掛詞。「ゐたる」は、継続を表す補助動詞。ずっと…している。「露」は涙の比喩。涙をつらさがわかる人に見せたいというのは、一夜を共に過ごしてもなお満たされていない恋心の表明。▼『拾遺和歌集』恋三・八三一は「廉義公（頼忠の諡）家の障子のゑに、なでしこおひたる家の心ぼそげなるを　清原元輔」とする。訪ねて来ない薄情な男を怨む、画中の女の立場で詠んだ歌となる。撰者が、頼忠家の屏風歌を多く詠む元輔の歌と誤解したか。▼3の題は「見立て」。

能宣　よしのぶ　（921〜991）

頼基（→本書94頁）男。梨壺の五人の一人として『万葉集』を読解し、『後撰和歌集』を撰進。機知的な歌風。『拾遺和歌集』以下の勅撰集に百二十四首入集。

▼画賛　佐竹本に「祭主正六位下行神祇大副大中臣能宣／祭主神祇大副従四位下頼基子。村上冷泉円融花山一条五代人也／**千とせまでかぎれる松もけふよりはきみにひかれてよろづよやへん**（→小著『公任撰』194頁）」とある。『史料』二ノ一、七八六頁以下。『三十六人歌仙伝』や『中臣氏系図』（群書類従第五輯、一九五頁）によれば、能宣は頼基男。その官歴は、村上朝の天暦五年（九四二）「任讃岐権掾」から始まり、天禄三年（九七二）閏二月「大副」に任ぜられ、同年四月十日「祭主」に補され、寛和二年（九八六）十月

十八日一条朝大嘗会祭主に依って「正四位下」に叙せられている。佐竹本の「六位」は誤り。正暦二年（九九一）八月「卒〈七十一〉」から逆算して延喜廿一年（九二一）生まれ。**▼木版画**　冠直衣《かんむりのうし》姿。冠の垂纓《すいえい》は右手に靡く。直衣は、浮線綾《ふせんりよう》文のある表地が折り返された盤領《まるえり》と両方の端袖《はたそで》と襴《らん》が白い所謂「四白《よつじろ》」の柳（表白、裏青）の直衣。指貫《さしぬき》は、松葉地白八藤丸《やつふじまる》文。佐竹本の能宣像は、京博図録49で確認できる。**▼短冊**　掲げる一首は、佐竹本に同じ。垂纓の冠を被り、菊唐草文の縫腋《ほうえき》の黒袍を着る束帯《そくたい》姿。霰《あられ》文の表袴《うえのはかま》の裾から赤大口《あかのおおぐち》が覗き、襪《しとうず》を佩く。笏《しやく》を胸の前に持ち、浮線綾文のある下襲《したがさね》の裾《しり》を引く。ひげのない能宣の顔は、幼く素朴な印象である。土佐光起筆「三十六歌仙図色紙貼交屏風」（京博図録135）・北村季吟『歌仙拾穂抄』（中十ウ）・大阪大谷大学図書館本絵巻の能宣（小著『公任撰』190頁）も、短冊と同じ姿。光起筆は、裾の引き方まで短冊に近い。絵巻は、やや年配の像で、笏を右手で持ち、裾を大きく一畳みにして引く点が微妙に違う。一方、光琳画帖（20頁）では、掲げる一首が「**みかきもり衛士の焼火の夜はもえひるはきえつゝ物をこそ思へ**」（→大中臣能宣朝臣2）に替わり、能宣は、冠直衣姿で首を右へ回して微笑む姿である。

忠見　ただみ　生没年未詳。

忠岑（→本書84頁）男。多くの屏風歌・歌合歌を召され、『後撰和歌集』以下の勅撰集に三十五首入集。

▼画賛　佐竹本に「摂津権大目壬生忠視／御厨子所定外膳部。右衛門府生忠峯子。天徳御時人也／**やかずともくさはもえなむかすが野をたゞはるの日にまかせたらなむ**（→壬生忠見2）」とある。『史料』一ノ一〇、八三頁。『三十六人歌仙伝』によれば「摂津大目壬生忠見」の割注に「右衛門府生忠峯男」とあり、天暦八年（九五四）五月の（村上）御記の「為御厨子所定外膳部。以壬生忠見〈本名実字〉為定額膳部」を引用する。佐竹本の「御厨子所定外膳部」は忠見の当時の肩書を示している。「摂津大目」に任ぜられるのは、天徳二年（九五八）正月卅日。異

165　忠見

本（新藤協三『三十六歌仙叢考』一五四頁）には「摂津権大目」とあるので、佐竹本は異本に依った可能性がある。忠見は本名「忠実」という。佐竹本のように「忠視」とも表記されたらしい。**▼木版画**　六位以下の武官が用いる細纓《さいえい》の冠に緌《おいかけ》を付け、六位以下相当の縹《はなだ》色無文の闕腋《けつてき》の袍《うえのきぬ》を着る武官束帯《そくたい》姿。しかし、弓も太刀も持たず、笏《しやく》を胸の前に持つ。佐竹本の忠見像は、京博図録72で確認できる。**▼短冊**　掲げる一首は「**恋すてふ我名はまだきたちにけり人しれずこそ思染しか**」（↓壬生忠見1）。折烏《おりえ》帽子《ぼし》を被り、紅地金繁菱《しげびし》文の単衣《ひとえ》の上に、濃《こき》縹の狩衣《かりぎぬ》を着る。地下相当の左右縒《さうより》の白い袖括《そでくくり》の緒《お》を露《つゆ》先《さき》に垂らす。浅《あさ》縹地浮線綾《ふせんりよう》文の指貫《さしぬき》を佩き、左手は左足の上に置いて、右手に蝙蝠《かわほり》を持つ。口髭と顎鬚をもつ口は、緊張感を伴い固く結ぶ。土佐光起筆「三十六歌仙図色紙貼交屏風」（京博図録135）・北村季吟『歌仙拾穂抄』（下廿一ウ）・大阪大谷大学図書館本絵巻（小著『公任撰』191頁）の忠見も、指貫ではなく狩袴《かりばかま》を佩くだが、短冊と同じ姿。酒井抱一『光琳百図』（↓本書186頁）や鈴木其一筆『三十六歌仙図屏風』（京博図録137）は、少し仰け反るようにやや上方を見上げる狩衣姿を、左真横から描く。天徳四年内裏歌合で「恋すてふ」と自信作を詠んで判を緊張して待つ姿か。

大中臣能宣朝臣1

きのふまで　よそにおもひし　あやめ草　けふわがやどの　つまとみるかな

昨日まで無関係に思っていたあやめ草は、今日は我が家の「つま」に葺かれて我が妻と見るよ。

▼公任『三十六人撰』能宣3を追認。『拾遺抄』夏・七〇。「屏風に　大中臣能宣」。その屏風は「右兵衛督たゞきみの朝臣」(西本願寺本『能宣集』一三二、『順集』二二七)によって安和元年(九六八)以前に新調された月次屏風(『恵慶集』冒頭十一首によると、同じ折の屏風歌を詠進)。「五月、さうぶ丶きたるいへのはしに、人ながめてゐたるところ」(冷泉家時雨亭叢書『平安私家集 三』所収本「能宣集」二三ウ)を詠んだ歌。▼「よそ」は、自分とは別の世界に属すると認識されていた物や人。「菖蒲」は、平安京郊外の淀などの沼地に生える植物。歌語では「あやめ草」。普段は、自分の生活とは遠くかけ離れた「よそ」の世界のもの。昨日まで縁遠いものだったのに、五月五日の今日は、軒先に菖蒲を葺き、急に親密な存在として視野に入った。「昨日」の疎遠から「今日」の親密への鮮やかな転換。▼愛する人との隔てを表す恋歌の常套表現「よそ」や、軒先の「端《つま》」と愛する「妻」という掛詞の使用により、昨日まで他人だと思っていた異性をふとしたことで急に意識し、今日は我が愛する人として恋心を抱くようになったようだと、人間臭く、夏歌を詠む。

壬生忠見1

恋すてふ　わが名はまだき　たちにけり　人しれずこそ　思ひそめしか

恋をしているという私の噂は早くも立ったことだ。誰にも知られないよう密かに思い初めたはずなのに。

▼『拾遺抄』恋上（巻頭歌）二二八。「天暦御時歌合　忠見」。▼天徳四年（九四〇）三月卅日に行われた『内裏歌合』（→本書147頁）において「恋」題で兼盛詠「しのぶれど」（→本書180頁）と番えられた歌。判詞によると、両歌優れ、優劣定めがたいことを、判者左大臣実頼が村上天皇に奏上するも、「猶定めよ」とのこと。大納言源高明に判定を譲るも、平身低頭して答えがない。この間、我が方の勝ちを請うかのように相互に歌が詠みあげられたという。天皇が密かに兼盛詠を詠ぜられたので兼盛詠を勝としたが、忠見詠も「甚ダ好シ」と判者の思いが末尾に記されている。負けた忠見が落胆して食欲を失い病床についたとか、行方不明になったとかの伝説が生じる所以である。▼「てふ」は「といふ」の約。「名が立つ」は、世間の評判になる。『古今和歌集』に「君が名もわがなもたてじなにはなるみつともいふなあひきともいはじ」（恋三・六四九）など。「まだき」は、『古今和歌集』に「たが秋にあらぬものゆゑをみなへしなぞ色にいでてまだきうつろふ」（秋上・二三二、貫之）など。「こそ…已然形」は逆接強調。▼『百人一首』四一。▼1の題は「思ひ」。

大中臣能宣朝臣2

みかきもり　ゑじのたく火の　よるはもえ　ひるはきえつつ　物をこそ思へ

宮門を警固する衛士が焚く火のように、夜は燃え昼は消えることを繰り返し、恋の物思いをすることだ。

▼『詞花和歌集』恋上・二二五。「題不知　大中臣能宣朝臣」。▼「御垣守」は、宮内の諸門を警固する衛士。『古今和歌集』に「とのへもる身の　みかきもり」（雑体・一〇〇三、壬生忠岑）など。「衛士」は、諸国から毎年交替で上京し、衛門府、左右衛士府に配属された兵士。「宮門は皆、衛士ヲシテ火ヲ炬カシム」（『延喜式』左右衛門府）など。「御垣守」と「衛士」は同格。『後葉和歌集』恋一・二九四は「みかきもる衛士」で修飾・被修飾の関係。「たく火の」の「の」は比喩。初二句は序詞で、「燃え」「消え」に掛かる。▼「夜は…昼は…」の対比。『古今和歌集』に「おとにのみきくの白露よるはおきてひるは思ひにあへずけぬべし」（恋一・四七〇、素性法師）など。「燃え」（恋の炎で身を焦がし）と「消え」（心は正気を失い、身は消え入りそうになる）の対照も、印象が鮮やか。「つつ」は、反復で、そうした状態をずっと繰り返していることを示す。「物をこそ思へ」を結句に置く歌は、数多く詠まれてきた。『古今和歌六帖』に類歌「君がもるゑじのたくひのひるはたえよるはもえつつ物をこそ思へ」（一、火・七八二）など。▼『百人一首』四九。

壬生忠見2

やかずとも　草はもえなむ　かすが野を　ただはるの日に　まかせたらなむ

焼かなくても草はきっと萌え出るだろう。春日野をただ春の「日」に任せておいてほしい。

▼公任『三十六人撰』忠見3を追認。第三句「かすがのは」。『忠見集』二（冷泉家時雨亭叢書『平安私家集 九』所収「忠見集」一ウ）。「かすが野やく」。▼『忠見集』に見える「御屏風」は、吉野山・春日野・石上・飛鳥川・井手・伏見・淀・守山・難波・白山・み熊野・長柄橋・澪標・須磨浦・高砂・佐保山・こゆるぎの磯・武蔵野・安積沼・浮島などの名所の四季が描かれたもの。▼『古今和歌集』の「かすがのはけふはなやきそわか草のつまもこもれり我もこもれり」（春上・一七）を踏まえ、春日野の野焼きの画面には人物の姿も描かれていたのであろう。その画中人物の立場から野焼きする人に対する願望の終助詞「なむ」を用いての詠歌。草は、春が来れば自然に「萌え」るだろう。だから、野焼きの「火」ではなく、春の「日」に任せておいてほしい。▼冷泉家蔵枡形本『忠岑集』一六六にも見え、粘葉本『和漢朗詠集』下「草」四四二は「忠岑」。また、西本願寺本『重之集』一七六にも見え、『金玉和歌集』春・一一や『前十五番歌合』二五は「重之」。作者が混乱。▼『新古今和歌集』春上・七八。「題不知　壬生忠見」。▼2の題は「もえ」。

大中臣能宣朝臣3

我ならぬ　人にこころを　つくば山　したにかよはむ道だにやなき

私ではない、他の男に心を寄せているあなたの所には、こっそり通う道さえないのですか。

▼『能宣集』。西本願寺本・六一「人のまた人につかはす」、御所本・一七四「をとこはべる人に」。男を通わせている女に、とする後者の詞書が和歌と合う。▼「心をつく」は、心を寄せる。「つくば山」へ言い続ける。「筑波山」（↓本書111頁）は、常陸国の歌枕。『拾遺和歌集』に「おとにきく人に心をつくばねのみねどこひしききみにもあるかな」（恋一・六二七）など。『信明集』の「むらかみの御ときに、国々の名たかきところどころを、御屏風の絵にかかせ給ひて／つくま山／年をへて君に心をつくま山見ねば雲井に思ひやるかな」（一二）に見える「つくま山」も、子音mとbの交替現象で「つくば山」に同じ。「下に通はむ道」は、密かに逢う方法。『後撰和歌集』に「冬の池にすむにほ鳥のつれもなくしたにかよはん人にしらすな」（冬・五〇二）など。「…だにやなき」は、せめて…でもあればよいと思うけれども、それさえないのか。あなたの所へ公然と通うことはできなくても、せめて人目を忍んで通えないか、という心情。▼『新古今和歌集』恋一・一〇一四。「又かよふ人ありける女のもとにつかはしける　大中臣能宣朝臣」。

壬生忠見3

いづかたに　なきてゆくらむ　ほととぎす　よどのわたりの　まだ夜ぶかきに

どの方角に鳴いて飛んでゆくのだろう、ホトトギスは。淀の渡し場の辺りの、まだ夜深い時に。

▼『拾遺抄』夏・七三。「天暦御時の屏風に、よどの渡をすぐる人有る所に郭公をかける　忠見」。村上朝の、この「屏風」は忠見2「やかずとも」が詠まれた「御屏風」に同じ。「なつ、よどのわたりに、ふねあり、郭公なく」（冷泉家時雨亭叢書『平安私家集　九』所収「忠見集」二ウ）。▼「淀」は山城国の歌枕。桂川・宇治川・木津川が合流して淀川となり、天王山の山崎と男山との間を通過して大阪湾へと流れてゆく。その手前で水の流れが淀むことに由来する地名。淀めば「菰《こも》」などが生える。『古今和歌集』に「まこもかるよどのさは水雨ふればつねよりことにまさるわがこひ」（恋二・五八七、つらゆき）、「山しろのよどのわかごもかりにだにこぬ人たのむ我ぞはかなき」（恋五・七五九）など。▼「わたり」は、「渡り」（渡し場）と「辺り」の掛詞。「淀のわたり」は交通の要衝で、北へ向かえば丹波国、西へ向かえば摂津国、南へ向かえば河内国や大和国に至る。「いづかたに…ゆくらむ」と詠まれる所以である。「ほととぎす」の飛び回る習性は、浮気な男に喩えられる。歌題に「郭公何方」「郭公暁声」など。倒置法の詠歌。▼3の題は、「歌枕」。

兼盛 かねもり（?～990）

『後撰和歌集』以下の勅撰集に八十七首入集。光孝天皇五世の孫で『大和物語』には「兼盛のおほきみ」と見える。梨壺の五人に入らなかったのが不審という（『袋草紙』）。

▼画賛 佐竹本に「従五位上行駿河守平朝臣兼盛／光孝天皇後一品式部卿是忠親王曾孫。従五位上興我王孫。従五位上筑前守篤行二男。母宮道氏。朱雀村上冷泉円融花山一条六代人／**かぞふればわが身につもるとしつきをおくりむかふとなにいそぐらん**（→小著『公任撰』204頁）」とある。『史料』二ノ一、六九四頁以下。『日本記略』正暦元年（九九〇）十二月「従五位上駿河守平朝臣兼盛卒。和歌仙也」。生年未詳。一条朝に卒去。『尊卑分脈』三ノ三六三頁によると、兼盛は、「光孝天皇」皇子「一品式部卿／是忠親王」曾孫、「従五上／興我王」孫、「従四上／筑前守／平

篤行」男。『三十六人歌仙伝』の割注は「従四位上…篤行王三男」、『平兼盛集』（冷泉家時雨亭叢書『平安私家集三』四六五頁）の勘物は「篤望三男。母宮道氏」とある。「望」は「行王」らしい。佐竹本の「従五位上…篤行二男」は誤りか。**▼木版画**　黒袍に表袴《うえのはかま》・襪《しとうず》を佩き、下襲《したがさね》の裾《しり》を引く束帯《そくたい》姿。左後方へ大きく旋回する裾の裏地は丁子《ちょうじ》色。左手に笏《しゃく》を持ち、笏頭を顎に当てる思案のポーズ。首がやや前に傾き、冠の垂纓《すいえい》は左頬の傍らへ垂れている。佐竹本の兼盛像は、京博図録50で確認できる。**▼短冊**　掲げる一首は「**くれて行秋のかたみに置物はわがもとゆひの霜にぞ有ける**」（→平兼盛1）。折烏帽子《おりえぼし》を被り、薄青《うすあお》の狩袴《かりばかま》を佩く狩衣《かりぎぬ》姿。二藍《ふたあい》の単衣《ひとえ》の上に、左右縒《さうより》の白い袖《そで》括《くくり》の緒《お》のある黄朽葉《きくちば》地金松竹唐草文の狩衣を着る。顔の絵の具が剥落し、料紙の打曇りが見え、左側を振り返る表情がよめない。「わがもとゆひの霜」（白髪）は確認できない。土佐光起筆「三十六歌仙図色紙貼交屏風」（京博図録135）・北村季吟『歌仙拾穂抄』（中十二ウ）・大阪大谷大学図書館本絵巻（小著『公任撰』200頁）・光琳画帖（21頁）・酒井抱一『光琳百図』（→本書186頁）・鈴木其一筆『三十六歌仙図屏風』（京博図録137）も、短冊と同じ姿。光琳画帖は「**忍ぶれど色に出にけり我恋は**」（→平兼盛3）を掲げる。

中務　なかつかさ　生没年未詳。

宇多天皇皇子中務卿敦慶親王女。母は伊勢（→本書14頁）。源信明（→本書114頁）に愛された。『後撰和歌集』以下の勅撰集に六十九首入集。

▼**画賛**　佐竹本に「中務／中務卿敦慶親王女。母伊勢御息所。朱雀以後円融之間人也／**うぐひすのこゑなかりせば雪きえぬやまざといかではるをしらまし**（→小著『公任撰』207頁）」とある。『史料』一ノ一七、三二二頁以下。『三十六人歌仙伝』は、「中務卿敦慶親王女。母伊勢云々」と割注し、「朱雀天皇以後、円融天皇御宇之間人也」とする。中務という女房名は父の官職に由来し、母から歌の詠み方を「かくよむべし」（『新撰髄脳』）と習ったという。『中務集』（冷泉家時雨亭叢書『資経本私家集二』朝日新聞社）には、

「朱雀院の春宮の御もぎの屏風」（二八頁）の料として召された歌や、円融朝の天元二年（九七九）春に「順（→本書125頁）朝臣の能登守にて下し」（七六頁）際に贈答した歌が見える。▼**木版画**　紅袴の上に、朽葉《くちば》地三重襷《みえだすき》文の単衣《ひとえ》。五衣《いつつぎぬ》の上に紅の打衣《うちぎぬ》、銀色の亀甲丸繋《きっこうのまるつなぎ》文のある藤《ふじ》の表着《うわぎ》に、柳《やなぎ》の唐衣《からぎぬ》を着る。白地桐竹《きりたけ》文の裳《も》を着け、窠霰《かにあられ》文の引腰《ひきごし》を後ろへ長く引き、小腰《こごし》を前で結ぶ。鶯に因み、紅梅の描かれた檜扇《ひおうぎ》で顔を隠し、右上を振り返る。佐竹本の中務像は、田中訥言模本（京博図録73）や田中親美復元『佐竹本三十六歌仙絵巻』（美術公論社・一九八四年）などによって推察できる。▼**短冊**　掲げる一首は「**秋風の吹につけてもとはぬかな荻の葉ならば音はしてまし**」（→中務1）。単衣は紺地金繁菱《しげびし》文、五衣は紅の薄様《うすよう》、白地金竹唐草《たけからくさ》文の小袿《こうちき》姿。檜扇は翳さず、掛帯《かけおび》を前で結び、白地唐花《からはな》文の裳と引腰《ひきごし》を長く引く。大阪大谷大学図書館本絵巻の中務（小著『公任撰』201頁）も、同じ姿だが、半開きの檜扇を翳す。土佐光起筆「三十六歌仙図色紙貼交屏風」（京博図録135）・北村季吟『歌仙拾穂抄』（下廿三ウ）・光琳画帖（39頁）・酒井抱一『光琳百図』（→本書187頁）・鈴木其一筆「三十六歌仙図屏風」（京博図録137）の中務は、右後方から描かれ、後ろ髪を裳の上に垂らすのではなく、裳の中に入れた姿である。

平兼盛1

暮れてゆく　秋のかたみに　おくものは　わがもとゆひの　しもにぞありける

暮れて行く秋が形見に置いてゆくものは、何かと思ったら、私の元結の霜であったよ。

▼公任『三十六人撰』兼盛5を追認。『拾遺抄』秋・一三三。「くれのあき、源重之がせうそくし侍りける、かへり事に　兼盛」。九月、重之（→本書104頁）から届いた手紙に対する返信。重之の手紙には、おそらく「暮れて行く秋の形見」についての言及があったのだろう。▼『遍昭集』の「のこりのもみぢを／からにしきえだにひとむらのこれるはあきのかたみにたたぬなりけり」（二九）、『延喜十三年九月陽成院歌合』の「いまはとてすぎゆく秋のかたみにはかぜのおくれにもみぢをやみん」（四一）などのように、「秋の形見」は「紅葉」とされてきたが、季節の秋に人生の秋を重ね、暮れてゆく秋に老いを意識する。▼「元結」は、髪の髻《もとどり》を紐や紙縒で結い束ねた髪。『古今和歌集』に「君こずはねやへもいらじこ紫わがもとゆひにしもはおくとも」（恋四・六九三）など。「霜」は白髪の比喩。「AはBなりけり」型の和歌。Aは秋を擬人化し、形見に置いてゆくものは何かと問題提起。「Bなりけり」の「けり」は発見の詠嘆。「Bにぞありける」と強調する。俊成は『古来風体抄』に「これこそあはれに詠める歌に侍るめれ」と評価する。

中務1

秋かぜの　ふくにつけても　とはぬかな　をぎのはならば　音はしてまし

飽きが来ると音沙汰なしですね。荻の葉ならば秋風が吹くとソヨソヨと音をたてるでしょうに。

▼『後撰和歌集』恋四・八四六。「平かねきが、やうやうかれがたになりにければ、つかはしける　中務」。「かねき」は未詳。平時望男「直《さね》(真)材《き》」あるいは古今作者の「平中興《なかき》」周辺の人物か。次第に訪れが途絶えがちになった「かねき」に届けた歌。▼「荻の葉」は、「秋風」が吹くとソヨソヨと音をたてる景物。『元良親王集』に「あきかぜに吹かれてなびくをぎの葉のそよそよさこそいふべかりけれ」(二〇)など。「秋」に「飽き」を掛けるのは和歌の常套表現。秋風が吹く。それにつけても、『古今和歌集』の「ひぐらしのなく山里のゆふぐれは風よりほかにとふ人もなし」(秋上・二〇五)などを想起して、やはり、「秋」(飽き)風が吹くとあなたからは何の音沙汰もないのだなあと詠嘆し、もし、あなたが「荻の葉」ならば…と心情を展開する。▼「してまし」の「て」は、動作の完了を表す助動詞「つ」の未然形で、ここは強意の用法。一瞬でもきっと、少しでも必ず、の意。「まし」は反実仮想。あなたは「荻の葉」ではないのだから、あなたからの音沙汰が何もないのも仕方がないが…と皮肉と悲しみをこめる。▼1の題は「秋」。

平兼盛2

たよりあらば　いかでみやこへ　つげやらむ　けふしら河の　関はこえぬと

伝える手段がもしあれば、是非とも遠い都まで知らせたい。今日白河の関を越えたと。

▼公任『三十六人撰』兼盛5を追認。『拾遺抄』別・二二六。「みちの国のしらかはのせき、こえ侍りけるひよみ侍りける　兼盛」。▼『兼盛集』一一も詞書「白川の関にて」。これらによると、兼盛が白河の関まで実際に行き、そこで詠んだように思われる。しかし、『金玉和歌集』七二や『麗花集』一一の詞書には、それぞれ「屛風のゑに、白河の関にいる人かきたるところに」、「をののみやのおほまうちぎみのいへの屛風に、しらかはのせきこえたるところ」とあり、屛風に描かれている画中の人物になりきって詠んだ可能性が高い。特に『麗花集』は、小野宮実頼家屛風と限定する。▼「白河の関」は、下野国から陸奥国へ入る境に置かれた関所。ここを越えると陸奥であるという特別の感慨から都人にとって憧れの歌枕となっていく。『後拾遺和歌集』の「みちのくににまかりくだりけるに、しらかはのせきにてよみはべりける／みやこをばかすみとともにたちしかど秋風ぞふくしらかはのせき」（羈旅・五一八、能因法師）の先蹤として俊成は評価したらしい。▼『和漢朗詠集』下「行旅」六四九の第二句「みやこへいかで」。

中務2

ありしだに　うかりしものを　あかずとて　いづくにそふる　つらさなるらむ

これまでだって十分つらかったのに、まだ足りないといって何処に添えるつらい仕打ちなのでしょうか。

▼『後撰和歌集』恋三・九五二。「左大臣につかはしける　中務」。第四句「いづこにそふる」。「左大臣」は実頼。▼「ありし」は、以前の状態。『伊勢物語』第四十段に「出でていなば誰か別れの難からんありしにまさる今日はかなしも」など。「だに」は類推。さえ。「憂し」は、物事が思いのままにならない状態。そこから起こるつらく、やりきれない心情。「し」は、直接体験した過去。「ものを」は逆接。これまでだって十分につらかったのに。▼「あかずとて」は、物足りないといって。『伊勢集』に「おくつゆをなにあかずとていたづらになみだをさへもながしいづらん」(二五六)など。「いづくに添ふるつらさなるらむ」は、何処に添える非情な仕打ちなのだろうか。あなたはまだ足りないというけれど、私にとってはもう十分むごい仕打ちです、の意。▼元永二年(一一一九)『内大臣家歌合』において「尋失恋」で詠まれた右方の忠隆詠「ありしだにうかりしものをなぞもかく行へもしらぬつらさそふらん」(五〇)には、「はじめの二句ぞ古歌なれども、題の心侍れば右かちとや」という顕季の判詞が見える。▼2の題は、「実頼」。

平兼盛3

しのぶれど　色にいでにけり　わが恋は　物やおもふと　人のとふまで

秘めていたけれど顔色に出てしまった、私の恋心は。物思いをしているのかと人が問うまでに。

▼『拾遺抄』恋上・二二九。「天暦御時歌合　兼盛」。▼天徳四年（九四〇）三月卅日に行われた『内裏歌合』（→本書147頁）において「恋」題で忠見詠「恋すてふ」（→本書167頁）と番えられた歌。忠見詠に勝ったと聞き、兼盛は拝舞して退出し、他の勝負には執着しなかったという（『袋草紙』）。▼「忍ぶれど」は、感情を心中深く包み、恋する気持ちを隠していたけれど。「忍ぶれ」は、上二段動詞の已然形。「ど」は、逆接確定条件。「色」は顔色。『古今和歌集』に「おもふには忍ぶる事ぞまけにける色にはいでじとおもひしものを」（恋一・五〇三）など。「に」は状態の発生。「けり」は発見の詠嘆。第三句は、第二句に係る倒置法。▼「物や思ふと」は、会話を引用する表現。『大和物語』第八十九段に「かきほなる君があさがほみてしかな返りてのちはものやおもふと」（一三二）など。「人の問ふまで」は、私の様子を見た人が尋ねるほどに。「まで」は、程度を表す副助詞。下の句も、第二句に係る倒置法。『万葉集』に「相思はずあるらむ君をあやしくもなげきわたるかひとのとふまで」（巻十八・四〇七五）など。▼『百人一首』四〇。

中務3

わすられて　しばしまどろむ　程もがな　いつかは君を　夢ならでみむ

ふと忘れられて暫く微睡む時間がほしい。もう夢でしかあなたには会えないのだから。

▼公任『三十六人撰』中務1を追認。『拾遺抄』恋下・三七三。「むすめにまかりおくれて　なかつかさ」。娘に先立たれた悲しみを詠む。中務の娘としては、『一条摂政御集』六七や書陵部蔵（五一〇・一二）御所本『中務集』二二四の詞書に見える「ゐどの」が知られる。▼「忘られて」の「れ」は、自発の助動詞「る」の連用形。娘を失った悲しみが自然と忘れられて。「しばし」はわずかの時間。「微睡む」は、うとうとする。浅い眠りで「夢」を誘う。「もがな」は願望の終助詞。▼「いつかは」の「かは」は反語。この世と隔絶したあの世に旅立ってしまったあなたを、いつ、夢でなくては見ることができようか。もう夢でしか、あなたに会うことはできない。なのに、悲しみは一瞬たりとも癒えず、微睡むこともできないというのだ。▼御所本『中務集』二三八では「ためもとしぼちのもとへ、十二首」の二首目に配され、『金玉和歌集』雑・五四では「あつとしの少将みまかりてのち」父の実頼が詠んだ歌に続いて唱和する形で採られている。大江為基の出家や藤原敦敏の卒去の際にも利用されたか。▼3の題は、「恋しさ」。

住吉大明神

＊佐竹本下巻の巻頭の詞と絵。

神代第六皇彦波瀲武鸕鷀草葺不合尊是也。天照大神四代御孫彦火々出見尊太子。御母豊玉姫〈海童二女〉人代始神武天皇御父也。皇帝十□□神后御時久乍神帝之位現形於人身。打順異州之敵。四十六代孝謙天皇天平勝宝元年己丑住吉宮造云々。

よやさむきころもやうすきかたそぎの
行あはぬまよりしもやおくらん

＊『日本書紀』神代紀によると、彦波瀲武鸕鷀草葺不合尊《ひこなぎさたけうかやふきあへずのみこと》は、彦火々出見尊《ひこほほでみのみこと》の子で、母は豊玉姫《とよたまひめ》（海神《わたつみ》の女）。神武天皇の父。伊弉諾尊《いざなぎのみこと》が身の穢れをすすぐために祓除《みそぎはらへ》をした時に生まれた表筒男《うはつつのを》・中筒男《なかつつのを》・底筒男《そこつつのを》三神《みはしらのかみ》が住吉大《すみのえのおお》神《かみ》。神功《じんぐう》皇后の三韓征伐の時、征韓の船を守護し、荒魂《あらみたま》は下関、和魂《にきみたま》は住吉の「大津」に祭られた。

住吉御歌

夜やさむき　衣やうすき　かたそぎの　ゆきあひのまより　霜やおくらむ

夜が寒いのか。衣が薄いのか。片そぎの千木の交叉する隙間から霜がもれて置いているのだろうか。

▼『新古今和歌集』神祇歌・一八五五の本文を掲げ、簡注する。左注「住吉御歌となん」。▼『古今和歌六帖』六「かささぎ」四四八九。第三・四句「かささぎのゆきあひのはしに」。▼『俊頼髄脳』は「かたそぎを、かささぎと書ける本もあるか。歌論義に互に争へることあり。鵲といひては心も得ず」と評す。また、住吉の神の御歌は「御社の年つもりて荒れにければ、帝の御夢に見せたてまつらせ給へる歌」とし「社の朽ちにたるよしを、詠ませ給へるにや」という。▼疑問の係助詞「や」を三つ使用し、寒さの原因を三点挙げる。一つ目は「夜や寒き」。二つ目は「衣や薄き」。そして三つ目は「片削ぎの行合の間より霜が置くらむ」。「らむ」は、原因推量。「片削ぎ」は、社殿の屋根の千木《ちぎ》の片方の端を削り落としたもの。『堀河百首』に「住よしのちぎのかたそぎゆきもあはで霜置きまよふ冬はきにけり」（霜・九二〇、俊頼）など。「行合」は、物の交叉し、あるいは連なり並ぶところ。寿永百首本『有房集』に「社頭冬月／しもさゆるちぎのゆきあひにもる月をいくよか見つるすみよしの神」（六三）など。

歌題一覧

	1	2	3
人麿・貫之	山の時雨	山	思ひそめてき
躬恒・伊勢	嘆き	歌枕	不会恋
家持・赤人	ふる雪	宮中	神
業平・遍昭	花	孤独の春	無常
素性・友則	夕の光	思ひ	恋
猿丸・小町	春	発見の詠嘆	ぞ悲しき
兼輔・朝忠	ゆく	逢而不逢恋	らむ
敦忠・高光	果てぬ	かひなし	歳月
公忠・忠岑	待たるる春	夏	ばかり

	1	2	3
斎宮女御・頼基	よはひ	なれば	れて…ぞ
敏行・重之	秋	秋の恋	けり
宗于・信明	春	冬	恋
清正・順	春	時間	山の紅葉
興風・元輔	契り	歌枕	憂き世
是則・元真	雪	ふる雪	恋
小大君・仲文	嘆き	山	見立て
能宣・忠見	思ひ	もえ	歌枕
兼盛・中務	秋	実頼	恋しさ

光琳百図

光琳に傾倒する酒井抱一は、文化十二年（一八一五）光琳百年忌を記念した遺墨集『光琳百図』を刊行した。右は、明治三十年（一八九七）文永堂大島屋書房発行の架蔵版本上下のうちの下。所収の「金地二枚折屏風三十六歌仙之図」を次頁に掲げる。

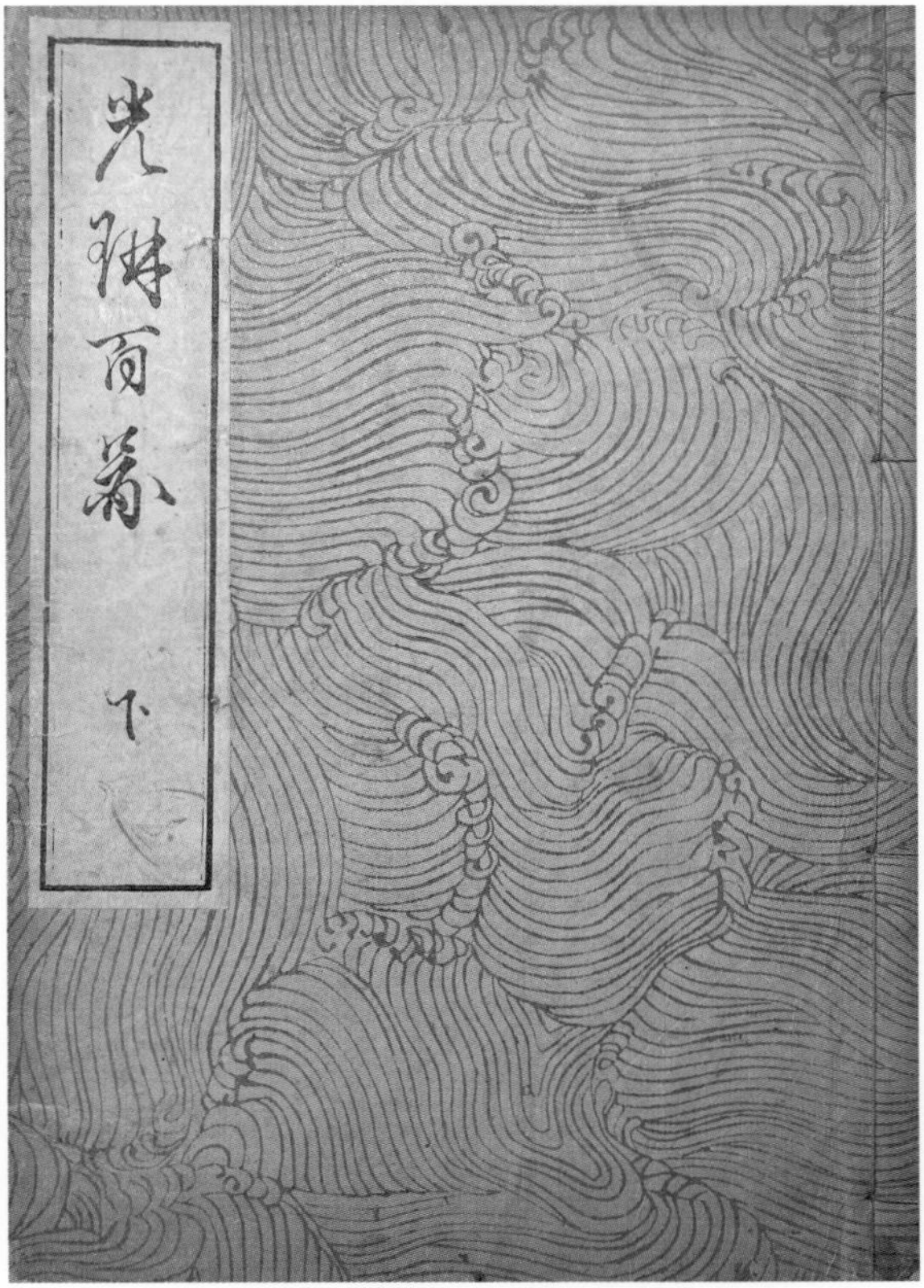

金地二枚折屏風三十六歌仙之図

敦忠　業平　家持　躬恒　小大君　猿丸　兼輔
斎宮女御　兼盛　人麿　忠岑
仲文　公忠　興風　宗于　敏行　素性　忠見

187　光琳百図

高光　元輔　能宣　清正　赤人　中務
伊勢　信明　頼基　元真　是則　貫之
友則　朝忠　小町　遍昭　重之　順

補注（装束語彙索引）

凡例

一、本書に見える装束語彙を中心に、色彩や文様、絵画や絵師なども含めて採り、それらを現代仮名遣いに従って五十音順に配列し、簡単に解説した。

一、解説する際に主に参考としたのは、次の資料である。

あかね会編『平安朝服飾百科辞典』（講談社・一九七五年）

池修『有職の文様』（光村推古書院・二〇一六年）

八條忠基『有職装束大全』（平凡社・二〇一八年）『有職文様図鑑』（同・二〇二〇年）

一、装束は時代とともに変化するが、平安時代の文献から用例が拾える場合は、それを優先した。なお、『枕草子』『紫式部日記』の用例に付した漢数字は、和泉古典叢書の所在頁、『源氏物語』は『源氏物語大成』の所在頁、『栄花物語』は『栄花物語全注釈』の巻数・所在頁を示す。その他の文学作品は、日本古典文学大系（岩波書店）によった。公家日記の場合は、日付を示し、訓読して引用する。

一、算用数字は、本書の所在頁を示す。

青黒　あおぐろ　青みを帯びた黒い色。下襲《したがさね》の裾《しり》の裏地の色。表地を白とし、年配者用で「柳の下襲」と称した。『満佐須計装束抄』に「束帯の装束のこと」として「おとなしき人はやなぎのしたがさねとて着る。うらはあをぐろいろにそむるなり。豆染と申す」（群書類従第八輯・四四頁）など。→下襲《したがさね》。　45

青鈍　あおにび　濃い縹《はなだ》色。浅葱《あさぎ》色に、青みが混じった色。出家した者の衣服をはじめ仏教関係の服飾に多く用いられる。『源氏物語』に「経、仏の飾り…あおにびの几帳、心ばへ、をかしきに」（初音・七七二）など。　43

赤　あか　「くろ（暗）」の対で、原義は明の意とも。「あお（青）」に対する色とも。血のような色。緋・紅・朱・茶・橙・桃色などの総称。→紅《くれない》。　25

赤大口　あかのおおぐち　「大口」は、「大口袴《おおくちばかま》」の略。表袴の下に佩く袴。色は紅で、「赤大口」という。『枕草子』に「おほくち、また、長さよりは口広ければ、さもありなん」（一二二）など。　5 13 23 45 63 65 73 83 85 143 155 163

衵　あこめ　下着と表着の間に着込む衣で、「間込《あいこめ》」が変化した名称。男性束帯の場合は、単衣《ひとえ》と袍《うえのきぬ》・直衣などの上着との間に着用し、多く紅を用いた。『枕草子』に「紫の指貫も、雪にさえ映えて濃さまさりたるを着て、あこめの、紅ならずは、おどろおどろしき山吹を出だして」（一八九）、「日の装束の、紅の単衣のあこめなど、かりそめに着たるはよし」（二一六）など。　3 5 13 23 33 45 63 65 73 83 85 95 113 125 143

浅葱　あさぎ　浅いネギの葉の色。緑がかった薄い藍色。葱を黄と混同して「浅黄」と書く場合も多い。「うすあお」「しらあお」に同じ。六位以下の者が着用する袍の色「縹《はなだ》」に近いので、六位の称にもなる。『源氏物語』に「皆おのおの加階し昇りつつ、およすげあへるに、あさぎをいとからしと思はれたる」（少女・

六六九）など。江戸時代には野暮で不粋なことの代名詞となる。　15

当帯　あておび　↓狩衣《かりぎぬ》。　25

霰　あられ　織り文様。石畳の細小な総文。「霰地」「霰小文」に同じ。『枕草子』に「あやのもんは、あふひ、かたばみ、あられ地」（二三四）、『三條家装束抄』に「上袴…地は小石畳〈之ヲ霰ト号スル也〉」（群書類従第八輯・二六〇頁）など。　5 23 45 63 73 85 143 163

蟻先　ありさき　「あまりさき」の約か。袍や直衣の裾の襴《らん》の、両側へ張り出した部分。↓襴。　45

衣冠　いかん　束帯《そくたい》よりも略式の装束。下襲《したがさね》・石帯《せきたい》・大口《おおぐち》・表袴《うえのはかま》を着けず、指貫《さしぬき》を佩く。『小右記』永祚元年（九八九）六月廿七日条に「余衣冠藁履ニテ之ヲ相送リ奉ル」など。　13 95 143

五衣　いつつぎぬ　女房装束。単衣《ひとえ》の上、打衣《うちぎぬ》の下に着る五領の重ね袿《うちき》。五重《いつえ》の御衣《おんぞ》。『紫式部日記』に「大宮は、葡萄染の五への御ぞ、蘇芳の御小袿たてまつれり」（三二）など。『満佐須計装束抄』は「女房の装束の色」として「紅の匂ひ」「紅の薄様」（群書類従第八輯・八〇頁）など五衣の色々な組み合わせを紹介する。　15 55 153 175

袍　うえのきぬ・ほう

（一）束帯の表着。縫腋《ほうえき》と闕腋《けってき》とがある。位階によって色や地質に区別がある。『養老令』「衣服令」では一位深紫、二・三位浅紫、四位深緋《こきあけ》、五位浅緋《うすあけ》とされたが、やがて一位〜四位は「黒袍《くろほう》」、五位は「深緋」（緋《あけの》袍《うえのきぬ》）、六位以下は縹《はなだ》という形に落ち着く。『伊勢物語』第四十一段に「さるいやしきわざもならはざりければ、うへのきぬの肩を張り破りてけり」など。　5 13 23 33 45 53 63 65 73 75 80 83 85 86 95 103 113 115 143 145 163 165 173

（二）法体装束。僧綱襟の付いた表衣《うえのきぬ》。袈裟《けさ》を掛け、指貫《さしぬき》を佩く。↓僧綱襟《そうごうえり》・袍裳《ほうも》。　35 43

表袴　うえのはかま　四幅《よの》仕立ての白の袴。下袴の大口《おおぐち》の上に佩くことからいう。三位以上は、窠霰《かにあられ》文。『枕草子』に「うへのきぬ、うへのはかまは、さもいふべし。したがさねよし」（一二二）など。
5 13 23 45 53 63 65 73 75 83 85 95 123 125 135 143 145 155 163 173

薄青　うすあお　淡い青色。『字鏡集』（一二四五年成立）に「縹　ハナダ　ウスアヲ　アヲシ」とあり、「縹《はなだ》」に同じ。さらに淡い「水縹《みはなだ》」や「水色」も含む。本書では「狩袴《かりばかま》」の色として使用した。『中右記』永久二年（一一一四）正月廿七日条に「随身四人〈薄青ノ狩衣袴〉」など。織色の名としては、経青緯白《たてあおぬきじろ》。『栄花物語』に「うすあをの二重文の唐衣」（根あはせ、七・一四〇）など。→狩袴・縹。
105 123 173

薄様　うすよう　衣を何枚か重ねて着る際、同色を上からだんだんと薄くして、最後の一枚を白にする重ね方。『満佐須計装束抄』に「女房の装束の色」として「くれなゐのうすやう」が見え、「くれなゐにほひて三、しろき二、しろき単衣《ひとえ》」（群書類従第八輯・八〇頁）という。→撫子《なでしこ》。
15 55 153 175

打衣　うちぎぬ　女房装束。糊をひいて砧《きぬた》で打った衣服。表着の下、五衣《いつつぎぬ》の上に、適宜用いた。地質は綾、平絹。色は紅。地文は菱文が通常。略されることもある。
153 175

梅鉢　うめばち　単弁の梅の花を正面から見て図案化した文様。特に、中心円の周りに、五枚の丸い花弁を幾何学的に円で配した文様を「星梅鉢《ほしうめばち》」という。
23 83 85 95 103

表着　うわぎ　女房装束では、重ね袿《うちき》の一番上に着る袿。多く、五衣《いつつぎぬ》の上、唐衣《からぎぬ》もしくは小袿《こうちき》の下になる。『枕草子』に「女のうはぎは、うすいろ。えびぞめ」（二三四）など。
15 55 153 175

永納　えいのう　狩野。一六三一～一六九七。江戸前期の京狩野派の画家。古画の鑑定に優れ、父山雪《さんせつ》の草稿を編集して『本朝画史』を刊行し、日本美術史研究に寄与。山静、一陽斎と号す。
25 53 135 153 155

衛府太刀　えふのたち　六衛府の武官が警衛のために着けた兵仗《ひょうじょう》の太刀。後に儀仗用の装飾的な太刀となった。『平家物語』巻四「うすあをの狩衣のしたに、萌黄縅《もえぎおどし》の腹巻を着て、衛府の太刀をぞ佩いたりける」など。太刀の柄先から「手貫緒《てぬきお》」が垂れる。　33 65 73 75 85 103 113

烏帽子　えぼし　中古の和文作品には「えぼうし」の例が多い。元服した男子が被った。布帛《ふはく》で柔らかく仕立てられたが、薄く漆を塗って「立烏帽子《たてえぼし》」として用いた。『源氏物語絵巻』に源氏が被って末摘花の所へ通う姿（蓬生）や病臥の柏木がつけて夕霧に会っている姿（柏木二）が描かれている。丈の長い「長烏帽子」もあった。『枕草子』に「忍びくる所に、ながえぼうしして…物につきさはりて、そよろといはせたる」（二二三）など。立烏帽子に対して、行動しやすいように折りたたんだ「折烏帽子《おりえぼし》」も用いられた。平安末期なると強装束《こわしょうぞく》が流行し、貴族は漆を厚塗したものを着用する一方で、大衆は漆を塗らない柔らかな「萎烏帽子《なええぼし》」を着用するようになる。　3 24 25 53 105 113 115 123 125 133 135 143 145 155 165 173

緌　おいかけ　武官正装の際、冠の左右につける飾り。馬の毛を用い、一端を編んで扇形に開く。『和名抄』に「緌　於以加計」など。　33 75 85 103 113 165

横被　おうび　七条以上の袈裟を着用する際、右肩にかける長方形の布。『小右記』長和三年（一〇一四）五月八日「主人ハ横被ヲ捧ゲ、卿相已下ノ捧物ハ袈裟也」、治安元年（一〇二一）二月十三日「法服一具〈紫甲ノ袈裟、同色ノ横被、檜皮色ノ擣裳、鈍色ノ表袴、同色ノ袙一重、茜染ノ大口〉…之ヲ送ル」など。　35

折烏帽子　おりえぼし　→烏帽子。　25 53 105 115 123 125 133 135 145 155 165 173

窠　か　花丸のように連続してカーブを描く丸文の中に様々な文様を入れたデザイン。鳥の窠《す》が卵を包んでいるさまを象った文様という。簾の帽額《もこう》に多く用いるので「帽額の文」といい、木瓜の字を当て、「瓜の文」

とも。そのため、瓜を輪切りにした形ともいわれる。『日本後紀』弘仁元年（八一〇）九月廿五日「去ル大同二年（八〇七）ノ制、四窠已上ハ服用スルヲ得ズテヘリ。今、五位已上ノ服用てヘスルヲ聴ルス」など。織物の一幅に連続模様がいくつあるかを数える接尾語「かま」の語源は「窠間」とされ、「かま」数が多いほど文様は細かくなり、その織物は貴重だったことが知られる。『延喜式』巻二十四「凡諸国輪調…一窠綾。二窠綾。三窠綾。七窠綾」（新訂増補国史大系・五九八頁）など。　15 65 75 153 175

貝尽　かいづくし　様々な貝をかたどった文様。生命や豊穣を象徴する。『たまきはる』に「はじめの日に、かひづくし、むらさきのにほひ」など。　15

海賦　かいぶ　波・貝・州浜・浜辺の松など海辺のさまを図案化した文様。「おほうみ」「すはま」とも。裳《も》の文様に多い。『紫式部日記』に「裳は、かいぶを織りて、大海《おほうみ》の摺目《すりめ》にかたどれり」（一二）など。　15

掛帯　かけおび　→裳《も》。　153 175

窠霰　かにあられ　霰《あられ》文の地に、窠《か》文を配した文様。表袴《うえのはかま》に多く用いる。『三條装束抄』に「上袴…地は小石畳〈之ヲ霰ト号スル也〉其中に窠の文有り」（群書類従第八輯・二六〇頁）、『名目鈔』に「窠霰《クワニアラレ》〈浮文表袴文是也〉」（群書類従第二十六輯・四四九頁）など。→霰《あられ》・窠《か》。　15 65 75 153 175

兼房　かねふさ　藤原。一〇〇一～六九。粟田関白道兼孫、兼隆男。能因・橘俊綱・橘為仲・藤原範永・伊勢大輔・相模などと交流。人麿夢想説話が残る。　3

唐衣　からぎぬ　女房装束の一番上に着る、唐様《からよう》の丈の短い衣服。一番上に着て目立つ衣類であり、美麗を競ったが、赤色・青色・紫の綾織は禁色。襟を外に折り返して、脱ぎ垂れるように着用した。『枕草子』に「からぎぬは、みじかきぬといへかし」（一二一）など。『紫式部日記』に「色ゆるされたる人々は、例の、あを色、あか色のからぎぬに、地ずりの裳、うはぎは、おしわたして蘇芳のおり物なり」（二一五）など。
15 55 153 175

唐草　からくさ　蔓草が絡み合って繁茂するさまを象った文様。「からみ草」の略とも。古く、エジプトやメソポタミアに始まり、日本には中国を経て伝わった。正倉院御物には唐草文が描かれた遺物が多い。『源氏物語』に「末摘花の御料に、柳の織物の、よしあるからくさを乱れ織れるも、いとなまめきたれば」（玉鬘・七五四）など。「菊唐草」「桐唐草」「竹唐草」「松竹唐草」「牡丹唐草」「竜胆唐草」「丁《ちょう》子《じ》唐草」「輪《わ》無《なし》唐草」「轡《くつわ》唐草」など種々ある。なかでも「宝相華《ほうそうげ》」文は、中国唐代や日本の奈良・平安時代、多く仏教における装飾的文様として盛んに用いられた。厳島神社蔵『平家納経』勧持品（奈良国立博物館『厳島神社国宝展』図録・二〇〇五年、一一八頁）の表紙の文様は、その代表的なもの。
15 25 35 43 55 63 75 115 123 135 145 153 173

唐草臥蝶文　からくさふせちょうもん　→唐草・臥蝶。
15

唐草丸繋中唐花文　からくさまるつなぎちゅうからはなもん　→唐草・繋文《つなぎもん》・唐花。
55

唐花　からはな　中国から渡来した花形の文様。実在の花を象ったものではない。花弁は、四枚が普通。五枚、六枚のものもある。花弁の先の左右に入隅《いりすみ》があり、先端は三個の丸い突起をなすように見えるのが特徴。
55 75 105 123 133 153 175

狩衣　かりぎぬ　盤領《まるえり》で、前身と袖が離れ、袖付けをわずかにし、袖口に袖括《そでくくり》の緒《お》が付いた衣。狩衣は背中に当帯《あておび》して前で結ぶ。当帯は、通常、狩衣の表地と同じ共裂《ともぎれ》を用いるが、晴《はれ》の場では、風流腰《ふうりゅうごし》といって替帯《かえおび》をすることもあった。その場合、原則として着用者本人が束帯《そくたい》装束で着る下襲《したがさね》の生地を用いるとされた。『枕草子』に「かりぎぬは、かうぞめのうすき」(二一六)、『雁衣抄』に「帯色事…或記云、凡ソ狩衣ノ帯ハ下襲ノ裾《すそ》ヲ切リテ之ヲ用キル。仍テ其ノ色ニ随フト」(群書類従第八輯・二七二頁)など。↓袖括緒《そでくくりのお》。

狩袴 かりばかま 堂上が用いる八幅《やの》の指貫《さしぬき》に対して、地下《じげ》が狩衣《かりぎぬ》の下に着る袴。指貫に似て、幅の狭い六《む》幅《の》の括袴《くくりばかま》。狩衣を狩襖《かりあお》というので襖袴《あおばかま》(青袴)とも。十巻本和名抄。『小右記』永観三年(九八五)二月十三日の円融上皇が紫野で子の日の遊びを催した記事に「今日四位・五位・六位皆綾羅《りようら》ヲ着スコト如何。下官ハ白襖・薄色ノ狩袴等ヲ着セリ」とある。同じ日のことが『今昔物語集』二八ノ三にも見え、歌詠みとして参加した曾禰好忠が「烏帽子キタル翁ノ、丁染ノ狩衣袴ノ賤気ナルヲ着タル」と語られている。「狩衣袴」は狩衣と狩袴か。『中右記』永久二年(一一一四)正月廿七日条に「随身四人〈薄青ノ狩衣袴〉」など。丁子《ちようじ》・薄青《うすあお》。 25 53 105 113 115 123 125 133 135 143 145 155 165 173

苅安 かりやす 「苅安染」に同じ。山吹や鬱金《うこん》よりも赤みが少ない、鮮やかな黄色。『枕草子』に「薄様、色紙は、白き、紫、赤き。かりやすぞめ、青きもよし」(二三四)など。 25 53 105 115 123 133 135 143 145 155 165 173 105 143

蝙蝠 かわほり 「蝙蝠扇」に同じ。開いた形がコウモリの翼を広げた姿に似ているところから、骨に紙を貼った扇をいう。扇子。威儀用の檜扇に対して、実用または略式の扇。『枕草子』に「過ぎにしかた恋しきもの…こぞのかはほり」(二五)、『小右記』長和四年(一〇一五)閏六月廿四日「今日中納言行成、蝙蝠扇ヲ持ツ。是専ラ然ラザル事也」など。 105 123 125 145 165

萱草 かんぞう 萱草色に同じ。萱草の花の色。黄に赤みを帯びた色。喪服に用いることが多い。『源氏物語』に「くわむざうの袴など着たるも、をかしき姿也」(葵・三一三)、「くわんざういろのひとへ、いと濃きにび色に、黒きなど」（幻・一四一五）など。

冠　かんむり　中古の和文作品には「かうぶり」の例が多い。束帯、衣冠などの際、頭に被る。直衣《のうし》でも、晴《はれ》の時に用いる。黒の羅《うすもの》で作る。後方の高い巾子《こじ》に髻《もとどり》を入れて着用する。その後に長方形の纓《えい》二筋を重ねて垂れる。→垂纓《すいえい》・巻纓《けんえい》。『源氏物語』に「しどけなき姿にて、かうぶりなどうちゆがめて走らむ後ろ手思ふに、いとをこなるべし」（紅葉賀・二五八）など。
5 13 23 33 45 53 63 65 73 75 83 95 103 113 115 123 125 133 135 143 145 155 163 173

冠直衣　かんむりのうし　直衣を着て、冠を被ること。公卿の改まった時にする姿。直衣での参内が許可された公卿が烏帽子の代わりに冠を被るのである。平安時代までは、天皇の覚えめでたいことを示す姿であった。「かうぶりなほし」に同じ。『中右記』寛治八年（一〇九四）八月十五日「愚意ノ条、已ニ礼法ニ叶フ。両殿下〈烏帽子直衣〉、左大臣、公卿〈冠直衣〉」など。
23 33 73 103 113 163

其一　きいつ　鈴木。一七九六～一八五八。江戸後期の画家。酒井抱一に学び、江戸における琳派の流れを受け継ぐ。名は元長。噲々《かいかい》・菁々《せいせい》・必庵・為三堂などと号す。
3 5 25 35 53 55 113 115 143 145 155 165 173 175

季吟　きぎん　北村。一六二四～一七〇五。八十二歳。『土佐日記』『伊勢物語』『徒然草』『和漢朗詠集』『源氏物語』『枕草子』『八代集』など多くの注釈書を著す。『歌仙拾穂抄』は、寛文三年（一六六三）七月六日季吟四十歳の時に「東求因入道殿下竜山公（近衛前久《さきひさ》）自筆本「三十六歌仙」に加注したもの。季吟没後の正徳四年（一七一四）三月刊行。歌仙絵は、前久（一五三六～一六一二）自筆本に描かれていたものを写したと考えられる。
3 33 35 53 55 115 123 125 133 135 143 145 153 155 163 165 173 175

菊唐草　きくからくさ　菊は、『万葉集』に登場しないことから、中国から日本への伝わったのは奈良時代末期とされる。菊水の故事などによって不老長寿を象徴とされた。『三代実録』元慶七年（八八三）九月九日「重陽ノ節。天皇紫宸殿ニ御シテ群臣ニ菊花ノ酒ヲ賜ス」など。菊花文は、後鳥羽院が好んだところから天皇・皇室のシンボルとなってゆく。↓唐草。 25 125 163

黄朽葉 きくちば　染色としては、梔子《くちなし》に茜《あかね》または紅を混ぜた色。織色では、経《たていと》を紅、緯《よこいと》を黄とする。『枕草子』に「きくちばの織物、薄物などの小袿着て」（一六八）など。↓朽葉。 15 55 125

亀甲 きっこう　長寿の亀の甲を図案化した文様。正六角形の中に四弁の花菱を入れた「亀甲花菱文」など。『西大寺資材流記帳』宝亀十一年（七八〇）二月廿五日「亀甲錦袍二領」など。 33 55 93 143 175

亀甲花菱文 きっこうはなびしもん　↓亀甲・花菱。 33 55

亀甲丸繋文 きっこうまるつなぎもん　↓亀甲・繋文。 143 175

桐竹文 きりたけもん　桐と竹を図案化した文様。『名語記』（一二七五年成立）三に「桐竹、鳳凰をもちゐらるる御代もあり」など。 153 175

朽葉 くちば　「くちばいろ」に同じ。平安朝の「もののあはれ」美学の典型といえる色名。赤みを帯びた黄色。襲の色目は、表山吹裏黄、表朽葉裏蘇芳、表薄紅裏山吹など諸説ある。紅葉の朽葉は「赤朽葉」、黄葉の朽葉は「黄朽葉」、緑の残る朽葉は「青朽葉」という。また、「うすくちば」「こきくちば」もある。『枕草子』に「くちばの唐衣、薄色の裳」（一三二）、「かざみは…夏はあをくちば、くちば」（二三四）など。 25 55 173 175

首上 くびかみ　袍《うえのきぬ》、直衣《のうし》、狩衣《かりぎぬ》などの盤領《まるえり》の刳形《くりかた》に沿って取り付けた領《えり》。↓盤領。 3 23 24 103

皀色 くりいろ　黒色。褐色がかった黒色。「くり」は「涅」とも。『和名抄』に「涅…水中黒土也…久利」とあるように、水の底に淀む黒い土で、染料に用いた。『僧尼令』養老二年（七一八）「凡ソ僧尼ハ、木蘭、青碧《ショウヒャク》、皀、黄、及ビ壊色《エ》等ノ衣ヲ著ルコトヲ聴ス」、正倉院文書『東大寺献物帳』天平勝宝八年（七五六）六月廿一日「七条織成樹皮色袈裟一領、紺綾裏皀綾縁」など。　35

紅　くれない　紅花《べにばな》で染めた色。黄味も紫味も含まない赤。襲の色目は、表も裏も紅《くれない》。呉藍《くれあい》（呉国伝来の藍）が転訛。→紅袴。　15 23 33 45 53 55

紅袴　くれないのはかま　女房装束の下に佩く紅の長袴。『枕草子』に「うすにびの裳、唐衣《からぎぬ》、同じ色のひとへ襲《がさね》、くれなゐのはかまどもを着て」（一四五）、「白きすずしの単衣《ひとへ》、くれなゐのはかま、宿直物《とのゐもの》には濃き衣《きぬ》のいたうは萎えぬを、少し引きかけて臥したり」（一六五）など。　15 55 153 175

黒袍　くろほう　→袍《うえのきぬ》。　5 13 23 45 53 63 113 115 123 125 133 135 145 155 163 173

群青　ぐんじょう　鮮やかな藍青色の鉱物性顔料。また、その色。中国渡来で、色の美しさから「紺青《こんじょう》」とも呼ばれた。『蜻蛉日記』天禄二年（九七一）九月晦「遠山をながむれば紺青《こんざう》を塗りたるとかやいふやうにて、霰ふるらしとも見えたり」など。　75 85 93

袈裟　けさ　僧が出家者の標識として着る法衣。青・黒・木蘭《もくらん》色の三種の濁った色で染めた。布を一定数縫い合わせて横長の形にして身に纏う。縫い合わせる枚数によって、五条、七条、九条などの別がある。後に形式的な服飾となり、華麗なものに変容した。→甲《こうの》袈裟・平《ひら》袈裟。　35 43

闕腋　けってき　衣服の両腋の下を縫い合わせず、開けたままの袍《うえのきぬ》。わきあけ。武官用。『西宮記』巻十九「三府出居将佐等、闕腋袍、靴等ヲ着ス。余皆例ノ如シ」など。　33 75 85 103 113 165

巻纓　けんえい　冠の纓を巻くこと。武官用。『小右記』寛弘八年（一〇一一）七月六日条「御四十九日間、垂纓参院、便無カル可キ歟。巻纓参入、如何」など。　33 75 103 113

小葵　こあおい　西域からシルクロードを経て伝わった正倉院御物の「紫地唐草《からくさ》襷《たすき》花文《はなもん》錦」のようなデザインが変形し、葵を象ったものとされた有職文様。徳川美術館蔵『源氏物語絵巻』竹河二に描かれた玉鬘邸の女房の装束の文様に見える。　153

香　こう　丁子《ちょうじ》を濃く煎じて、その汁で染めた「香染《こうぞめ》」は、黄地に赤みを帯びた「香色《こういろ》」になる。織色としては、たて糸よこ糸共に濃い香色だが、老人用は、よこ糸を白にする。襲の色目は、表裏共に香色だが、若者用は、裏を紅の濃い香色にする。檜扇《ひおうぎ》を丁子で染めた「香《こう》の扇」もある。『枕草子』に「かうぞめの単衣《ひとへ》」(二三三)、「かうぞめ、薄色のうはぎども、いみじうなまめかし」(二〇九)、「狩衣は、かうぞめの薄き」(二一六)など。『小右記』寛仁二年(一〇一八)十二月十四日の道長主催法華八講に「法服〈僧正二人ハ香染、今二人ハ紫甲ノ袈裟・檜皮色ノ表着・裳、…凡僧ハ櫨甲ノ袈裟・赤色ノ表着…〉」などと見え、大僧正・僧正の法服は香染である。→檜扇。　23 33 35 75

小袿　こうちき　女房装束。袿《うちき》より短くし、唐衣の代わりに着用する。通常は、裳を着けない。　153 175

甲袈裟　こうのけさ　すべて同質、同色の衣で作った「平袈裟《ひらげさ》」に対して、縁《へり》などに別色の布を用いた袈裟。「甲」は条葉の意。高僧が僧綱・有職に応じて「紫甲《しこう》」「蘇芳甲《すおうこう》」「黄甲《こうこう》」「櫨甲《はじこう》」「緋甲《ひこう》」などを着用した。『小右記』永延元年(九八八)二月十一日「奝然、甲ノ袈裟ヲ着ス」、同年五月十日「皆法服有リ。講師以上ハ蘇芳甲、聴衆ハ黄甲也」、長保元年(九九九)七月三日「法服ヲ七僧ニ送ル〈僧綱ハ紫甲、凡僧ハ櫨甲〉」など。　35 43

光琳　こうりん　尾形・緒方。一六五八~一七一六。江戸中期の画家、工芸家。乾山《けんざん》の兄。絵を狩野派の山本素軒《そけん》に学ぶ。本阿弥光悦、俵屋宗達に私淑。斬新な意匠性と理知的構成で多くの屏風絵や工芸意匠を手

掛けた。大胆、軽妙な画風。 25 115 135 143 145 163 175

小腰 こごし 女房装束の裳の大腰《おおごし》の左右に取り付け、前に回して結ぶ紐。→引腰《ひきごし》。 15 153 175

五鈷杵 ごこしょ 「ごこ」に同じ。密教で用いる法具。金剛杵の一つ。両端が五つに分かれる。修法の際に、煩悩を砕き、仏性の顕現に資する。『九暦』逸文・延長八年（九三〇）八月十七日「庭ノ中ニ只一茎ノ蓮花有リ。其ノ上ニ五鈷ノ金剛杵有リ」など。 35

紺 こん 紫を含んだ黒い青色。茜《あかね》で下染めした濃い藍染の色。虫除けの効能があるとされ、紺紙金字経などが作成された。『落窪物語』に「今五部は、こんの紙に黄金《こがね》の泥《でい》して書きて」（巻三・一九八）、『源氏物語』に「秘したまふ御琴ども、うるはしきこんぢの袋どもに入れたる、取り出でて」（若菜下・一一四九）など。 15 35 55 153 175

細纓 さいえい 冠の纓を特に幅の細いものにすること。通常の纓の縁とする鯨鬚あるいは竹ひごをたわめて黒く塗り、二本一組で輪にして纓とする。六位以下の武官および六位の蔵人が用いた。『兵範記』久安五年（一一四九）十月十一日「日吉行幸」に「馬副四人〈…細纓ノ冠ヲ着ス…〉」など。 85 165

下端 さがりば 平安時代の貴族女性が額髪を肩の辺りで切りそろえた、その髪の端や、そのさまをいう。『源氏物語』に「髪は…さがりば、肩のほど、きよげに」（空蝉・八七）など。 55

桜 さくら 桜の花を図案化した文様。『源氏物語』に「さくらのほそなが」（竹河・一四七四）と見え、『源氏物語絵巻』竹河二には、玉鬘の姫君、大君と中君が碁を打つ場面が描かれ、大君の衣裳に桜の文様が確認できる。 25

桜川 さくらがわ 流水に桜が散っているさまを象った文様。江戸時代になってから創案されたものらしい。 25

『通言総籬』一に「正月の仕着せは何だったっけの…松がねやがさくら川さ」など。

55

指貫　さしぬき　裾口に紐を指し貫いて着用の際に裾を括って足首に結ぶ袴。『枕草子』によれば、「さしぬきは…袋といへかし」（一一二）とあるようにゆったりとした袴で、色は「さしぬきは、むらさきのこき。もえぎ。夏は二藍」（二一六）など。着用法としては、指貫の括緒《くくりお》を足首で括る「下括《げくくり》」と、膝下で括る「上括《じょうくくり》」がある。前者の場合、括緒や下袴《したばかま》を外に出すこともあった。↓下袴。

3 13 23 25 33 35 43 53 73 95 103 113 125 133 135 145 155 163 165

下襲　したがさね　袍の下に着る。垂領《たれえり》で、腋は縫われていない。後ろ身頃の「裾《しり》」が長く、これを後ろに引く。裾の寸法は、『政事要略』巻六十七所引「吏部記」天暦元年（九四七）十一月十七日条に「倹約」のため「下襲ノ長サ、親王ハ袍襴ヨリ出ダスコト一尺五寸、大臣ハ一尺、納言ハ八寸、参議ハ六寸」と定めたことが見えるが、『玉蘂』建暦二年（一二一二）三月廿二日に下された「宣旨」には「下襲裾寸法」として「大臣一丈、大納言九尺、中納言八尺、参議散三位七尺、四位已下六尺」などあり、時代が下るにつれて長くなっていく。『枕草子』に「弁などは、いとをかしき官に思ひたれど、したがさねのしり短くて」（四四）、「したがさねのしり長く引き、所せくてさぶらひ給ふ」（一一八）、「したがさねは、冬は躑躅《つつじ》、桜」（二一六）など。『源氏物語』には、「桜の下がさね」（行幸・八九六）のほか、「柳のしたがさね」（真木柱・九五四）が見える。色については、『装束抄』（群書類従第八輯）によると、「躑躅」は「表白瑩《しろのみがき》、裏濃《こき》打《うち》。冬ヨリ春ニ至リテ用」（二二一頁）、「桜」は「表白、裏葡萄染《えびぞめ》（ヤマブドウで染めた薄い紫色）。春三ケ月ノ間晴ニ着ル」（二二〇頁）、「柳」は「表白、裏青。冬ヨリ春マデ着ル」（二二〇頁）という。この「裏青」の「青」は、「青黒《あおぐろ》」。架蔵木版画は灰色で表す。文様については、公卿は浮線綾、殿上人以下は無文。

↓青黒。
5 13 23 45 53 63 65 73 75 83 95 113 115 123 125 133 135 143 145 155 163 173

下袴　したばかま　指貫《さしぬき》や狩袴《かりばかま》の下に佩く袴。なお、表袴《うえのはかま》の下には大口《おおぐち》袴を佩く。指貫よりも少し大きめに作り、指貫の裾から下袴をはみ出させるお洒落もあった。『春日権現験記絵巻』にその姿が見える。『小右記』長和四年（一〇一五）閏六月十四日「下袴ノ下ニ水干袴ヲ着ス。其ノ袴ノ股ニ革ヲ入ル。同ジ革ヲ以テ腰ト為ス。尤モ故事有ル也」など。
23 33 73 103 105

襪　しとうず「したぐつ」から「したうづ」へ変化した語。束帯の際などに、沓の下に用いる布帛製の履物。指の股はない。『枕草子』に「あたらしきゆたんに、したうづは、いとよくとらへられにけり」（一〇六）など。
5 13 23 35 45 53 63 65 73 83 85 95 123 125 135 143 145 155 173

笏　しゃく　束帯の際などに、右手に持つ細長い板。「笏」の漢音「コツ」が「骨」に通うのを忌んで、笏の長さ一尺に因んで「シャク」と発音した。笏には、備忘の紙片「笏紙」を貼り付けることが多く、『枕草子』に「いやしげなるもの。式部の丞のしゃく」（一三七）などとあるように、式部省の三等官の笏は特に笏紙を貼ったり剥がしたりで汚かったらしい。『後二条師通記』応徳三年（一〇八六）九月七日「外記ヲ召シテ笏紙給フハ、外記ヲシテ次第セシメ給フ儀也」など。
5 13 23 45 63 65 73 75 83 85 95 113 115 123 125 143 145 155 163 165 173

垂纓　すいえい　冠の纓を垂らすこと。文官用。『小右記』寛弘八年（一〇一一）七月六日条「御四十九日間、垂纓参院、便無カル可キ歟。巻纓参入、如何」など。
5 13 23 33 45 53 63 65 73 75 83 95 103 113 115 123 125 133 135 143 145 155 163 173

蘇芳　すおう　蘇芳の木の樹皮に含む色素で染めた色。染色は、紅のやや紫がかった色相。襲の色目は、諸説ある。『枕草子』に「ふたあひの織物のさしぬき、こすはうのしたの御はかまに」（三〇）、『満佐須計装束抄』に「かりぎぬのいろ〳〵やう〳〵、おりもの、すはう、もえぎ、しろき、こうばい、きなる」（群書類従第八輯・六五頁）など、下袴《したばかま》に「濃蘇芳」、狩衣《かりぎぬ》に「蘇芳」が用いられている。 105 123 133

州浜文 すはまもん 浜辺に土砂が積もって海面に現れた州浜を象った文様。厳島神社蔵『平家納経』薬王品（奈良国立博物館『厳島神社国宝展』図録・二〇〇五年、一五六頁）などにその文様が見える。波濤《はとう》文を地文とするが、佐竹本の木版画の伊勢や小町が付ける裳では、地文が波濤文ではなく網代《あじろ》文のように見える。 15 55

墨染 すみぞめ 墨汁で染めたような黒い色。ねずみ色。にび色。僧衣または喪服の色。『古今和歌集』に「すみぞめのきみがたもとは雲なれや絶えず涙の雨とのみふる」（哀傷・八四三、忠岑）など。 43

石帯 せきたい 束帯の際、袍の腰に巻く革帯。『延喜式』巻四十一・弾正台に「凡ソ白玉ノ腰帯ハ、三位以上及ビ四位ノ参議ニ著用ヲ聴ス。…石帯ノ白ク晳《カガヤ》ケル者ハ、六位已下、之ヲ用キルヲ得ズ。凡ソ烏犀ノ帯ハ、六位以下ニ著用ヲ聴ス」、『西宮記』巻十六・衣に「帯…節会及ビ重事有ルノ時ハ、巡方ヲ着ス。瑪瑙ハ、四位五位、之ヲ着ス」などとあり、革帯に、公卿は「白玉」、殿上人は「瑪瑙《めのう》」、地下は「烏犀《うさい》」を付けて飾った。その飾りを「銙《か》」と呼ぶので銙帯《かたい》ともいう。銙の形状に方形と円形があり、前者を晴儀用として「巡方《ずんぼう》」、後者を日常用として「丸鞆《まるとも》」という。革帯の余りを背後に回して、上から後ろの帯に差し込んだ。これを上手《うわて》という。 65 133

僧綱襟 そうごうえり 僧綱（僧正・僧都・律師）の位にある僧が、頭が隠れるほどに法衣の襟を立てて着ること。また、その三角形に大きく立った襟。「さうがう」に同じ。『法体装束抄』に「さうがうをたつるなり」（群書類従第八輯・三四八頁）など。→袍裳《ほうも》。 35 43

束帯　そくたい　平安時代以降、男子が参内する際に着用した正式の服装。主な構成は、冠《かんむり》・袍《うえのきぬ》・下襲《したがさね》・表袴《うえのはかま》・大口《おおくち》・石帯《せきたい》・笏《しやく》など。文官と武官で異なる。『小右記』永祚元年（九八九）正月廿三日条に「束帯シテ摂政殿ニ参ル」など。　5 13 23 63 65 73 75 83 95 113 115 123 125 133 135 143 145 155 163 165 173

袖括緒　そでくくりのお　狩衣《かりぎぬ》などの端袖《はたそで》の袖口の括《くく》り緒《お》。袖括の緒は、実用から装飾へ転じ、身分と年齢によって使い分けられた。地下は一律に、堂上でも五十代になると、「左右縒《そうより》」の白い二本の紐を用い、堂上の若者は紫緂《だん》・蘇芳緂・櫨緂《はじ》・紺緂など種々に緂染した「薄平《うすひら》」や「厚細」を用いた。大針・小針の順に交互に刺し、余った緒は、袖端から露先《つゆさき》を五寸ほど垂らす。→狩衣《かりぎぬ》。　25 123 133 143 145 165 173

竹唐草　たけからくさ　→唐草。　175

襷文　たすきもん　線を斜めに交差させる文様。斜めに交差する平行線で形成される菱形の中に菱形を入れ、その中心に四菱《よつびし》を入れた文様は、三本の直線が交差するように見えるところから「三重襷《みえだすき》」と呼ばれ、襷文の代表的なもの。その他、「鳥襷」「雲襷」「藤襷」「竜胆《りんどう》襷」「撫子《なでしこ》襷」など種々ある。『玉葉』文治三年（一一八七）七月廿五日「縒重狩衣〈地薄物、ミエタスキ文、杏葉青薄濃〉」など。　33 55 83 93 143 153 175

立烏帽子　たてえぼし　→烏帽子。　24 105 143

立湧　たてわく　「たてわき」「たちわき」とも。地面から立ち上がる陽気を表す縁起の良い文様。中間をふくらませた曲線による縦筋文様。ふくらませた中に、様々な文様を配し、「雲立湧」「波立湧」「菊立湧」「藤立湧」「松立湧」「竹立湧」「梅立湧」「桜立湧」「牡丹立湧」「丁子立湧」「定家立湧」「竜胆立湧」「撫子立湧」「躑躅《つつじ》立湧」「鳳凰立湧」など種々ある。主に、貴人の着用する袍などに用いた。『源氏物語絵巻』宿木二に描かれた室内を仕切る屏風に雲立湧文が見える。『三條家装束抄』に「狩衣ノ事…文ハ山吹立涌…柳立

涌…文ハ桜立涌」（群書類従第八輯・二六三頁）など。 13 45 65 73

丁子　ちょうじ　「丁子色」に同じ。丁子の煮汁で染めた、薄赤に黄を帯びた茶褐色。丁子染、丁染とも。香染《こうぞめ》よりやや黒い。『源氏物語』に「丁子に深く染めたるうすものの単衣《ひとへ》を」（蜻蛉・一九六八）など。 43 113 115 123 133 155 173

散文　ちらしもん　文様構成の一種。風に吹かれて花や葉が地面に散り落ちたように文様を全面に配置する。奈良時代までの文様構成のほとんどは左右対称だったが、平安時代になると、仮名書きの「散らし書き」と同様な手法が生まれる。散らされるのは、菊、桜、楓などの植物が多い。 133

繋文　つなぎもん　連続性のある文様。慶事が続く吉祥文として好まれた。「七宝繋《しつぽうつなぎ》」は、輪が連続して四方に繋がる文様で、「四方《しほう》繋」が語源。輪が重なり繋がる形から「輪違《わちがい》」とも呼ばれ、輪の中央に花菱を入れた「花輪違《はなわちがい》」は、清涼殿の朝餉間《あさがれいのま》の畳の縁や賀茂競馬の騎手の袴などの文様に用いられた。その文様は、色は逆だが同じに織り出し、両面を用いたので「両面錦《りようめんにしき》」とも称された。輪以外をモチーフにした「麻葉《あさのは》繋」「分銅《ふんどう》繋」をはじめ「網目《あみのめ》」「網代《あじろ》（檜垣《ひがき》）」「籠目《かごめ》」「青海波《せいがいは》」など種々ある。『和名抄』に「錦…迩之岐。本朝ノ式ニ暈繝《うんげん》ノ錦・高麗《こま》ノ錦・軟ノ錦・両面ノ錦等ノ名有リ」など。 5 55 143

木賊　とくさ　「木賊色」に同じ。黒みを帯びた緑色。『雁衣鈔』に「木賊／表黒青。裏白。白裏老色也。五十余人、之ヲ着ル可シ」、『宇治拾遺物語』一八一に「びん、ひげに白髪まじりたるが、とくさのかりぎぬに、襖《あを》袴きたるが」など。 53 133 135 145

萎烏帽子　なええぼし　漆で塗り固めない、しなやかな烏帽子。→烏帽子。 3

萎装束　なえしょうぞく　装束の地質に固地の織物を用いないで、柔らかな仕立てにした衣服。『伴大納言

絵詞』上巻末近くに、笏《しやく》を持って背を向けて立つ人物の着る束帯がそれである。 3

撫子 なでしこ　女房装束の五衣《いつつぎぬ》の襲《かさね》の色目としては『満佐須計装束抄』に「なでしこ／おもては、すはうにほひて三、しろきおもて二。うら、すはう、くれなゐ、こうばい、あをきこき、うすき。しろき、くれなゐ、ひとへなり」（群書類従第八輯・八四頁）など。→薄様《うすよう》。 55

匂 におい　濃い色がだんだん薄くなっていく襲の色目。『源氏物語』に「かゝる筋はた、いとすぐれて、世になき色あひ、にほひを染めつけ給へば、ありがたしと思ひ聞こえ給ふ」（玉鬘・七五三）、『満佐須計装束抄』に「女房の装束の色」として「すほうのにほひ／上は薄くて下ざまに濃くにほひて、あをき単《ひと》衣《へ》」（群書類従第八輯・八〇頁）など。 15

根引松 ねびきのまつ　正月の子《ね》の日の遊びで、根のついたまま引き抜いた小松。その松を象った文様。 63

練色 ねりいろ　白みを帯びた薄い黄色。『枕草子』に「ねりいろのきぬども着たれど、なほ、単衣は白うてこそ」（二二六）など。 103

直衣 のうし　公卿の日常服。位階相当の位色を用いない。勅許を得ると参内もできた。冬は表を白、裏は二藍《ふたあい》あるいは縹《はなだ》を通常としたため、表地を折り返す首上《くびかみ》、両端袖《はたそで》、襴《らん》の四箇所は裏地の色が透けない所謂「四白《よつじろ》直衣」となる。その四箇所以外、裏地が赤みの強い「二藍」の場合、ピンクに見えるので「桜直衣」、裏地が「縹」の場合、水色に見えるので「柳直衣」と呼ばれた。前者は若年用、後者は老年用とされる。夏は二藍で裏をつけない。通常の直衣姿は、烏帽子《えぼし》を被り、指貫《さしぬき》を佩く。『枕草子』に「桜のなほしに、いだし袿《うちき》して…物などうち言ひたる、いとをかし」（三）、『栄花物語』に「関白殿、紅のいだし袿に、柳のなほし奉りたりしこそ、いとをかしく」（松のしづえ、七・二六五）など。→縹・二藍。

信実　のぶざね　藤原。一一七七～一二六五年頃。鎌倉初期の歌人。画家。為経（寂超）孫。隆信男。肖像画に優れ、佐竹本『三十六歌仙絵巻』はその作とされる。　3 23 25 33 73 103 113 163　3

端袖　はたそで　袍、直衣、狩衣などの袖は、裄が長く、一幅半に仕立てる。袖付け部分の一幅の奥袖に対して、袖口の半幅の部分。『源氏物語』に「はた袖もなかりけり」（紅葉賀・二六〇）など。　3 23 25 103 163

縹　はなだ　「縹色」に同じ。藍染めの、浅葱《あさぎ》と藍との中間くらいの濃さの色。薄い藍色。『源氏物語』に「はなだの帯をとりてだに見ず」（紅葉賀・二六〇）「はなだは、げに匂ひ多からぬあはひにて」（初音・七六六）など、華やかさに欠けた色合いとされる。『満佐須計装束抄』に「こきはなだのかりぎぬ」（群書類従第八輯・七二頁）、『布衣記』に「五位之狩衣の事…次指貫、平絹、色は花田色なり」（群書類従第八輯・二八一頁）など、縹は直衣のほか、狩衣や指貫の色にも用いられた。なお、『万葉集』に「我におこせし水縹《みはなだ》の絹の帯を」（巻十六・三七九一）と見える「水縹」は、青空が映る水のような薄い縹色。『紫式部日記』に見える「おほうみのすり裳の、水の色、はなやかに、あざあざとして、こしどもはかた文をぞ、おほくはしたる」（一二五）の「水の色」も同種の色か。↓直衣。　3 13 15 33 43 53 85 105 115 125 133 135 145 155 165

花菱　はなびし　四弁の唐花《からはな》を菱形に配した文様。↓唐花・菱文。　55

花輪違　はなわちがい　↓繋文《つなぎもん》。　5

半臂　はんぴ　束帯装束。袍《うえのきぬ》と下襲《したがさね》の間に着ける胴衣。袖のない短い衣で、着けると臂《ひじ》の半ばまで衣が達するので、この名がある。裾の足さばきをよくするため、襴《らん》という絹を付けるのを特色とする。鎌倉末から、文官は多く省略したが、武官は闕腋《けってき》の袍なので必ず用いた。『西大寺資材流記帳』宝亀十一年

（七八〇）二月廿五日「半臂四領」など。 33 85

緋　ひ　茜《あかね》（根が赤いのでこの名がある）で染めた色。紫を帯びた赤黄色。「あけ」「あかね」「火色」とも。「ひのころも」は、勅許により高位の僧が着用を許された緋色の法衣。→赤・袍《うえのきぬ》。 75 80 86 143

飛雲　ひうん　風に吹かれて飛んで行く雲を象った文様。古代中国では、神仙の住む山中の巨岩から湧き出すように見える雲を瑞祥と見なす神仙思想の影響で、瑞雲が雲立湧《たてわく》文や飛雲文などと図案化された。日本における早い使用例としては、法隆寺蔵玉虫厨子《たまむしのずし》の脚部に施された雲気《うんき》文などがある。奈良時代の仏教関係の法具に多く見られる。 43

檜扇　ひおうぎ　ヒノキの薄板を綴じ重ねて作った扇。衣冠・直衣の際、笏に代えて持つ。男子用は白木のままだが、女子用は美しく彩色し色糸を長く垂らして飾りとした。→香《こう》。 13 15 43 55 103 135 175

檜垣　ひがき　檜の薄板を交差させながら編んだ垣をかたどった衣服の文様。「網代《あじろ》」とも。『親元日記』寛正六年（一四六五）八月廿二日「御すわう地白地もんにひがきをかちん（褐衣《かちぎぬ》）に、葛のはを乱もんに、もえぎ御はかま」など。 55

引腰　ひきごし　もとは、裳の腰に当たる大腰《おおごし》に付いた緒で結び、その余りを長く引いたもの。小腰《こごし》をつけ、それで結ぶようになると、後ろに長く引く装飾的な帯を別につけて、それを引腰と称した。『玉葉』文治六年（一一九〇）正月十一日条に「余、御裳ヲ着セ令メ奉ル。引腰ヲ以テ、之ヲ結ブ〈小腰無クンバ、先ノ例也〉」など。→裳《も》。 15 55 153 175

引目鉤鼻　ひきめかぎはな　平安時代におこった大和絵における人物の顔を描く技法。下ぶくれの輪郭、一線に引かれた目、「く」の字のような鉤状の鼻。類型的に描くことによって、かえって自由に見る者に感

情移入させる。 15 55 153

菱文　ひしもん　池沼に繁茂する水草の実を意匠化した文様。旺盛な繁殖力が縁起の良いものとして好まれ、装束の下着である単衣《ひとえ》の文様に採用された。若い時は緻密に菱を配した「繁菱《しげびし》」、年長者になると疎らに配した「遠菱《とおびし》」を用いた。「四菱《よつびし》」も老年になると「一菱《ひとつびし》」に変更した。「横菱《よこびし》」「竪菱《たてびし》」「繧繝《うげん》」「花菱《はなびし》」「幸菱《さいわいびし》」「松皮菱《まつかわびし》」「入子菱《いれこびし》」など様々ある。なお、「業平菱《なりひらびし》」は、「三重襷《みえだすき》」の変形として、江戸時代に創案されたもの。『三條家装束抄』に「単事。常の単文重菱也」（群書類従第八輯・二六二頁）など。
↓襷文《たすきもん》。 15 23 33 45 53 55 63 65 73 153 165 175

秘色　ひそく　中国の唐代、越国産の青磁の器は、天子への貢ぎ物として、臣下や庶民の使用を禁止したところから、青磁の色を「秘色」といった。『源氏物語』に「御だい、ひそくやうの唐土《もろこし》のものなれど」（末摘花・二一八）、『満佐須計装束抄』に「ひそくのかりぎぬ」（群書類従第八輯・七四頁）など。 143

単衣　ひとえ　「ひとえぎぬ」に同じ。装束の下に着る肌着。裏地を付けない。上に着る装束が汗や垢で汚れるのを防ぐ目的で、袖口などから大きくはみ出るように一回り大きく仕立てる。女子は袴の上に出して着るので五衣より裾を長く引き、男子は袴に着込めて着る。『枕草子』に「ひとへは、しろき。ひのさうぞくの、くれなゐのひとへのあこめなど、かりそめにきたるはよし」（二一六）、『紫式部日記』に「ひとへはあをきもあり」（二一五）など。 15 53 55 93 115 123 125 133 135 143 145 153 155 165 173 175

平緒　ひらお　束帯の際、胴に巻き、結び余りを前に垂らした幅広の平打ちの組緒。儀仗の太刀を吊るための帯。紺地《こんじ》のものが日常的に、紫緂《むらさきだん》に織られたものなどが晴れの儀式に用いられた。『小右記』正暦四年（九九三）二月九日「今朝、平緒ヲ肥前守維敏朝臣ニ給フ。乞フルニ依ル也」など。 65 73 75 103 113

平袈裟　ひらげさ　→甲袈裟《こうのけさ》。

檜皮　ひわだ　「檜皮色」に同じ。染色は、蘇芳《すおう》の黒みがかった色。織色は、経《たていと》は浅黄、緯《よこいと》は赤。襲の色目は、諸説あるが、表は黒みがかった蘇芳、裏は縹。『源氏物語』に「袴も、ひはだ色にならひたるにや、光も見えず黒きを着せたてまつりたれば」（手習・二〇〇八）など。　35 43 43

藤　ふじ　「藤色」に同じ。または、襲の色目は、『雁皮抄』に「藤〈面薄紫、裏青。三月、之ヲ用ヰル…〉」（群書類従第八輯・二七二頁）。表紫、裏薄紫とも。『枕草子』に「狩衣は、香染の薄き。…青葉、桜、柳、また青き、ふぢ」（二一六）など。　175

臥蝶　ふせちょう　羽を広げて臥した四羽の蝶を図案化した丸文。本来は、唐花の反り返った花弁部分を四方に配した文様で、それを蝶に見立てたか。「ふせんれう」（浮線綾）→「ふせんてう」（浮線蝶）→「ふせてう」（臥蝶）と変化したらしい。『弁内侍日記』建長三年（一二五一）七月二日条に「ふせんてうのうす物」など。　15 23 25 33 65 73 103 113

浮線綾　ふせんりょう　文様を浮き織りにした綾織物。蝶を図案化したような丸文が多用され、「浮線蝶丸」（『三条家装束抄』群書類従第八輯・二五九頁）という文様名が生まれ、また、蝶が羽を広げて臥したように見えるので、「ふせん」（浮線）の撥音無表記「ふせ」は「臥せ」と解され、「臥蝶《フセンゼウ》〈冬ノ直衣。及同ク下重〉」（『名目鈔』群書類従第二十六輯・四四九頁）という文様名となる。指貫《さしぬき》には、八藤丸《やつふじのまる》文が多く用いられる。『紫式部日記』に「あを色の無文《むもん》の唐衣、裾濃《すそご》の裳、領巾《ひれ》、裙帯《くんたい》はふせんれうを櫨緂《はじだん》に染めたり」（二一四）などと見え、『紫式部日記絵巻』の藤田美術館本第十紙と五島美術館本第二紙には、それぞれ浮線綾丸文のある直衣を着た道長と斉信・実成が描かれている。『狭衣物語』に「色いと濃き唐撫子《からなでしこ》のふせんれうの御さしぬき」（巻一・四二）など。 3 5 13 23 43 45 53 63 73 75 83 125 133 135 143 145 155 163 165

二藍　ふたあい　紅《くれない》に染めた上に、さらに藍《あい》を重ねて染めた色。『枕草子』に「過ぎにしかた恋しきもの…ふたあゐ、えびぞめなどのさいでの、おしへされて、草子の中などにありける見つけたる」（二五）、『源氏物語』に「直衣こそ、あまり濃くて軽びためれ。非参議のほど、何となき若人こそふたあゐはよけれ、ひきつくろはんや」（藤裏葉・一〇〇〇）などとあり、若者に似合う濃い色とされる。 15 173

抱一　ほういつ　酒井。一七六一〜一八二八。江戸後期の画家。名は忠因《ただなお》。姫路藩主酒井忠以《ただざね》の弟。江戸根岸に雨華庵をいとなみ、書画俳諧に風流三昧の生活を送った。光琳に傾倒、文化十二年（一八一五）光琳百年忌を記念した遺墨集『光琳百図』を刊行。光琳をもとにして独自の画風を開いた。 53 55 105 113 145 155 165 173 175

縫腋　ほうえき　衣服の両腋の下を縫い合わせた袍《うえのきぬ》。文官用だが、武官でも上級の者はこれを着用した。『小右記』寛和元年（九八五）十一月廿一日条に「近衛中少将、縫腋袍・壺胡簶・浅履等ヲ着スル也」など。 5 13 23 63 65 83 113 115 143 163

宝相華唐草文　ほうそうげからくさもん　→唐草。 35

袍裳　ほうも　平安時代の僧が着た格式の高い法衣。三角形に大きく立った僧綱襟《そうごうえり》をもつ袍に、裳を着ける。法衣の色は、『小右記』寛仁二年（一〇一八）十二月十四日条に「法服〈僧正二人香染…〉」と見えるように、僧綱の最高位である僧正の法服は「香染《こうぞめ》」であった。『法体装束抄』法服事に「赤色袍裳〈文小葵。浮織物…裳には裏なし…〉法皇竹園ノ貴人、晴ノ時、之ヲ着シ給フ…香袍裳〈…法皇は御文菊八葉なども御用あり…〉僧正以上ノ貴賤、之ヲ着ス。黒袍裳〈…色ふしかねぞめ…〉貴賤、之ヲ着ス。布袍裳〈色薄墨〉受戒の人、又は如法経導師等、之ヲ着スル歟」（群書類従第八輯・三五二頁）など。→僧綱襟・皀色《くりいろ》・香《こう》。

星文　ほしもん　「宿曜道《すくようどう》」の「曜」とは星のことで、星の運行と人の運命を結びつけ、吉凶禍福を判断した。日(太陽)と月、そして木・火・土・金・水の五星を、中心の円の周りに六つの円を配した文様が「七曜文《しちようもん》」、それに計都《けいと》と羅睺《らご》を加え、中心円の周りに八つの円を配した「九曜文《くようもん》」などが代表的なもの。特に九曜文は、牛車の文様に多く用いられ、中心の円を除くと八つの円がその周りにあるので、「八葉《はちよう》の車」と呼ばれた。中心円の周りに五つの円を配した「星梅鉢文《ほしうめばちもん》」とは起源が異なるのである。↓梅鉢。 35 43

細長　ほそなが　『枕草子』に「きぬの中に、ほそながは、さもいひつべし」(二二一)と、「殿の御方より、禄は出ださせ給ふ。女の装束に、紅梅のほそなが添へたり」(二〇三)とあるように、細長い衣服で、禄として下賜されることが多かった。『九條殿記』承平四年(九三四)正月四日の忠平大饗の「御禄」に「綾ノ桜色ノ細長」など。『中右記』長治元年(一一〇四)八月十一日「今日、吉日ニ依リテ東宮初メテ魚味ヲ聞コシ食ス…東宮出御〈権亮実高朝臣、抱キ奉ル…白キ御細長着御〉」などのように幼児が儀式に出る際に着用(五島美術館本『源氏物語絵巻』第四紙に描かれた五十日の祝いの場面で若宮が身につけているものらしい)し、十一歳の紫上が「無文の桜のほそなが」(末摘花・二二九)を着ているので、子ども服としての細長もあったことが知られるが、大人の女性である二十二歳の玉鬘が「撫子のほそなが」(胡蝶・七九一)、二十一、二歳の女三宮が「桜のほそなが」(若菜下・一一五三)を着用するほか、当時ではまもなく初老といってよい三十九(三十七)歳の紫上が「薄蘇芳のほそなが」(同)、三十八歳ほどの明石君が「柳の織物のほそなが」(同・一一五四)を着ている。 55

松竹唐草　まつたけからくさ　↓唐草。 173

松にふる雪　まつにふるゆき　文化九年（一八一二）刊『薄様色目』に見える襲の色目。「表白、裏青」とある。表の白を通して、松の緑がおぼろげに浮かび上がる。「雪のした紅梅」（表白、裏紅梅）とともに、王朝の人々の琴線にふれる美意識。
23 25

松葉　まつば　「まつばいろ」「まつのはいろ」に同じ。松の葉のような深緑色。襲の色目の「松重《がさね》」は、表が萌黄《もえぎ》、裏が紫。『枕草子』に「狩衣は…まつのは色、青葉、桜、柳」（二一六）など。『三條家装束抄』狩衣事に「五位以上、織物ヲ用キル。狩衣ハ禁色ニ因ラザル也。春冬、松重、面萌木、裏紫」（群書類従第八輯・二六三頁）など。
23 25 153 163

盤領　まるえり　袍《うえのきぬ》・直衣《のうし》・狩衣《かりぎぬ》などの首上《くびかみ》の部分を円形に仕立てたもの。
3 5 13 45 63 73 83 95 113 125 143 163

丸文　まるもん　紋のようにモティーフを円形に意匠化した文様。主に鳥や植物などに用いた。「窠《か》」「臥《ふせ》蝶《ちょう》」「八藤《やつふじ》」など種々ある。↓窠・臥蝶・八藤丸。
3 13 23 33 73 103 163

光起　みつおき　土佐。一六一七～一六九一。江戸前期の大和絵画家。祖父光吉《みつよし》には二点の『源氏物語画帖』、父光則《みつのり》には『源氏物語図画帖』がある。室町末期以来中絶していた宮廷の絵所預《えどころあずかり》に復帰し、土佐派を復興。狩野派の手法を加味した細密な画風により、江戸時代の土佐派画風を完成させた。東京国立博物館蔵『源氏物語図屏風』など。
3 15 23 25 33 53 55 105 115 125 133 135 143 145 153 155 163 165 173 175

三柏　みつがしわ　三枚の柏の葉が三方に広がった形を図案化した文様。
143

海松　みる　「海松色」に同じ。黒みを帯びた萌葱《もえぎ》色。木賊《とくさ》色に近いが、やや黄みがかった暗い色。『物具装束抄』（鎌倉前期）に「海松色狩衣〈面ノ色ハ青黒ニテ海松ノ如シ。裏ハ白。宿老人、之ヲ着ス〉」（群書類従第八輯・三一一頁）など。
105 115

紫　むらさき　紫草の根で染めた色。のちの明るい江戸紫や京紫に比べ、古代から中世へかけての古代紫は赤黒くくすんだ色調。「衣服令」によって深紫は一位、浅紫は二、三位の当色《とうじき》とされ、上代より尊重された。平安時代においても高貴な色として、深紫は禁色、浅紫は「ゆるし色」とされた。『枕草子』に「すべて何も何も、むらさきなるものは、めでたくこそあれ」（八〇）など。　3　33　113

裳　も

（一）女房装束。表着の上に、腰より下の後方にだけ纏う服。腰に当たる部分を「大腰《おおごし》」、左右に長く垂れて装飾とした帯を「引腰《ひきごし》」、前に回して腰を結ぶ帯を「小腰《こごし》」という。江戸時代、裳の大腰に「掛帯《かけおび》」が付けられ、裳は腰に結びつけるのではなく、肩に掛けて背負うような形で着用するものとなる。『枕草子』に「もは、おほうみ」（二三四）など。→海賦《かいぶ》。　15　55　153　175

（二）法体装束。袍裳の裳。　35　43

萌葱・萌黄・萌木　もえぎ　葱の萌え出ずる色。やや黄色がかった緑色。新緑の萌え出す頃の色。『枕草子』に「淑景舎は…もえぎの、若やかなる固文の御衣たてまつりて、扇をつとさし隠し給へる、いみじう、げにめでたく、うつくしと見え給ふ。殿は…もえぎの織物の指貫」（一〇〇）、『満佐須計装束抄』に「狩衣」の色の一つに「もえぎ」が見え、「この色どもは、若く幼き人。祝ひに皆着る色どもなり」（群書類従第八輯・六九頁）など。　33　43　55　73

八藤丸　やつふじのまる　藤の花の四枚の花弁を、四枚の葉で円形に囲んで図案化した文様。指貫《さしぬき》に多く用いられる。『宇槐雑抄』保延二年（一一三六）九月二日「夜ヨリ雨下ル。今日鳥羽ニテ内ノ競馬也。辰ノ剋、衣冠ヲ着シ、鳥羽ノ北殿ニ参ル。予ノ装束ノ衣冠ハ、紅ノ打出衣、薄色ノ織物ノ指貫。文ハ藤丸也」など。

3 23 33 43 73 103 163

柳　やなぎ　「柳襲」に同じ。表は白、裏は青。冬から春まで用いる。『紫式部日記』に「やなぎの無文のから衣」（二六）、『源氏物語』に「やなぎのしたがさね」（真木柱・九五四）、『栄花物語』に「やなぎの直衣」（松のしづえ、七・二六五）などと、唐衣《からぎぬ》・下襲《したがさね》・直衣《のうし》にも多く用いられる。→下襲・直衣。　103 163 175

胡簶　やなぐい　「矢の杙《くい》」の意。儀仗の矢を盛る容器。矢を末広形に盛る「平胡簶《ひらやなぐい》」、筒形の「壺胡簶《つぼやなぐい》」がある。『源氏物語』に「やなぐひなど負ひて、つかうまつり給へり」（行幸・八八七）など。　33 75 103 113

山吹　やまぶき　「山吹襲」に同じ。表は薄朽葉、裏は黄。『源氏物語』に「白ききぬ、山ぶきなどの萎えたる着て、走りきたる女ご」（若紫・一五六）など。五衣《いつつぎぬ》のグラデーションの配色をいう「匂《におい》」や「薄様《うすよう》」をさす場合もある。『満佐須計装束抄』に「女房の装束の色」として「やまぶきのにほひ／上濃くて下へ黄なるまでにほひて、あをき単衣」（群書類従第八輯・八二頁）など。　15 55 73

破　やれ　繋文《つなぎもん》の一部を空白にした文様。「やぶれ」とも。　93

雪持笹　ゆきもちざさ　笹の葉に雪が降り積もっているさまを象って図案化した文様。　105

横繁菱　よこしげびし　→菱文。　55

四白　よつじろ　→直衣《のうし》。　3 23 25 33 103 113 163

四菱　よつびし　→菱文。　53

襴　らん　縫腋の袍や直衣の裾に、足さばきのよいようにつける横ぎれ。両端には「蟻先《ありさき》」と呼ばれる張り出しがある。　3 23 25 33 45 85 103 163

流水文　りゅうすいもん　水の流れるさまを数条の曲線で表した文様。平安後期の西本願寺本三十六人集の

料紙には、雲母摺り（『公忠集』）や墨流し（『貫之集』上）の流水文が見られる。　15

竜胆唐草文　りんどうからくさもん　↓唐草。　35

解説　公任『三十六人撰』から『俊成三十六人歌合』へ

本書は、前著『三十六歌仙の世界―公任『三十六人撰』解読―』の続編である。

前著の副題に掲げた『三十六人撰』が藤原公任撰であることは、まず間違いない。『後拾遺和歌集』序に、

大納言公任朝臣みそぢあまりむつのうた人をぬきいでて、かれがたへなるうたももちあまりいそぢをかきいだし、…よにつたへたり。

とあり、『三十六人撰』が人麿・貫之・躬恒・伊勢・兼盛・中務の六人が各十首、他の三十人が各三首で、合計百五十首すなわち「ももちあまりいそぢ」が書き出されているからである。

それに対して、本書が扱った『俊成三十六人歌合』は、俊成撰と認めるのに慎重な立場もあり、少し解説が必要だろう。

『俊成三十六人歌合』というタイトルは、『新編国歌大観』に従ったもので、その底本は書陵部蔵（一五〇・三一七）「卅六人哥合」であり、タイトルに「俊成」という記載もないし、奥書もない。しかし、同書と同じ内容を含む書陵部蔵（五〇一・五三〇）『歌仙類聚』・書陵部蔵（一五五・一〇九）『歌書集成』・書陵部蔵（二六六・四）『待需抄』所収「古三十六人歌合」（内題）などの伝本の末尾に、

右歌仙之歌、尤号秀逸之歌三首筒、俊成卿被注置了、奥一首者近衛殿尚通公被書加訖

という奥書が付されていて、近衛尚通（関白太政大臣。天文十三年〈一五四四〉没、七十三歳）が三十六人のうちの十六人あるいは十八人の歌人について、書き加えられた四首目の一首や細字書入を除けば、公任撰の三十六人の歌人について「俊成卿」が「秀逸」として「三首ずつ」撰んだ歌ということになり、書陵部蔵（一五〇・三一七）「卅六人哥合」と一致するのだから、俊成撰と認めてよいはずである。

ところが、俊成が評価した人麿詠「ほのぼのと」が入っていないこと、尚通以前に俊成撰本が流布した形跡がないことなどをもって、俊成撰に疑義が持たれたり（松野陽一『藤原俊成の研究』笠間書院・一九七三年）、『時代不同歌合』の左方歌人五十名のうち二十四名が公任撰『三十六人撰』の歌人であって、その歌が『俊成三十六人歌合』所収歌とほぼ一致することから、俊成撰とみるより後鳥羽院撰とみる方が合理的ではないかと推定されたり（大伏春美『和歌文学大辞典』古典ライブラリー・二〇一四年）している。

しかし、そうした推定は、奥書とは矛盾するものであるし、疑義は、撰入方法を丁寧に考察しつつ撰入歌を全般的に眺めることによって解消されてゆくと思われる。

例えば、公任撰に漏れていた歌で、本歌合に撰入されている歌のなかには、俊成が『古来風体抄』において、

この哥、むすぶてのとおけるより、しづくにゝごる山のゐのといひて、あかでもなどいへる、おほかたすべて、ことば、ことのつゞき、すがた、こゝろ、かぎりもなきうたなるべし。うたの本たい（理想の姿）は、たゞこの哥なるべし。（俊成自筆本、下・一六オ）

と激賞した貫之詠「むすぶての」や、

月やあらぬといひ、はるやむかしのなどつゞけたるほどの、かぎりもなくめでたきなり。（同、下・一九ウ）

と高く評価した業平詠「月やあらぬ」などが含まれているのである。

本書の各歌の解読においても指摘してきたように、本歌合に撰ばれた勅撰和歌集未入歌は、かなりの確率で『新古今和歌集』に入集するなど、影響の大きさを含め、全体的にみれば、俊成撰と認定してよいように思われる。

タイトルについても、『和歌文学大辞典』（古典ライブラリー・二〇一四年）では「俊成三十六人歌合」を副項目として「古三十六人歌合」を主項目としているが、樋口芳麻呂『平安・鎌倉時代秀歌撰の研究』（ひたく書房・一九八三年）二一八頁の注には、書陵部蔵（伏・五七八）『三十六人歌合古中新』などの書名を挙げて「公任撰の『三十六人歌合』（＝『三十六人撰』）こそ「古三十六人歌合」と呼ばれるのにふさわしく、俊成撰の本歌合は、『俊成三十六人歌合』と呼称すべきであろう」との指摘がある。その指摘に従いたい。

前著でも指摘しておいたが、私は、公任『三十六人撰』（底本は書陵部蔵（五〇一・一九））「三十六人歌合」）および『俊成三十六人歌合』を単なる秀歌撰ではなく、歌合としての性格を有し、撰歌の際にはそうした条件が影響していると考えている。参考までに、『古来風体抄』に抄出されている三十六人の歌人の歌数を示すと、

人麿21　貫之16　躬恒5　伊勢3　家持13　赤人7　業平6　遍昭4　素性7　友則0
猿丸0　小町1　兼輔1　朝忠0　敦忠0　高光0　公忠1　忠岑3　斎宮1　頼基0
敏行1　重之3　宗于1　信明1　清正0　源順2　興風1　元輔2　是則0　元真0
小大君1　仲文1　能宣2　忠見1　兼盛6　中務0

という数字になる。『俊成三十六人歌合』がもし単なる秀歌撰であれば、その成立時期は未詳だが、『古来風体抄』所収歌に基づいて大雑把な言い方をすれば、三首以上の抄出されている歌人はその中から撰歌するという方法を採ってもよかったはずだが、実態はそうなっていない。

『俊成三十六人歌合』に撰ばれている歌が『古来風体抄』に抄出されている歌かどうか、確認しておくと、次の通りである。なお、数字は本書で付したもの。『古来風体抄』抄出歌に○印、公任撰を追認した歌は□で囲む。

人麿1○[2]　3　躬恒1　2○3　家持1　2　3　業平1　2○3　素性1　2　[3]○
貫之1　2○3○伊勢1　[2]　3　赤人[1]○2　[3]○遍昭1○2　[3]　友則1　2　3

猿丸[1]　[2]　[3]○兼輔1○2　3　敦忠1　2　3　公忠[1]　[2]　3○斎宮1　2　3
小町[1]　[2]　3　朝忠[1]　[2]　[3]　高光[1]　[2]　[3]　忠岑[1]○2　3　頼基[1]　2　3
敏行[1]　2　[3]　宗于[1]○[2]　[3]　清正[1]　[2]　3　興風[1]　[2]○3　是則[1]　2　3
重之1　[2]　3　信明[1]○2　3　順　1　[2]○3　元輔1○2　3　元真1　2　3
小大君[1]　[2]　3　能宣[1]　2　3　兼盛[1]○[2]　3○
仲文[1]○2　[3]　忠見1○[2]　3　中務1　2　[3]

三十六人の歌人について各三首、合計百八首のうち、公任撰を追認したのが□で囲んだ四十三首。六十五首を新たに撰んでいる。新たに撰んだ六十五首のうち、『古来風体抄』抄出歌は○印を付けた十首。五十五首は『古来風体抄』抄出歌以外から撰んでいるのである。

俊成はどのような撰歌方法を採ったのか。例えば、人麿・貫之の歌合では、人麿1に「たつた河」（→6頁）を撰んだために、「時雨」という共通性を考慮し、貫之1には『古来風体抄』所収の十六首以外の「しら露も」（→7頁）を撰んだ。貫之2に「むすぶ手の」（→9頁）を撰んだために、「山」という共通性を考慮し、人麿2には『古来風体抄』所収の二十一首以外の「あしひきの」(↓8頁)を、公任撰十首の中から撰んだ。貫之3に「よし野河」(↓11頁)を撰んだために、「思い初めてき」という共通性を考慮し、人麿3には『古来風体抄』に抄出していない「をとめごが」(↓10頁)を撰ぶ結果になった。そんな考察が可能である。

躬恒詠の撰歌も不満だったらしい。公任撰の十首を、貫之詠同様すべて捨てている。捨てられた中には、定家が『百人一首』に撰んだ、

心あてにをらばやをらむ　はつしものおきまどはせるしらぎくのはな

も含まれている。『源氏物語』夕顔にも「心あてにそれかとぞみるしら露のひかりそへたる夕顔の花」と本歌取りされ、「源氏見ざる歌よみは遺恨事也」(『六百番歌合』判)という発言もある俊成には、躬恒といえばこの歌が想起されていたに違いないが、公任が撰んでいない新しい秀歌を採り上げようという姿勢が基本にあったと考えられるのである。それが人麿詠「ほのぼのと」が撰ばれていない所以でもあったし、三首とも差し替えた家持・業平・友則・兼輔・敦忠・斎宮・元輔・元真などの撰歌にその姿勢が表れている。その結果、

かささぎの　わたせるはしに　おく霜の　しろきをみれば　夜ぞふけにける(家持)
みかのはら　わきてながるる　いづみ川　いつみきとてか　恋しかるらむ(兼輔)
ちぎりきな　かたみにそでを　しぼりつつ　すゑのまつ山　なみこさじとは(元輔)

などの発見という収穫もあったのである。

一方、家集所収歌の少ない歌人を中心に、差し替える必要がないと判断されたのは、猿丸・朝忠・高光・宗于らであった。そのなかには、

あふことの　たえてしなくは　中々に　人をも身をも　うらみざらまし（朝忠）

山里は　冬ぞさびしさ　まさりける　人めも草も　かれぬとおもへば（宗于）

などが含まれている。

公任『三十六人撰』と『俊成三十六人歌合』を読みくらべてゆけば、公任と俊成という二人の歌人の個性や、平安中期から末期への和歌史的な展望を観察することができるだろう。その素材と簡単な注釈を提供するというのが前書と本書の目的の一つである。また、歌仙絵を眺めながら、三十六歌仙の世界に遊んでもらえたら、著者として大変うれしく思う。

なお、さらに詳しく研究しようという人のために、三十六歌仙に撰ばれた歌人の家集をよむ場合の基本的な文献について、以下に紹介しておくので参考にしてほしい。

三十六人集をよむための基本文献

〈影印〉

	略号
冷泉家時雨亭叢書『平安私家集』一〜十二（朝日新聞社）	平安1〜12
冷泉家時雨亭叢書『資経本私家集』一〜四（朝日新聞社）	資経1〜4
冷泉家時雨亭叢書『素寂本私家集・西山本私家集』（朝日新聞社）	素寂本
冷泉家時雨亭叢書『承空本私家集』上・中・下（朝日新聞社）	承空本
冷泉家時雨亭叢書『詞林采葉集・人丸集』（朝日新聞社）	人丸集
冷泉家時雨亭叢書『古筆切・拾遺（二）』（朝日新聞社）	拾遺二
冷泉家時雨亭叢書『擬定家本私家集』（朝日新聞社）	擬定家本
宮内庁書陵部蔵（五一〇・一二）『御所本 三十六人集』全36巻 複製（新典社・一九七一年）	御所本

〈CD-ROM・翻刻〉

新編国歌大観CD-ROM（角川書店・二〇〇三年）	大観
新編私家集大成CD-ROM（エムワイ企画・二〇〇八年）	大成
『群書類従』第十四輯・第十五輯（続群書類従完成会・訂正三版）	群書類従本

『桂宮本叢書　私家集二』（養徳社・一九六二年）橋本不美男解題　桂宮本
久曾神昇『西本願寺本三十六人集精成』（風間書房・一九六六年）　西本願寺本
平田喜信・新藤協三・藤田洋治・加藤幸一『合本三十六人集』（三弥井書店・二〇〇三年）　歌仙家集
千艘秋男・島田良二『流布本三十六人集校本・研究・索引』改訂版（笠間書院・二〇〇七年）流布本

〈各家集の諸本系統と主要伝本・注釈〉

▼**人麿集**　①(1)書陵部蔵（五一一・二）本（大成Ⅰ、散佚前西本願寺本系統本文）二四一首　(2)**流布本**
素寂本（清誉本、御所本の親本）・書陵部蔵（五〇六・八）本（大観3）三〇一首・歌仙家集本　二九九首
(3)**人丸集**（枡形本、書陵部蔵（五〇一・二六一）本の親本）三〇三首／②書陵部蔵（五〇一・四七）本
（大成Ⅱ）六四四首／③**素寂本**（義空本、大成Ⅲ）、七六六首／④**人丸集**（定家様本、大成Ⅳ）二九六首
／⑤大東急記念文庫本（『大東急記念文庫善本叢刊中古中世篇　和歌Ⅲ』汲古書院・二〇〇八年）一四五首
＊島田良二『人麿集全釈』私家集全釈叢書（風間書房・二〇〇四年）
＊阿蘇瑞枝『人麻呂集・赤人集・家持集』和歌文学大系（明治書院・二〇〇四年）
▼**貫之集**　①**流布本**　(1)歌仙家集（大成Ⅰ）八八九首・陽明文庫蔵（近・サ・六八）本（大観3）九一三首・
平安1（定家外題、村雲切）(2)**素寂本**（一二七四年写）(3)西本願寺本　七二七首　(4)**承空本**（御所本の親
本）九三〇首・**資経1**（下帖のみの零本）／②天理図書館蔵伝為氏筆本（大成Ⅱ・大観7、天理図書

館善本叢書『平安諸家集』八木書店・一九七二年）九一首・大阪青山歴史文学博物館蔵本／③伝行成筆切（大成Ⅲ）三二首

＊木村正中『土佐日記　貫之集』新潮日本古典集成（新潮社・一九八八年）

＊田中喜美春・田中恭子『貫之集全釈』私家集全釈叢書（風間書房・一九九七年）

▼**躬恒集**　①⑴**平安1**（定家外題、書陵部蔵（五〇一・三〇六）甲本の親本）二二〇首　⑵書陵部蔵（五一一・二八）光俊（真観）本（大成Ⅰ）三八四首／②内閣文庫蔵（二〇一・四三四）本（大成Ⅱ）三〇三首／③⑴**平安9**（共紙表紙本、書陵部蔵（五〇一・三〇七）本の親本）二五九首　⑵**承空本**（大成Ⅲ、書陵部蔵（五〇一・二三五）本の親本）四〇八首・御所本（大観7）四〇九首／④西本願寺本（大成Ⅳ、大観3、平安8の親本）四八二首・**平安8**（建長四年本、書陵部蔵（一五一・四二五）蓮華王院本の親本）四八二首／⑤**流布本**　歌仙家集本（大成Ⅴ）三三〇首

＊平沢竜介『貫之集・躬恒集・友則集・忠岑集』和歌文学大系（明治書院・一九九七年）

＊藤岡忠美・徳原茂実『躬恒集注釈』私家集注釈叢刊（貴重本刊行会・二〇〇三年）

▼**伊勢集**　①西本願寺本（大成Ⅰ、大観3）四八三首／②群書類従本・島田良二蔵本（大成Ⅱ）五二一首／③**流布本**　⑴天理図書館蔵定家等筆本（天理図書館善本叢書『平安諸家集』八木書店・一九七二年）・**資経1**（承空本、御所本の親本）・**承空本**　四八八首　⑵歌仙家集本（大成Ⅲ）五一三首　⑶神宮文庫本　五二一首

＊平野由紀子『平安私家集』新日本古典文学大系（岩波書店・一九九四年）
＊関根慶子・山下道代『伊勢集全釈』私家集全釈叢書（風間書房・一九九六年）
＊高野晴代『小町集・業平集・遍昭集・素性集・伊勢集・猿丸集』和歌文学大系（明治書院・一九九八年）
▼**家持集**　①西本願寺本（大成Ⅰ）三一二首／②**流布本**　⑴**資経1**（大成Ⅱ、承空本ならびに御所本の親本）・**承空本**・御所本（大観3）三一八首　⑵書陵部蔵（五〇一・一六〇）本（六半枡形蝋染表紙本）二九四首　⑶歌仙家集本　二九八首
＊島田良二『家持集全釈』私家集全釈叢書（風間書房・二〇〇三年）
＊阿蘇瑞枝『人麻呂集・赤人集・家持集』和歌文学大系（明治書院・二〇〇四年）
▼**赤人集**　①西本願寺本（大成Ⅰ、大観3）三五四首／②**流布本**　⑴**資経1**（承空本、御所本の親本）・**承空本**・御所本（大成Ⅱ）二五一首　⑵歌仙家集本　二四七首／③陽明文庫本（大成Ⅲ）二四一首
＊阿蘇瑞枝『人麻呂集・赤人集・家持集』和歌文学大系（明治書院・二〇〇四年）
▼**業平集**　①尊経閣文庫本（大成Ⅰ、大観3）八二首／②**素寂本**（大成Ⅱ、御所本の親本）一一二首・御所本（大観7）一一一首／③⑴神宮文庫蔵（文一二〇四）本（大成Ⅲ）五八首　⑵**平安8**（大炊本）六四首／④**流布本　平安8**（伝阿仏尼筆本）四七首・**承空本**・歌仙家集本（大成Ⅳ）四六首
＊室城秀之『小町集・業平集・遍昭集・素性集・伊勢集・猿丸集』和歌文学大系（明治書院・

一九九八年）

▼遍昭集　(1)**平安7**（唐草装飾本）三三首　(2)西本願寺本（大成I、大観3）三四首　(3)**流布本**　歌仙家集本　三六首　(4)**平安1**（飛雲料紙本、大成II、御所本の親本）五四首

＊阿部俊子『遍昭集全釈』私家集全釈叢書（風間書房・一九九四年）

＊室城秀之『小町集・業平集・遍昭集・素性集・伊勢集・猿丸集』和歌文学大系（明治書院・一九九八年）

▼素性集　①西本願寺本（大観3）六五首／②**平安1**（色紙本、大成I）六八首・**平安9**（寛元三年本）六八首／③**流布本**　**資経1**・**拾遺**二（共紙表紙本）・歌仙家集本　九八首／④**平安1**（唐紙本、大成II）六〇首／⑤**平安7**（唐草装飾本、大成III）四九首

＊室城秀之『小町集・業平集・遍昭集・素性集・伊勢集・猿丸集』和歌文学大系（明治書院・一九九八年）

▼友則集　(1)**流布本**　歌仙家集本・**平安8**・**資経4**　七二首　(2)西本願寺本（大成、大観3）七二首　(3)**素寂本**（御所本の親本）七一首

＊菊池靖彦『貫之集・躬恒集・友則集・忠岑集』和歌文学大系（明治書院・一九九七年）

▼猿丸集　①(1)**資経1**（大成I、疑定家本および御所本の親本）五二首・御所本（大観3）五二首　(2)**平安8**（宝治元年本）四八首　(3)西本願寺本・伝行成筆切　四九首／②(1)書陵部蔵（五〇一・六八）本

（大成Ⅱ）五二首　⑵**流布本**　歌仙家集本　三七首

＊鈴木宏子『小町集・業平集・遍昭集・素性集・伊勢集・猿丸集』和歌文学大系（明治書院・一九九八年）

▼**小町集**　①**流布本**　⑴歌仙家集本（大成Ⅰ）一一五首　⑵陽明文庫本（大観３）一一六首　⑶**承空本**　一二五首／②神宮文庫蔵（文一一〇四）本（大成Ⅱ）六九首／③**平安7**（唐草装飾本、大成Ⅲ）四五首

＊室城秀之『小町集・業平集・遍昭集・素性集・伊勢集・猿丸集』和歌文学大系（明治書院・一九九八年）

▼**兼輔集**　①⑴西本願寺本　一二八首　⑵書陵部蔵（五一一・二）本（散佚前の西本願寺本の転写本、大成Ⅰ、大観３）一二七首／②**流布本**　⑴歌仙家集本　一四〇首　⑵**平安9**（伝阿仏尼筆本、大成Ⅱ、書陵部蔵（五〇一・一四五）本（六半枡形蝋染表紙本）の親本）一七三首・**資経1**　一五二首　⑶内閣文庫本（二〇一・四三四）一三五首　⑷伝行成筆砂子切　二五首／③部類名家集切（大成Ⅲ）一〇六首（前半の七一首は、日本名跡叢刊　平安『堤中納言集』二玄社・一九七八年）／④**平安3**（坊門局筆本、大成Ⅳ、書陵部蔵（五〇一・七七）本の親本）一〇三首／⑤**平安7**（唐草装飾本、大成Ⅴ）一一三首

▼**朝忠集**　①**流布本**　⑴藤田美術館蔵小堀本（日本名跡叢刊　平安『朝忠集』二玄社・一九八一年、大成Ⅰ、大観３）七二首・**平安9**（小堀本の転写本、書陵部蔵（五〇一・一四四）本（六半枡形蝋染表紙本）の親本）⑵歌仙家集本　七二首／②⑴西本願寺本（大成Ⅱ）六〇首　⑵**資経2**（御所本の親本）八四首

＊新藤協三『三十六歌仙集（二）』和歌文学大系（明治書院・二〇一二年）

▼**敦忠集**　①(1)西本願寺本（大成Ⅰ、大観3）一四五首 (2)**平安1**（飛雲料紙本）一三〇首 (3)御所本一四一首／②**流布本** 歌仙家集本（大成Ⅱ）四六首

▼**高光集**　①**平安7**（唐草装飾本）四三首／②**流布本** (1)御所本 四三首 (2)歌仙家集本 四五首／③西本願寺本（大成Ⅰ、大観3）五二首

＊笹川博司『高光集と多武峯少将物語』（風間書房・二〇〇六年）

▼**公忠集**　①(1)西本願寺本・高橋正治蔵本（大成Ⅰ）四八首 (2)書陵部蔵（五一一・二）本（大観3）五三首 (3)**流布本** 歌仙家集本 五〇首／②書陵部蔵（五〇一・五四）本（大成Ⅱ）三九首／③**平安2**（定家外題）・大東急記念文庫本蔵定家監督本・彰考館文庫蔵（巳・五）本（大成Ⅲ）一七首／④部類名家集切（大成Ⅳ）一首

＊新藤協三・河井謙治・藤田洋治『公忠集全釈』私家集全釈叢書（風間書房・二〇〇六年）

▼**忠岑集**　①**流布本** **平安9**（伝為家筆本、大成Ⅰ、書陵部蔵（五一一・二八）本の祖本）四八首・歌仙家集本 六〇首／②西本願寺本（大成Ⅱ、大観7）一二六首／③**承空本**（大成Ⅲ、御所本の親本）一五二首／④**平安9**（枡形本、大成Ⅳ、書陵部蔵（五〇一・一二三）本（六半枡形蝋染表紙本）の親本）一八五首・書陵部蔵（五〇一・一二三）本（六半枡形蝋染表紙本、大観3）一八六首

＊藤岡忠美・片岡剛『忠岑集注釈』私家集注釈叢刊（貴重本刊行会・一九九四年）

＊菊池靖彦『貫之集・躬恒集・友則集・忠岑集』和歌文学大系（明治書院・一九九七年）

▼**斎宮女御集**　①**平安4**（定家監督本、大成Ⅰ、書陵部蔵（五〇一・一六二）本（六半枡形蝋染表紙本）の親本）一六五首／②西本願寺本（大成Ⅱ、大観3）二六五首／③**流布本**　歌仙家集本（大成Ⅲ）一〇二首・梅沢本（日本名跡叢刊　平安『梅澤本斎宮女御集』二玄社・一九八二年）一〇二首・**平安6**（定家筆臨模本）・**資経4**（資経筆臨模本）・徳川本美術館蔵伝源俊頼筆本（徳川黎明會叢書『私家集・歌合』和歌篇二、思文閣出版・一九八五年）一〇二首／④伝小野道風筆小島切（大成Ⅳ）一〇〇首

＊平安文学輪読会『斎宮女御集注釈』（塙書房・一九八一年）

＊吉野瑞恵『三十六歌仙集（二）』和歌文学大系（明治書院・二〇一二年）

▼**頼基集**　⑴西本願寺本（大成、大観3）三〇首　⑵群書類従本　三〇首　⑶歌仙家集本　**流布本**・三一首　⑷**承空本**　三〇首　⑸**擬定家本**（御所本の親本）三〇首

＊山崎正伸『大中臣頼基集全注釈』（新典社・一九九一年）

▼**敏行集**　⑴西本願寺本（大成、大観3）二四首　⑵**流布本**　**平安8**（唐草表紙本）・歌仙家集本　二〇首　⑶**承空本**（御所本の親本）二七首

▼**重之集**　①西本願寺本（大成、大観3）三二三首／②**流布本**　歌仙家集本　二七九首・御所本　二八一首／③**平安3**（坊門局筆本、書陵部蔵（五〇一・一六一）本（六半枡形蝋染表紙本）の親本）二一五首／④**資経2**（擬定家本および書陵部蔵（五〇一・二七一）の親本）一五一首／⑤徳川本美術館蔵伝藤原行成

筆本（徳川黎明會叢書『私家集・歌合』和歌篇二、思文閣出版・一九八五年）一〇二首

＊目加田さくを『源重之集・子の僧の集・重之女全釈』私家集全釈叢書（風間書房・一九八八年）

＊徳原茂実『三十六歌仙集（二）』和歌文学大系（明治書院・二〇一二年）

▼**宗于集**　⑴**資経1**（擬定家本の親本）三一首　⑵**流布本**　歌仙家集本　二八首　⑶**平安7**（唐草装飾本）二三首　⑷西本願寺本（大成、大観3）四〇首　⑸御所本　三八首

▼**信明集**　①**流布本**　⑴**資経2**（御所本の親本）一四八首　⑵歌仙家集本（大成Ⅰ、大観3）一四七首　⑶梅花文料紙本（日本名跡叢刊　鎌倉『源信明集』二玄社・一九八一年）一七四首／②西本願寺本（大成Ⅱ）六三首／③書陵部蔵（五〇一・一一七）本（大成Ⅲ、六半枡形蝋染表紙本）一〇七首

＊平野由紀子『信明集注釈』私家集注釈叢刊（貴重本刊行会・二〇〇三年）

▼**清正集**　⑴西本願寺本（大成、大観3）九一首・**流布本**　歌仙家集本・**承空本**（御所本の親本）九一首　⑵坊門局筆本（『興風集』と合綴）八二首　⑶書陵部蔵（五〇一・一一四）本（六半枡形蝋染表紙本）七一首

▼**順集**　①⑴**流布本**　**資経2**・歌仙家集本　二三二首　⑵**素寂本**（大成Ⅰ、御所本の親本）二四九首／②⑴西本願寺本　三〇〇首・書陵部蔵（五一一・二）本（大成Ⅱ、大観3）二九七首　⑵**平安3**（坊門局筆本、書陵部蔵（五〇一・一四三）本（六半枡形蝋染表紙本）の親本）二四九首　⑶書陵部蔵（五〇一・四九）本　二四九首　⑷**平安8**（共紙表紙本）一三四首　⑸**平安8**（白描表紙本）一二九首

＊西山秀人『三十六歌仙集（二）』和歌文学大系（明治書院・二〇一二年）

▼**興風集** ①⑴大阪青山歴史文学博物館蔵定家本 五二首 ⑵坊門局筆本（『清正集』と合綴）六六首 ⑶**資経1**（擬定家本の親本）五四首 ⑷**平安11**（七四首本、大成Ⅰ、書陵部蔵（五〇一・一一五）本（六半枡形蝋染表紙本）の親本）七四首・書陵部蔵（五〇一・一一五）本（大観3、六半枡形蝋染表紙本）・**平安11**（二一首本）／②西本願寺本（大成Ⅱ）五七首／③部類名家集切（大成Ⅲ）一七首（解題）

▼**元輔集** ①⑴**平安3**（坊門局筆本、大成Ⅰ、書陵部蔵（五〇一・一二六）本（六半枡形蝋染表紙本）の親本）二七二首 ⑵**承空本**（御所本の親本）二二八首 ⑶**流布本** 歌仙家集本（大成Ⅱ、大観3）二六二首 ⑷西本願寺本 一五五首／②尊経閣文庫蔵（一四・古）俊成本（大成Ⅲ、大観7）一九〇首

＊藤本一恵『清原元輔集全釈』私家集全釈叢書（風間書房・一九八九年）

＊後藤祥子『元輔集注釈』私家集注釈叢刊（貴重本刊行会・一九九四年）

＊徳原茂実『三十六歌仙集（二）』和歌文学大系（明治書院・二〇一二年）

▼**是則集** ⑴**平安8**（真観本、書陵部蔵（五〇一・一二〇）本（六半枡形蝋染表紙本）の親本）・書陵部蔵（五〇一・一二〇）本（大観3）・**承空本** 四五首 ⑵**資経1**（大成、御所本の親本）五〇首 ⑶歌仙家集本 五一首 ⑷西本願寺本 四四首 ⑸静嘉堂文庫本（日本名跡叢刊 平安『是則集』二玄社・一九八二年）四四首 ⑹大阪青山歴史文学博物館蔵定家本 四三首

▼**元真集** ⑴伝俊成筆加賀切 三三五首 ⑵**資経2**（擬定家本の親本）・**擬定家本**（御所本の親本）・**擬**

定家本　三三七首　(3)**平安9**（装飾表紙本、書陵部蔵（五〇一・一二四）本（六半枡形蝋染表紙本）の親本）三四二首　(4)**承空本**　三三八首　(5)西本願寺本（大成、大観3）三三七首　(6)歌仙家集本　**流布本**・三三五首

▼小大君集　①**流布本**　(1)歌仙家集本　一四七首　(2)書陵部蔵（五〇一・九二）本（大成Ⅰ、大観3）一六一首　(3)西本願寺本　九一首／②(1)伝西行筆林家旧蔵本（大成Ⅱ）一五一首　(2)伝小大君筆御蔵切　一一九首／③御所本（大成Ⅲ）二七首／④**平安2**（俊成監督本、平安11の親本）・**平安11**（二四首本、大成Ⅳ、書陵部蔵（五〇一・一一九）本（六半枡形蝋染表紙本）の親本）

＊竹鼻績『小大君集注釈』私家集注釈叢刊（貴重本刊行会・一九八九年）

＊徳原茂実『三十六歌仙集（二）』和歌文学大系（明治書院・二〇一二年）

▼仲文集　①**流布本**　(1)**資経2**（擬定家本ならびに御所本の親本）五三首　(2)歌仙家集本　五四首／②西本願寺本　六四首／③**平安4**（定家監督本、大成、書陵部蔵（五〇一・一一八）本（六半枡形蝋染表紙本）の親本）八四首・書陵部蔵（五〇一・一一八）本（大観3）八五首

＊片桐洋一他『藤原仲文集全釈』私家集全釈叢書（風間書房・一九九八年）

▼能宣集　①西本願寺本（大成Ⅰ、大観3）四八五首／②**流布本**　歌仙家集本（大成Ⅱ）八〇首／③**平安3**（坊門局筆本、大成Ⅲ、御所本の親本）・御所本（大観3）三六二首／④**平安1**（装飾料紙本）一三六首

＊増田繁夫『能宣集注釈』私家集注釈叢刊（貴重本刊行会・一九九五年）

▼**忠見集**　①(1)西本願寺本（大成Ⅰ、大観3）一九六首　(2)**流布本**　**平安9**（真観本）・歌仙家集本一六八首／②**承空本**（義空本、大成Ⅱ、御所本の親本）一一二首

▼**兼盛集**　①**流布本**　(1)歌仙家集本・書陵部蔵（五〇六・八）本（大成Ⅰ、大観3）二一〇首　(2)**平安8**（真観本、書陵部蔵（五〇一・一六四）本（六半枡形蝋染表紙本）の親本）一九八首・資経本（擬定家本の親本、現在は断簡となって諸家蔵）・**擬定家本**（御所本の親本）／②(1)西本願寺本（大成Ⅱ）一一〇首　(2)彰考館本　一〇七首／③**平安3**（坊門局筆本）一六〇首

＊高橋正治『兼盛集注釈』私家集注釈叢刊（貴重本刊行会・一九九四年）

＊徳原茂実『三十六歌仙集（二）』和歌文学大系（明治書院・二〇一二年）

▼**中務集**　①(1)西本願寺本（大成Ⅰ、大観3）二五四首　(2)**流布本**　歌仙家集本　二四三首　(3)出光美術館蔵伝西行筆本　二二六首／②**資経2**（大成Ⅱ、御所本の親本）・御所本（大観7）二九八首

和歌初句索引

凡例　一、『俊成三十六人歌合』所収和歌の初句を歴史的仮名遣いで示し、五十音順に配列する。
　　　一、算用数字は、所在頁である。

あとがき

大阪大谷大学を定年退職するのを前に、私は四冊の書籍の出版を企画した。『源氏物語と遁世思想』『三十六歌仙の世界―公任『三十六人撰』解読―』『奈良御集・仁和御集・寛平御集全釈』（以上、風間書房）『紫式部日記』（和泉書院）である。このうち、最も一般読者を意識したのは『三十六歌仙の世界』だった。その「あとがき」に、私家版で作成した冊子『資料紹介 三十六歌仙短冊』のことを、ふと書いてしまった。その結果、思わぬところから、冊子が欲しいという声が聞こえてきた。しかし、私家版冊子は身近なところに配ってしまい、既に残部は無かった。冊子を増刷しようかとも考えたが、冊子には私家版ゆえの気安さから、思い込みで書き下ろした誤った記述もあり、そのまま増刷するのも躊躇われた。

忙しさにかまけて放置していると、ある日、赤尾照文堂から一冊の古書目録が届いた。その目録のなかの一つの資料が目にとまった。土屋秀禾《しゅうか》による佐竹本の模本を、木版画（彫刻師 大塚祐次、制作師 鈴木貞次郎）にして大正六年十二月廿五日に風俗絵巻図画刊行会（代表者 林縫之助）が吉川弘文館から発行した『三十六歌仙』上下巻（編纂者 土屋秀禾）である。それを幸い購入することができた。これを機に、佐竹本の「画賛」の検証をしつつ、この「木版画」と架蔵「短冊」の歌仙絵をあらためて紹介することとしたのである。

＊

土屋秀禾の略歴と、架蔵短冊の書誌は次の通り。

〔土屋秀禾の略歴〕

明治元年（一八六七）四月廿五日生。昭和四年（一九二九）八月廿二日没。秋田市出身。本名義房。通称軍治。伯父の小松塾、後の秋田中学を卒業。天神絵で知られた小室恰々斉《いいさい》に学ぶ。寺崎広業と同門。明治十九年上京。駿河台の出版社東洋堂に勤務。その後、上野の東京美校に転職。川端玉章に師事。大正天皇に「高山植物図二巻」、昭和天皇結婚記念日に「四季百花図（八曲一双）」を収める。比叡山延暦寺の依頼により「伝教大師一代記（三巻の絵巻）」を完成。初期は人物、中期は風景と花鳥、晩年は仏画を好んで描いた。（『秋田人名大辞典』秋田魁新報社刊より）

〔三十六歌仙短冊の書誌〕

寸法、縦36㎝、横3.5㎝。三十六枚揃で、塗箱に収まる。雲形文様を漉き込んだ打曇りの料紙。上に藍色、下に紫色の雲を棚引かせたものが二十五枚。上下ともに藍色が八枚（斎宮女御・頼基・敏行・重之・興風・元真・能宣・兼盛）。鎌倉末から室町時代にかけて凶事とされた上に紫、下に藍も三枚（家持・素性・猿丸）混じる。江戸時代に作られたものであろう。金泥で山水の下絵も施されている。歌仙絵は小さいが、顔は枯淡の雅味ある大和絵風で、衣裳は細密に描かれている。土佐派の絵師の手になるものとおぼしい。掲げる一首は、北村季吟『歌仙拾穂抄』に一致する。

＊

歌仙絵の装束の解説をするうちに、装束や色彩用語を中心とした語彙索引があれば便利かと考え、簡単なものを作成して巻末に補注として附録した。また、歌仙のしぐさ（ポーズ・姿態）に言及する際には、特別展「流転一〇〇年佐竹本 三十六歌仙絵と王朝の美」図録（京都国立博物館・二〇一九年）、北村季吟古註釋集成別6（新典社・一九八〇年）に収められた版本『歌仙拾穂抄 絵入』、藏中スミ『三十六歌仙（狩野永納画）』（桜楓社・一九八七年）、同『江戸初期の三十六歌仙 光琳・乾山・永納』（翰林書房・一九九六年）を何度も繙くことになった。学恩にあらためて感謝したい。架蔵版本の酒井抱一による『光琳百図』所収「金地二枚折屏風三十六歌仙之図」のみ、参考資料として巻末に掲げることにした。

折しも、伝亀山天皇宸翰「松葉切」の軸装も入手できた。吉澤義則博士による極めが付いたものである。公忠の歌仙絵の一資料となるので、本書の口絵として掲げることとした。

＊

本書には、目次の後に示した凡例の通り、もう一つのモチーフがある。『俊成三十六人歌合』

所収歌百八首の解読である。前著で解読を試みた公任『三十六人撰』から『俊成三十六人歌合』への展開を常に意識しての秀歌解読作業だった。坂口和子大阪大谷大学名誉教授の研究書のタイトル『貫之から公任へ』（和泉書院・二〇〇一年）からの連想で「公任から俊成へ」という和歌史的展開を構想した。また、俊成を生涯の研究対象とされた私の高等学校時代の恩師である上條彰次先生の慈愛に満ちた眼差しを思い浮かべたりした。楽しい時間であった。

俊成の声を聞こうと、俊成自筆本『古来風体抄』（冷泉家時雨亭叢書・朝日新聞社）を眺めることも再三あった。この本を出発点とし、冷泉家に深く蔵されていた貴重な資料が次々に公刊されていった。なかでも『平安私家集』『資経本私家集』『承空本私家集』などのシリーズは、私の書斎机から見える書架に並べてある。真っ白な函に入ったままで、繙かれるのを待っているように感じるのである。便利な新編私家集大成ＣＤ－ＲＯＭ（エムワイ企画・二〇〇八年）の活用で済ませるのではなく、この叢書を十全に利用して、歌仙に撰ばれた三十六人の歌人たちの家集を、じっくりと読んでみよう、という若い研究者が一人でも多く現れてくれることを期待したい。もう多くの時間が残されていない私としては、せめてはと、本書の巻末に「三十六人集をよむための基本文献」を一覧しておいた。利用してほしい。

＊

百年前に分割され、別々に所蔵されている佐竹本三十六歌仙絵の、住吉大明神を含む三十七枚のうち三十一枚が、二〇一九年秋、京都国立博物館に一堂に会した。その興奮の余波が今なお続いている。昨年秋には、吉海直人編ビギナーズ・クラシックス日本の古典『三十六歌仙』（角川ソフィア文庫）が上梓された。有益な解説と興味深いコラムで楽しませてくれる。それに続く本書は、前著『三十六歌仙の世界』の続編としての性格が強い。前著と併せて、三十六歌仙の世界に遊ぶ一資料として親しんでいただければ、著者として大変有難く、また、うれしく思う。

今回もまた、風間書房に無理をいって出版をお願いした。風間敬子社長には、重ね重ね我が儘を受け入れていただき、深く感謝するものである。

笹川　博司

二〇二二年立秋

著者略歴

笹川博司（ささがわ　ひろじ）

1955年大阪府茨木市に生まれる。
京都府立大学文学部卒業。大阪教育大学大学院修了。
博士（文学）九州大学。
元大阪大谷大学教授。

著書
『深山の思想―平安和歌論考―』1998年・和泉書院
『惟成弁集全釈』2003年・風間書房
『隠遁の憧憬―平安文学論考―』2004年・和泉書院
『高光集と多武峯少将物語―本文・注釈・研究―』2006年・風間書房
『為信集と源氏物語―校本・注釈・研究―』2010年・風間書房
『紫式部集全釈』2014年・風間書房
『源氏物語と遁世思想』2020年・風間書房
『三十六歌仙の世界―公任『三十六人撰』解読―』2020年・風間書房
『奈良御集・仁和御集・寛平御集全釈』2020年・風間書房
『紫式部日記』2021年・和泉書院

三十六歌仙の世界 続
―『俊成三十六人歌合』解読―

二〇二二年一〇月一五日　初版第一刷発行

著者　笹川博司
発行者　風間敬子

発行所　株式会社　風間書房
101-0051　東京都千代田区神田神保町一―三四
電話　〇三―三二九一―五七二九
FAX　〇三―三二九一―五七五七
振替　〇〇一一〇―五―一八五三

装幀　松田静心
印刷　平河工業社
製本　高地製本所

NDC分類：911.137
ISBN978-4-7599-2440-4　Printed in Japan